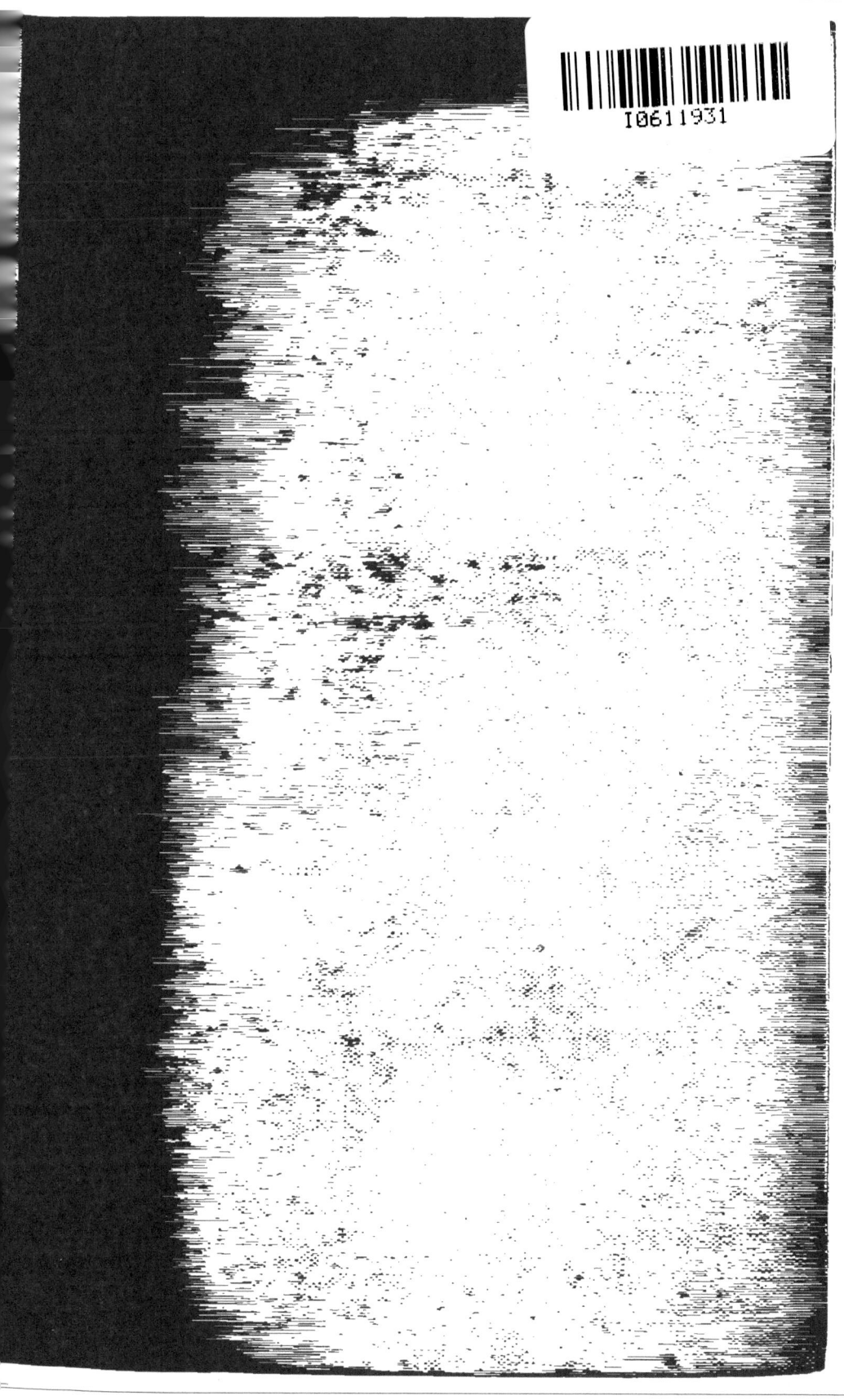

I0611931

PARIS AMOUREUX

PARIS

IMPRIMERIE DE L. TINTERLIN ET Ce

Rue Neuve-des-Bons-Enfants, 3.

PARIS
AMOUREUX

PAR

MANÉ

PARIS

E. DENTU, ÉDITEUR

LIBRAIRE DE LA SOCIÉTÉ DES GENS DE LETTRES

PALAIS-ROYAL, 17 ET 19, GALERIE D'ORLÉANS

1864

PARIS AMOUREUX

I

Salammbô et *le Fils de Giboyer*. — Le succès, ou esclave et dieu. — Les cheveux de l'occasion et le toupet du succès. — Une double hypothèse au sujet de MM. E. Augier et G. Flaubert. — M. Victorien Sardou. — Ne pas manquer le train, en ce siècle de vapeur. — Théorie des marées. — Les hommes-boussoles. — En quoi et comment M. Augier s'est montré l'homme-boussole dans *le Fils de Giboyer*. — Haro sur le pamphlétaire vénal! — Haute et basse presse; grands et petits journaux. — M. Émile Augier, plus poëte que démocrate. — Une question de cigares. — Droits de la comédie sur les ridicules de tous les partis. — Qui répondra à M. E. Augier? — Le timbre et *le Fils de Giboyer*. — Le timbre et *Une Question brûlante*, proverbe en un acte, par M. le marquis de B... — Brûlante est en effet la question. — Modèle de spirituel chiffonnage politique. — Mariages. — M. Émile de Girardin à *la Presse*. — M. Gustave Flaubert à Carthage. — L'auteur de *Salammbô* et la tradition médicale appliquée à sa littérature. — Bal chez Mˡˡᵉ Carabin, de l'Opéra; — M. A. Royer; — M. Calzado et Mˡˡ Trebelli; — M. de Flotow, etc., etc. — Une brochure qui fait du bruit dans le camp des médecins. — Malices d'un anonyme. — La première représentation du *Diable à Quatre*, lundi dernier, à l'Opéra. — Messieurs les Arabes. — L'Empereur aux Italiens. — Du danger de dîner chez un restaurateur avant d'avoir examiné les cloisons du cabinet où l'on dîne. — M. Alexandre Dumas fils.

Paris, 12 décembre 1862.

Salammbô et *le Fils de Giboyer !... le Fils de Giboyer* et *Salammbô !...*

Quelle est la plus grande puissance moderne ? — Ce n'est pas l'or ; ce n'est pas l'argent ; ce n'est pas le vice ; ce n'est pas la vertu ; — c'est le succès.

Quand le succès s'en mêle, j'ai vu la pauvreté faire envie à la richesse.

Dieu Succès, ayez pitié de nous !

L'omnipotence du succès est éclectique. Il y a des jours où il accorde ses faveurs au bien, où il récompense l'honneur, la probité, le courage, la droiture, comme les auteurs se croient toujours obligés de le faire à la fin des romans et des pièces de théâtre. D'autres fois, le succès sans cœur semble s'attacher de préférence aux plus indignes, et son char, roulant au profit des élus, écrase sous ses roues le cadavre de ceux qui auraient mérité le Capitole et auxquels la roche Tarpéienne est échue.

Ces jours-là, on est tenté de crier : *A bas le succès !*

On le menace ; on l'injurie ; on lui montre le poing.

— Infâme succès ! s'écrie-t-on, et l'on a tort en ces violences ; le succès n'est ni à louer, ni à blâmer ; c'est un aveugle auquel il s'agit d'attacher une fois la corde et le collier au cou, — comme fait un aveugle des rues à son chien, — et ensuite on promène à son bénéfice par la ville ce dieu étrange, à la fois esclave et maître, devant lequel s'agenouille la foule et que quelques hommes tiennent en laisse.

Je ne conteste pas *Salammbô ;* je ne conteste pas *le Fils de Giboyer ;* mais supposons, par impossible, un Gustave Flaubert inconnu, un Émile Augier débutant. Que le premier apporte *Salammbô* à MM. Michel Lévy et que le second présente *le Fils de Giboyer* au comité de lecture du Théâtre-Français !...

Imaginons *Salammbô* précédant *Madame Bovary* dans l'ordre des temps, et *le Fils de Giboyer,* cherchant à se produire à l'heure de *la Cigüe !* Le résultat serait un silence ou un charivari, et nous avons une sérénade.

De quoi donc est fait le succès ? Il se compose de plusieurs ingrédients qu'il s'agit de savoir cueillir à point et au bon endroit, et notamment de tous les cheveux dérobés à l'Occasion, qui n'est pas chauve pour tout le monde.

Le toupet du succès (ce n'est ni *Salammbô,* ni *le Fils de Giboyer* qui en manquent, de toupet) est fait assurément des cheveux de l'Occasion.

M. Victorien Sardou, l'un de ceux qui ont su le

mieux, dans ces derniers temps, épiler l'Occasion à leur profit, disait un jour devant nous : « *Nos Intimes* n'auraient pas eu, en 1862, leur succès de 1861, et *les Diables noirs* n'auraient pas eu non plus, au commencement de 1862, le succès que l'on espère pour eux au commencement de 1863.

Arriver à temps, ne pas manquer le train et ne pas se tromper de train, voilà l'essentiel dans un siècle de chemins de fer.

A trois heures, la machine chauffe pour vous, pour votre idée, pour vos combinaisons. A trois heures un quart, votre tour est passé. A trois heures moins un quart, il n'était pas encore venu.

En d'autres termes, le succès d'aujourd'hui n'est pas le succès d'hier, et ne sera plus le succès de demain. Hourra ! les succès vont vite.

Il s'agit d'abord d'avoir du talent, je le veux bien. Mais à quoi bon le talent si l'on ne sait pas, si l'on ne devine pas le mouvement des marées de l'opinion publique, si bien que l'on profite du flot et que l'on a l'air de lui commander ?

La boussole marque leur route aux navires. Les hommes à succès, en tout genre, sont des êtres aimantés qu'aucune force humaine ne fait dévier d'un but dont ils sentent seuls l'attraction mystérieuse et magnétique. A ce point de vue, les hommes à succès sont des boussoles vivantes. Les talents auxquels manque cette propriété indispensable aux voyages à travers la vie, doivent à tout prix s'adjoindre un *homme-boussole* qui dirigera la barque. Quand on fonde un journal, quand on prend la direction d'un théâtre, quand on veut lancer un grand ouvrage : où est la boussole? C'est la première question. Si la boussole manque, restez au port.

Nous avons assisté, le soir de la première représentation de la pièce de M. Augier, à la glorieuse acclamation d'une salle, en ce moment unanime, qui fêtait des deux mains et du cœur l'une des plus belles scènes du théâtre moderne : l'explication du troisième acte entre Giboyer et son fils; le fils devinant son père dans le vieux pamphlétaire flétri, et la paternité de Giboyer se trahissant par sa confusion et ses larmes, en face de cet enfant qu'il a élevé et qui devient son juge. Il n'y a pas là seulement une très-habile et très-poignante explication de famille; une question de la plus saisissante actualité donne au dialogue la vie, la passion et lui conquiert l'âme des spectateurs suspendus aux lèvres des comédiens.

Si l'on avait fait de Giboyer un militaire qui eût forfait au devoir de la noble profession des armes, ou bien un négociant souillé de faillites avec circonstances aggravantes, au lieu d'un bravo de lettres, la situation resterait la même vis-à-vis de Maximilien, mais point du tout par rapport au parterre, et tout l'effet serait manqué parce que le personnage de Giboyer, écrivain vénal et déshonoré, répond à l'une des préoccupations

1.

brûlantes du moment : l'honneur du journal, l'honneur du journaliste. Cela est dans l'air. M. Émile Augier l'a senti. Aussi, sur ce point, le courant public emporte son succès jusqu'aux astres.

Plus tard, quand le poëte, entraîné par sa pièce, nous donne pour conclusion son Giboyer amnistié, presque réhabilité ; son Giboyer auquel l'amour paternel a refait une sorte de virginité ! l'opinion se sépare de sa comédie. Pas de pardon pour le calomniateur, voilà la vérité ; envers le diffamateur, l'inclémence, voilà le devoir. Tout le sang généreusement répandu de Giboyer ne le laverait pas du vilain commerce qu'il a fait avec son encre et qui lui tache à jamais les doigts. Il a employé à des œuvres de mensonge l'instrument que le ciel lui avait remis entre les mains. Pour de l'argent, il a soufflé sur l'étincelle divine qui était en lui et il a fait la nuit dans sa conscience... Honte à jamais sur Giboyer! Son fils peut lui pardonner, mais son fils seul ; ce fils qu'il a perdu le droit de nommer du nom paternel devenu une flétrissure et comme une marque d'infamie par contagion.

Puisque aussi bien les journaux sont sur le tapis, il est temps de le proclamer : il n'y a pas de grand et de petit journalisme ; renonçons à ces démarcations surannées qui ne signifient rien. Est-ce à la dimension du carré de papier que l'on doit mesurer l'importance et la noblesse du travail? Un petit journal peut s'attacher à une grande besogne et un grand pousser devant lui la dernière des charrues ignobles. Selon ce qu'on sème : grain fécond ou parole empoisonnée, on est de la haute ou de la basse presse. Il faut considérer non le format du journal, mais sur quel patron l'âme du rédacteur est taillée.

C'est pourquoi, Giboyer et consorts eussent-ils un journal plus grand que *l'Époque*, aussi riche que le *Times* et supérieurement imprimé sur du papier très-cher, très-épais et on ne peut mieux satiné, ils ne seraient jamais que de très-petits et très-bas journalistes, eux qui font une œuvre impie ; qui lèvent le scandale comme fait le chien pour le gibier ; qu'aucune barrière n'arrête ; qui envahissent la vie privée armés jusqu'aux dents d'intentions perfides, et qui font commerce de déshabiller les grands hommes en public pour montrer leurs disgrâces cachées. Il n'y a guère de grand homme, vous le savez, pour son valet de chambre ; il y en a moins encore pour les valets de lettres.

Je reviens à M. Émile Augier, ce charmant, ce vigoureux poëte, bien constitué, bien bâti, assez heureux, lui, par exception, pour gagner à être connu de très-près. A sa naissance, la Muse comique le reçut dans ses bras. Ce serait, pensons-nous, une grosse erreur si les salons auxquels *le Fils de Giboyer* est le moins fait pour plaire, allaient en vouloir sérieusement

à son auteur comme étant un démolisseur à tous crins.
De même les démocrates auraient tort de trop compter sur ce frère et ami. C'est un poëte, vous dis-je, et partant une âme mobile. Il réflète son entourage du jour sous l'inspiration du moment. Comme il a dû entendre beaucoup parler, dans ces derniers temps, des coalitions de donneurs d'eau bénite aux cheveux luisants, au sourire béat, qui font faire des discours que l'un écrit et qu'un autre prononce, ce génie comique s'est naturellement exercé aux dépens des sacristains de salon, jésuites en robe longue ou courte et de toute la séquelle. Que si, au contraire, il eût pris la plume qui a écrit *le Fils de Giboyer* au sortir de quelque cigare longuement et intimement fumé avec son ami, son camarade de collége, d'Aumale (comme on disait tout court naguère à Henri IV), qu'il eût fort bien pu rencontrer à l'exposition de Londres, une comédie contraire serait peut-être sortie de la même plume, et le poëte comique aurait encore été dans son droit, attendu que l'humanité lui donne prise sous tous les drapeaux et dans tous les camps.

A ce point de vue, on s'est peut-être trop préoccupé d'abord de cette attaque sans riposte immédiatement possible qui s'appelle *le Fils de Giboyer*. — Qui répondra? disait-on de toutes parts. — Eh parbleu ! M. Augier lui-même, un autre jour, dans une autre disposition, après un cigare fumé en compagnie différente. Aujourd'hui, la comédie s'attaque à Tartuffe ;

demain à don Juan. Chacun son tour ; il y a place pour tous sous le fouet de la satire, pour les ultras d'en bas comme pour ceux d'en haut, pour les exaltés du ruisseau comme pour les exagérés des salons, et je ne désespère pas de voir un jour M. Augier, un autre vent enflant sa voile, prendre à partie les novateurs, les ébranleurs, les niveleurs et même les libres penseurs, qui ne sont pas non plus exempts de ridicule et doivent, à ce titre, payer tribut à la comédie.

En attendant j'ai entendu soulever ce lièvre : *le Fils de Giboyer* imprimé doit-il être considéré comme brochure politique et, à ce titre, tombe-t-il sous la loi du timbre ?

La chose vient d'être résolue affirmativement pour un petit proverbe en un acte et en prose : *Une question brûlante*, par le marquis de B...

Que vient faire le cachet du fisc sur la première page d'un proverbe ? me direz-vous. Ah ! c'est que ce proverbe-ci ne ressemble pas aux proverbes comme il s'en fabrique à la douzaine pour être joués entre deux paravents. Le marquis de B..., l'auteur, c'est le marquis de Bellune, frère du duc qui était naguère secrétaire de l'ambassade de France à Rome, et la question brûlante dont il est ici question, c'est la question romaine.

Le timbre a eu raison.

Il ne s'agit de rien moins que d'une réponse aux idées proclamées dans *le Fils de Giboyer*.

Toute querelle à part, c'est un rien prodigieusement spirituel que ce proverbe où se combattent sur le ton exactement sténographié des salons de la bonne compagnie, les arguments pour et contre le pouvoir temporel de la papauté, incarnés dans un marquis, une marquise, une comtesse, un poëte, un savant et un diplomate. On n'a jamais fait si agréablement du chiffonnage politique.

Le marquis a le dernier mot dans ce tournoi de jolis propos, et le marquis, quoique jeune, est une perruque qui croit à la nécessité du pouvoir temporel. Il le soutient d'une façon qui ne convertira pas, sans doute, mais qui ne manque pas au moins d'originalité. — « Vous aviez des pendants d'oreille, dit-il à la marquise, je vous les prends ; vous aviez des bracelets, je vous les prends ; et puis je vais porter plainte contre vous et je vous fais un procès.

« — Pourquoi ? demande la marquise.

« — Parce que vous aviez une rivière : je vous la demande, vous me la refusez. Je vous fais un procès, c'est tout naturel. Les témoins déposent : la moitié dit que vous avez raison, l'autre dit que vous avez tort. Grandes rumeurs au Palais. Vous revendiquez vos bracelets ; je réponds que j'ai déjà les pendants d'oreille, et que les bracelets, sans eux, ne vous serviraient de rien ; vous réclamez les pendants d'oreille et vous dites que ce sont des souvenirs de famille ; je réponds que le fait est accompli et que personne n'a plus rien à y voir. Vous suppliez qu'on vous laisse au moins la rivière, je la demande à grands cris, et je dis qu'il me la faut absolument pour compléter la parure.

« Vous invoquez la protection du Code. J'en appelle au principe de non-intervention. Du prétoire la querelle descend dans la salle des Pas-Perdus et bientôt après dans la rue. On se dispute, on se bouscule, on s'injurie... Les uns vous jettent des pierres ; les autres me jettent de la boue ; ceux-ci me traitent de victime, ceux-là vous traitent de martyre... Les juges seuls ne disent rien. On publie des livres pour éclaircir leur conscience et cela ne fait que les embrouiller davantage. L'affaire est en suspens ; nul ne sait le jour où l'arrêt sera rendu ; et maintenant faites une brochure, vous en savez aussi long que moi. Voilà ce que c'est que la question romaine. »

Je ne sais pas si c'est là la question romaine, comme le prétend le marquis du proverbe, et je doute que vous partagiez son opinion, quant à moi, cela ne me regarde point ; mais c'est là de l'esprit, à coup sûr, et j'en réponds.

Il faut là-dessus savoir rendre justice aux réactionnaires quand on est démocrate ; aux démocrates, quand on est réactionnaire. Gardons-nous de pratiquer la vieille règle : « Nul n'aura de l'esprit que nous et nos amis. »

Un grand journal de Paris annonçait l'autre jour le prochain mariage d'un maréchal de France, M. Cer-

tain Canrobert ; on publie aussi les fiançailles du vicomte de Bondy avec mademoiselle Levavasseur.
Je ne reviens pas sur tous les incidents panachés
auxquels donna lieu cette dernière union, alors qu'elle
était dans l'œuf. C'est aussi un mariage ou plutôt
un rapprochement de deux époux après séparation
que le retour de M. de Girardin à *la Presse*. Le
célèbre publiciste s'en donne-t-il assez de faire des
articles et encore des articles, de la prose et encore
de la prose ! Fatigué de son repos, avec quelle joie il
semble se retremper maintenant dans le travail qui
est l'élément de ces fortes natures ! Il me fait l'effet d'un marin qui n'aurait vu que la mer, le ciel,
l'eau et le pont du navire pour toute distraction pendant des années et qui reprendrait enfin possession de
la terre et de ses délices. Comme il a soif ! Comme il
boit à tire-larigot le grand article, le petit article, le
dur et le doux ! Le simple et le composé, l'entrefilet et
le manifeste, tout y passe et rien ne dépasse son appétit d'écrire. C'est une joie pour lui, et en même temps,
un orgueil pour la profession qui l'a reconquis.

Encore un rude athlète à la besogne, c'est M. Gustave Flaubert, l'auteur de *Madame Bovary* et de *Salammbô*. Celui-ci possède une des vertus que notre
temps connaît le moins : il a le courage des longues
veilles accumulées sur une même entreprise. Au lieu
de s'éparpiller, comme plus ou moins nous le faisons
tous, il se concentre. Il est puissant et patient. Son

imagination l'entraînant de préférence aux spectacles qui repoussent les autres, il fait de longues stations au milieu des horreurs. Nous, les lecteurs de *Salammbô*, plus étonnés et plus dominés que charmés, nous suivons l'auteur dans sa marche singulière et qui nous paraît lente à travers les cadavres des hommes qu'immole par milliers la guerre des mercenaires, à travers les cités et les campagnes et les camps qu'il ressuscite d'un pinceau magique. Mais lui, l'auteur, voilà des années qu'il vit dans cet étrange milieu, insensible à tous les bruits du jour, isolé dans ses études, presque plus familier désormais avec les rues de Carthage et les rumeurs du camp des barbares qu'avec la chronique du boulevard.

Il sait à peine peut-être que M. de Caderousse a tué en duel M. Dillon ; qu'Horace Vernet meurt au comble de sa gloire ; que mademoiselle Livry s'est brûlée vive ; qu'il est question d'un changement de situation pour M. Alphonse Royer, directeur de l'Opéra ; il n'a pas entendu parler du débat de MM. de Noé et Villemessant ; il ne sait pas que mademoiselle Carabin, de l'Opéra, a donné, l'autre nuit, chez elle, un bal à la fine fleur de la fashion parisienne ; que M. de Flotow ajourne, de concert avec M. Calzado, la représentation de *Stradella ;* que M. Calzado, déjà nommé, a rompu avec mademoiselle Trebelli, et que c'est demain l'ouverture des bals de l'Opéra.

Mais, en revanche, Salammbô, Hamilcar Barca,

2

Hannon, Giscon, Matho et autres, il sait sur le bout du doigt tout ce que ces gens-là ont fait ou ont dû faire, il y a quelque chose comme vingt-deux siècles ; et si M. de Girardin, par exemple, eût demandé à M. Flaubert absorbé dans *Salammbô*, de lui indiquer un bon chroniqueur pour ragaillardir *la Presse*, j'imagine que M. Flaubert lui eût indiqué Spendius, esprit délié, âme rusée, jambes actives, un drôle à tout savoir et à deviner le reste. Seulement, il florissait plus de deux cents ans avant Jésus-Christ.

M. Flaubert est le fils d'un célèbre chirurgien de Rouen. La province a eu de tout temps le privilége de garder quelques célébrités dans l'art de guérir, dont l'ombre départementale n'obscurcissait pas la renommée. Tel nous avons vu le docteur Bretonneau, de Tours. Tel fut M. Flaubert, dont les Parisiens admiraient et réclamaient souvent la main hardie aux opérations, l'œil clairvoyant, habile à lire plus qu'aucun autre dans les causes cachées du mal. Ces qualités paternelles, le fils les porte dans sa littérature : il déchire la chair humaine et fait couler le sang avec une impassibilité d'artiste et d'opérateur. En outre, l'aptitude singulière que révèle M. Gustave Flaubert dans son poëme carthaginois pour deviner les hommes et les choses disparus et reconstruire un palais, un temple, une citadelle sur la foi d'un fragment échappé à la destruction, ne participe-t-elle pas de cette partie essentielle de la médecine, le diagnostic ?

A propos de médecine, j'ai entendu parler d'une brochure qui fait grand bruit dans le camp de ces messieurs : *de l'Empirisme et du Progrès scientifique en médecine, à propos des conférences de M. le docteur Trousseau, par un rationaliste, docteur en médecine de la Faculté de Paris.* Ne vous laissez pas rebuter par le titre ; c'est singulièrement vif, spirituel, écrit de verve et de bon sens et parfaitement lisible pour les gens du monde.

Le nom de l'auteur est un secret bien gardé. Quelques-uns, je ne sais sur quels indices, accusaient le docteur Piorry, membre de l'Académie de médecine, homme d'esprit autant qu'homme de science, poëte même à ses heures (la brochure en question nous l'apprend) ; M. Piorry, qui ne connaissait de ce malin petit livre que le portrait supérieurement tracé de son collègue et émule le docteur Trousseau, placé aux premières pages de ce pamphlet médical, s'en défendait assurément, mais avec un sourire favorable. Que devint ce sourire, lorsqu'en parcourant plus attentivement le petit livre railleur, il vit qu'il y avait son tour ?

Sur l'inauguration du boulevard du Prince-Eugène, nous garderons, n'est-ce pas ? un respectueux silence. C'était superbe assurément ; mais le coup de vent qui, le lendemain même de la fête, enleva une portion du décor démontre éloquemment qu'il ne saurait être encore question du côté matériel de ces cérémonies après huit jours écoulés.

Il y a eu lundi dernier une belle et curieuse représentation à l'Opéra. Je parle de la salle et non pas de la
scène qui n'est point ici de notre ressort. Une grande
partie du brillant monde arrivé l'avant-veille de Compiègne s'était comme donné rendez- vous dans les loges les plus notables, et attachait un intérêt évident à
la reprise du *Diable à Quatre* exécuté par la jolie mademoiselle Vernon. Certes, le talent naissant de l'aimable enfant était bien pour quelque chose dans cet
empressement d'un public ordinairement plus difficile
à émouvoir; mais une circonstance qu'il nous appartient de porter à la connaissance du public, donnait un
attrait tout particulier au second acte surtout du ballet et plus spécialement au pas national intitulé Polski-
mazourki, que Marie Vernon danse avec Corali pour
partenaire.

On avait eu, vendredi 5 décembre, à Compiègne,
pour la suprême période de la villégiature impériale,
première et dernière représentation à la fois d'un bal-
let-pantomine en deux actes : *Casia* ou *l'Étoile de
Vienne*, réglé tout exprès par M. Petipa. Or, le pol-
ski-mazourki était intercalé dans cette *Casia*. De là
une source de comparaisons, de commentaires; une
occasion de petits signes échangés d'une loge à l'autre,
d'une comtesse à une princesse, en cette jolie langue
muette qui s'exprime par des sourires, des clignements
d'yeux, un mouvement de gant ou de lorgnette et que
les initiés comprennent seuls.

Messieurs les Arabes de distinction qui avaient eu l'honneur de figurer parmi les invités du château, ont été vus papillonnant de loge en loge comme de parfaits chevaliers français. Ils sont fort beaux, et le parterre, pour qui ils étaient nouveaux, ne s'est pas fait prier pour les admirer.

Jeudi, l'Empereur a assisté à la représentation de mademoiselle Patti dans *la Sonnambula*. C'est un honneur assez rarement accordé à l'Opéra-Italien. Si nous ne nous trompons, Sa Majesté n'était pas venue à la salle Ventadour depuis le soir du début de mademoiselle Piccolomini dans *la Traviata*. On devait donner jeudi *le Matrimonio segreto* pour la première fois de la saison; mais l'espoir de la visite impériale pour le spectacle dont Adelina Patti est l'héroïne, fit ajourner au samedi la reprise annoncée du chef-d'œuvre de Cimarosa.

Je finis par une histoire qui se recommande à l'attention des maris dont la conscience n'est pas nette.

L'autre jour, monsieur Trois-Étoiles, un de nos banquiers, donnait à dîner chez le restaurateur à deux provinciaux. Sa femme était de la partie. On fait mettre le couvert dans un de ces petits salons particuliers dont l'étroite et coûteuse hospitalité abrite avec indifférence tous ceux qui peuvent payer, sans regarder au reste.

Tandis que le banquier et *sa société* étaient au salmis de bécasses semé de truffes, une voix s'éleva dans la cellule voisine, voix de femme dont les notes éclatantes n'avaient pas de peine à percer la mince cloison qui séparait les deux cabinets. La voix disait : « Est-ce que vous croyez que je tiens à vous, par hasard... Deux mille francs par mois ; quelque chose de propre !.. Mon cher, une femme comme moi n'a qu'à vouloir pour trouver mieux... Vous connaissez *Trois-Étoiles*, le banquier ; eh bien, pas plus tard qu'hier, il m'offrait la clef de sa caisse en échange de celle de mon cœur. »

Trois-Étoiles pâlit à ce cri accusateur ; les provinciaux rougirent ; madame *Trois-Étoiles* seule ne broncha pas. Elle fit semblant de n'avoir pas entendu le nom de son mari. Toutefois cette révélation, partie du cabinet voisin, rendit maussade la fin du repas.

Le lendemain, madame *Trois-Étoiles*, sans avoir ouvert la bouche à son époux de l'incident de la veille, se rendit au restaurant et délia la langue d'un garçon. Il y a des procédés pour cela. — « Connaissait-il les personnes qui dînaient à telle heure, hier, dans tel cabinet ? »

Il y avait deux messieurs et une dame. Ce garçon ne connaissait que la dame, qui était une demoiselle d'un de nos petits théâtres.

Madame *Trois-Étoiles* se rend hardiment chez la créature, et, imitant la politique des Romains de la décadence, qui, lorsqu'ils n'avaient plus de soldats à opposer aux invasions barbares, les payaient pour s'éloigner des frontières de l'empire, traite sur le pied de dix mille francs avec la petite pour qu'elle s'abstienne d'entreprises sur le cœur du banquier. Marché conclu.

Je ne doute pas que l'enfant ne tienne sa parole. Mais, écartés sur un point, les barbares ou d'autres barbares reparaissaient sur un autre. C'est l'histoire qui menace madame *Trois-Étoiles*. On échappe à Charybde pour rencontrer Scylla. D'ailleurs l'air ennuyé de son mari ne présage rien de bon. Moralité du conte : s'assurer, quand on mène sa femme dîner au cabaret, de l'épaisseur et de la discrétion des murailles qui divisent les cabinets entre eux.

Le peintre et presque l'inventeur du monde interlope en littérature, son patron au théâtre du moins, M. Alexandre Dumas fils, va répondre à la façon de ce philosophe devant lequel on niait le mouvement et qui marcha. On a parlé de sa santé par-ci, de son affaiblissement et de son découragement par-là ; il prépare la meilleure preuve de sa santé, de sa force et de son esprit : une comédie bien portante.

Seulement, que l'habile observateur y prenne garde ! bien des choses ont changé pendant le long entr'acte qui commence à son dernier succès. Il ne faut pas reprendre le public et le théâtre à l'endroit où il les a laissés, mais au point où ils sont aujourd'hui et, mieux encore, où ils seront demain.

II

Le *Oui et le non des femmes*, par Mme S....; le oui et le non du bal
de l'Opéra. — Deux dialogues symétriques et parallèles quoique
contraires. — La clef et la serrure, apologue. — Programme de ce
qu'il faut savoir pour être admis à s'amuser au bal de l'Opéra. —
Shakespeare à propos de bottines. — Cours de bal de l'Opéra. —
La loge d'un prince russe. — Ceux qu'on rencontre en y allant :
Albéric Second; les frères de Goncourt; Nadar. — L'homme de
Paris qui déteste le plus son lit. — Nouvelles de la revue du Pa-
lais-Royal et de celle des Variétés. — Poignard ou couteau ? —
Succès quand même des revues sifflées. — Le bal de l'Espagnol
aux Provençaux raconté par une ingénue. — Ennemies comme le
Nord et le Sud en Amérique. — Un monsieur qui a du guignon. —
Dodoche ou le quadrille masculin. — Une dame qui a avalé le
Dictionnaire des excentricités du langage français de M. Lorédan
Larchey. — Une boîte de bonbons de 15,000 fr. — Un départ
pour le Mexique. — Éclatante soirée de bienfaisance à la petite
salle de la rue de la Tour d'Auvergne. — La question du souper
après le bal masqué. — Le grand salon et les petits salons du restaurateur. — Défilé de ces dames devant un pâté truffé. — Rosalba
l'Espagnole. — Rachel la délurée, ou le mariage d'un marchand
de jouets empêché par des chansons. — Mlle Finette et les journaux. — Mlle Andréa et l'esprit d'Henri IV. — *Finis coronat opus.*
Moralité.

Paris, 2 janvier 1863.

Une jolie femme spirituelle, madame M... S... a publié récemment un volume : *le Oui et le Non des femmes*. Ne fût-ce que pour échapper aux rengaines d'un feuilleton sur les étrennes tout confit en douceurs de circonstance, en cartes cornées et en souhaits de bonne année, vous plaît-il que nous disions le oui et le non des bals de l'Opéra?

— Vous allez au bal de l'Opéra ?

— Tous les samedis.

— Est-ce amusant ?

— Oh non !

— Alors, pourquoi y allez-vous ?

— On n'a jamais pu savoir.

Je me retourne vers un autre interlocuteur avec la même question : « Allez-vous au bal de l'Opéra ? »

— Tous les samedis.

— Vous y amusez-vous ?

— Parfaitement, et si je ne m'y amusais pas, je n'irais pas.

Donc, tout le monde va au bal de l'Opéra ; tout le monde, entendons-nous : tout le monde, comme on dit tout Paris, c'est-à-dire une minorité, cette minorité qui tient toute la place dans les chroniques. Seulement, ce *tout le monde* se divise, en ce qui concerne les bals de l'Opéra, en deux catégories bien tranchées : ceux qui s'y ennuient, ceux qui s'y amusent.

On est en face d'une serrure ; on en tient la clef dans sa main ; ce n'est pas à dire pour cela qu'on ouvrira la serrure, s'il y a des secrets et des combinaisons.

Voilà justement pourquoi tout le monde ne s'amuse pas à ce bal de l'Opéra, où tout le monde va.

Premier point, il faut y connaître tout le monde ou se munir d'un guide qui vous fasse connaître tout le monde : grands et petits ; les turlurettes et les princes russes en vacances ; les feuilletonistes et les neveux de sénateur ; les dominos qui gagnent à ne pas être connus et qui ne gagnent même qu'à cela, et ceux au contraire dont on gagne à faire la connaissance ; il y a aussi les célébrités du quadrille orageux ; les célébrités du sport et du bois de Boulogne ; les célébrités du Café-Anglais et de la Maison-Dorée ; les célébrités d'hier, celles de demain ; mademoiselle Trois-Étoiles qui a vendu ses diamants ce matin ; madame Quatre-Étoiles qui les a achetés ce soir ; M. A..., qui vient de gagner 730,000 fr. à la dernière hausse du Mobilier espagnol ; l'Espagnol qui donne des bals dans le grand salon des *Provençaux* (quelquefois cet Espagnol est un Chilien ou un Brésilien et quelquefois le bal a lieu à l'*Hôtel du Louvre*) ; voilà ce qu'il faut savoir sur le bout du doigt pour s'amuser au bal de l'Opéra ; ou bien, je le répète, empruntez le petit doigt d'un ami renseigné.

Je veux essayer de vous faire aujourd'hui un cours

de bal de l'Opéra. Il y a des chaires au collége de France où l'on professe des choses moins nécessaires à la jeunesse.

D'abord, vous qui vous plaignez du bal de l'Opéra; vous qui n'y trouvez que cohue, poussière, grossièretés immondes, propos avinés, costumes ultra-familiers pour ne pas dire plus; danses de damnés, orchestre d'enfer, lustres qui donnent la migraine; et qui mélancoliquement promenez le long, le long des corridors, votre habit noir sali par le contact des masques hardis et votre chapeau que quelque mauvais plaisant est capable de vous enfoncer d'un coup sur les yeux (vous fâcherez-vous si ce mauvais plaisant est une femme?); vous qui allez chaque fois au bal de l'Opéra en jurant qu'on ne vous y prendra plus, mais qui y retournerez le samedi suivant, savez-vous seulement le nom des locataires, pour la saison, des vingt plus belles loges de la salle? Avez-vous accès chez eux?

— Ma foi! non.

Eh bien, alors, vous me faites exactement l'effet d'un homme qui, ignorant l'anglais et tenant un Shakespeare entre les mains, — sans traduction ni dictionnaire, — s'écrierait : « Ce n'est pas déjà si fameux, leur Shakespeare tant vanté! »

Tenez, entrez avec moi dans la loge de ce grand seigneur étranger, riche de quelque chose comme vingt mille paysans; on n'y parlera pas du grand acte qui a émancipé ces messieurs, mais de cette loge ou même dans cette loge vous verrez passer tout le Paris amusant ; les nouvelles du jour s'y sont donné rendez-vous ; il n'y a qu'à prêter l'oreille et, si vous étiez chroniqueur, votre feuilleton vous serait fait avant la fin de la nuit par des bouches de toutes les couleurs.

Il n'était encore qu'une heure et demie du matin, on circulait librement et les individus n'étaient pas absorbés par les masses hurlantes, dansantes ou ambulantes.

Comme nous gagnions la loge du prince ***, voici que nous nous croisons avec un personnage colossal et fauve. C'est Nadar. Qui ne connaît Nadar ? Le premier photographe du monde ; un cœur d'or ; un esprit rare. Il est en train de passer homme sérieux, ce qui ne l'empêche pas, à certains jours, de mettre comme un grand enfant des éperons à ses bottes et de coucher avec. Ou bien encore, dans la saison, il remplira ses poches — et les vôtres, au besoin, — de grenouilles vertes et de lézards frais, tout en combinant *in petto* quelque projet de réforme universelle, ou simplement un moyen de rendre service à ses dix mille amis d'un seul coup.

Voici encore un des plus spirituels habitués du bal de l'Opéra et un homme qui a beaucoup d'amis, des amis sérieux qui montrent les dents si l'on touche à leur ami ; c'est M. Albéric Second, taillé en hercule, avec des moustaches de boyard. Il va représenter la littérature et l'esprit du feuilleton à l'*Écho de la Presse*

3

transformé et rebaptisé par M. Granier de Cassagnac. Tant mieux pour tout le monde ; car M. Albéric Second est une plume fine, bienveillante et polie, qui manque là où e le n'est pas.

... Les frères de Goncourt, bras dessus bras dessous, au bal de l'Opéra comme dans leurs beaux livres. Ils viennent de faire ensemble *la Femme du dix-huitième siècle ;* un plaisant pourrait demander, les rencontrant inséparables aussi au bal de l'Opéra, s'ils font ensemble la femme du dix-neuvième.

... M. Gustave Claudin, l'auteur de *Paris,* l'un des hommes élégants de la littérature, est, de tous les Parisiens, celui peut-être qui déteste le plus son lit. Quand dort-il ? Les Académies pourraient mettre cette question au concours ; il travaille le jour au *Moniteur* et ailleurs ; la nuit, vous le trouvez partout où il y a des lustres, des musiques et des fleurs.

Cependant nous étions arrivés à la loge où nous attendait l'hospitalité russe. Un salut cordial ; une main tendue vers la vôtre ; à présent vous êtes là comme chez vous.

Préparez-vous à voir défiler sous le masque, et quelques-unes sans masque, car elles l'ont ôté à la porte, nombre des plus charmantes actrices de Paris, celles-là surtout qui appartiennent plus encore au monde des jolies femmes qu'au monde dramatique.

En voici une du théâtre du Palais-Royal. Elle a délivré son visage de la prison de satin. Né la nommons pas pour cela; ce serait abuser de la confiance qu'elle nous témoigne. On lui parle de ceci et de cela. Ceci ne regarde pas le public; cela c'est l'histoire d'un coup de couteau, d'autres disent de poignard, — c'est plus noble, — qu'une de ses camarades est accusée d'avoir donné dans un moment de vivacité à un gentilhomme dont le blason est des plus historiques.

L'anecdote est-elle vraie? est-elle fausse? Je ne crois guère, pour ma part, à la fumée sans feu, et cependant l'anecdote est fausse. En tout cas, si blessure il y a, le coup n'était pas grave et le crime non plus, car la coupable était visible avant-hier, dans une avant-scène, à la première représentation d'une pièce de M. Labiche, dont elle riait comme une personne qui n'a pas sur la conscience un gros méfait.

— Siffle-t-on toujours *les Perruques*, la revue du Palais-Royal?

— On les sifflerait encore, mais on ne les joue plus; la direction n'a pas eu le courage de sa revue.

— Chez nous, au contraire, dit une paire de jambes qui contribue au succès du quatrième tableau dans *Eh! allez donc, Turlurette!* la direction a plus que le courage, elle a le fanatisme de sa revue. On siffle le premier soir: n'importe. Ce n'est pas le vrai public... *Eh! allez donc, Turlurette!* On resiffle le second soir; n'importe encore; cela n'empêche ni le troisième, ni le quatrième, et ainsi de suite jusqu'à la cinquantième représentation. La pièce peut aller cahin-caha ; mais les recettes roulent carrosse. C'est l'essentiel.

— La faute en est à vous, Mesdemoiselles, dit un nouveau débarqué, à vos grâces, à vos charmes, qui...

— La faute en est au bon public, toujours avide — malgré les remontrances du feuilleton qui moralise à propos de botte et quelquefois de bottine,—toujours altéré de connaître ce qui se passe dans nos coulisses, et qu'est-ce que la revue ? C'est l'année qui finit, mise en scène au point de vue des attraits de ces dames et des cascades de ces messieurs, sans oublier l'habileté connue et les couplets bien tournés de la raison sociale Cogniard et Clairville, s'il s'agit des Variétés ; Blum et Flan, s'il s'agit des Délassements-Comiques.

Une ingénue du théâtre du Vaudeville prit ensuite la parole.

— Tu n'étais pas au bal de l'Espagnol. Par quel hasard ? C'était splendide. Il y avait là toutes les femmes *chic* et tous les messieurs de ces dames. Orchestre et souper, cela va sans dire, aussi bien que les perles et les diamants. Malheureusement, la fête a été troublée par quelques discordes. Une dame costumée de velours noir a déclaré qu'elle ne resterait pas au bal si une autre dame, dont le déguisement était fait de plumes blanches, n'en était pas bannie. En même temps, les plumes blanches faisaient la même déclaration par rapport à la robe de velours noir. Per-plexité de l'amphitryon. On envoie d'abord des pacifi-

cateurs qui échouent. Le Nord et le Sud, quoi !...
l'assemblée se partage en deux camps : les uns tenant
pour les plumes blanches, les autres pour le velours
noir. On a été aux voix après avoir manqué d'en venir
aux mains. La majorité s'est ralliée aux plumes blanches... Suivez mon panache blanc ! comme disait
Henri IV. La robe noire sacrifiée s'est retirée sans les
honneurs dus à ses rangs de perles, mais avec son
cavalier.

Une voix demanda sous le masque quel était ce
cavalier.

— Un provincial ; un homme qui jouit d'un fameux
guignon, à ce qu'il paraît ! Il nous racontait que toutes
les fois qu'il se faisait une fête d'assister à une fête, la
fête n'avait pas lieu pour lui. Pendant cinq ans, dans
sa ville de province, il paraît qu'il a désiré voir *la
Dame Blanche* sans jamais pouvoir y arriver, attendu
que tous les ténors qui se présentaient pour George
Brown étaient sifflés dès le premier morceau, de manière à ne pas aller plus loin. A présent, le voilà au bal,
à Paris, très-content d'y être et forcé de s'en aller
pour cause de dame noire.

On en était là de ces bavardages de ville et de théâtre, lorsqu'une manière de garde-française vint dire au
prince russe : « M. Dodoche va danser devant votre
loge. »

Il se fit un mouvement ; — quelle belle chose que la
gloire ! — et quatre hommes sérieux comme des notaires

3.

et habillés comme des fous vinrent, en gens pénétrés de leur mission, perpétrer devant nous leur quadrille de haute fantaisie.

Qui ne connaît Dodoche, le troubadour grotesque des bals de l'Opéra, son immense béret écossais et la mandoline qui lui bat les flancs? Il avait pour vis-à-vis son ami Flageolet, en garde national de la banlieue sous la Restauration ; il avait pour danseuse un autre de ses camarades, travesti en marchande de poissons, et Flageolet aussi donnait la main à un camarade ; car ces virtuoses n'admettent guère d'autre sexe au partage de leurs triomphes.

A la dernière figure, Dodoche mit le sceau à sa victoire en cueillant huit chapeaux sur la tête des habits noirs qui l'entouraient. A cet exploit, les fanatiques se pâmèrent d'aise, mais j'entendis siffler à nos côtés la voix de l'envie qui ne respecte aucune gloire : « Quels *trimbaleurs de refroidi!* » dit une dame, qui parlait comme si elle eût avalé le *Dictionnaire des excentricités du langage français* par M. Lorédan Larchey. En langue vulgaire ; elle aurait dit : « Ils sont gais comme des croque-morts. »

Cependant la loge du prince ne désemplissait pas. C'était un flux et un reflux d'hommes élégants et de femmes appartenant au monde des plaisirs faciles, des voitures à huit ressorts, des cent mille livres de rentes qui viennent de la flûte et s'en vont par le tambour.

Il fut question d'une boîte de bonbons de quinze

mille francs, offerte à un petit ange blond, à l'occasion du 1er janvier.

Il fut question d'un départ pour le Mexique, qui est très-commenté. Nous passons les commentaires. De quoi ne fut-il pas question ! On parla même charité, à propos d'une représentation de bienfaisance qui a été donnée lundi au petit théâtre de la rue de la Tour-d'Auvergne.

Il s'agissait de soulager un malheur épouvantable ; de venir en aide à la famille d'un peintre atteinte dans la personne de son chef, qu'une maladie mentale éloigne depuis deux ans des pinceaux, son gagne-pain et sa gloire. On a eu une soirée unique ; on a fait, relativement à l'exiguïté de la salle, une recette de contes de fée. Les plus grands artistes : Madame Pauline Viardot, Virginie Déjazet, dont l'esprit ni le cœur ne se lassent ; Mario, qui peut-être n'avait pas si bien chanté depuis dix ans ; Henri Herz, dont la réapparition en public était un événement ; tout le monde a donné, sans se faire prier, le meilleur de son talent. Berthelier, le chanteur de chansonnettes ; l'excellent comédien Berton ; Saint-Germain, du Vaudeville ; mademoiselle Céline Montaland, que l'on trouve si jolie ; madame Fromentin, du Gymnase, qui est si sympathique ; les frères Lionnet, instigateurs et organisateurs de cette belle soirée et de cette bonne œuvre, ont complété la fête. Un poëte, Théodore de Banville, l'a consacrée par des rimes touchantes ; il a écrit un prologue de circon-

stance fait pour survivre à la circonstance, et que l'un
des Lionnet a récité d'une voix juste et émue.

Mais voici qu'il est quatre heures du matin, au bal
de l'Opéra. C'est le moment de songer à la retraite et
de s'organiser pour l'acte important du souper.

Si vous m'en croyez, vous n'irez pas vous enfermer
dans un mystérieux salon particulier ; mais, au contraire, vous vous procurerez une table d'observateur
dans le grand salon du café du Helder, qui paraît, en
ce moment, le réfectoire de prédilection des mascarades.

C'est le bal qui continue ; seulement, on mange au
lieu de danser ; on joue des fourchettes pour se remettre d'avoir joué des jambes.

Mettez devant vous un pâté de foie gras constellé
de truffes, un pâté qui soit ouvert, hospitalier, bon
enfant, et je parie que, sous prétexte de vous *emprun-
ter* une truffe — ce diamant noir de la gastronomie,—
vous verrez l'essaim des bayadères venir vous manger
dans la main.

Celles, même qui sont cloîtrées dans quelque cabinet
où la mise en scène est sérieuse, savent échapper, sous
un prétexte quelconque, à leur amphitryon officiel, et
vont faire une tournée dans le grand salon, badinant à
une table et à l'autre, picorant à droite et à gauche ;
faisant attendre là-bas leur souper qui refroidit et leur
société qui s'échauffe d'impatience ; préférant la ma-
raude dans le salon commun et le morceau sur le pouce

à la séance de gastronomie tranquille et de galanterie à huis-clos, qui n'a plus de charmes pour celles qui vivent, hélas ! de ce singulier devoir.

On sort, on s'échappe sous prétexte d'aller se laver les mains ; de tremper dans l'eau fraîche ses yeux rougis par les veilles, brûlés par les lumières, et de donner une couche de poudre de riz à ses joues fatiguées du masque.

— Mais, objecte le monsieur qui craint les escapades de son oiseau de nuit, le garçon pourrait vous apporter ici ce qu'il vous faut.

On ne l'écoute pas ; on part ; on est parti.

Le monsieur, si c'est un naïf, s'étonnera du temps que mettent les petites femmes de Paris à réparer leur toilette ; si c'est un roué, il enverra tranquillement chercher et fera ramener sous bonne garde la fugitive.

Le hasard de la pêche à la truffe amena d'abord dans nos parages une célébrité des danses épicées : Rosalba l'Espagnole. Elle était, en effet, costumée en Espagnole. Son blason l'y oblige. C'est une de ces créatures frêles et acharnées dont la faiblesse ne se repose jamais. Un vrai diablotin au quadrille.

Puis, ce fut le tour de Rachel la délurée. Un joli nom ! Un initié lui demanda des nouvelles de son mariage.

— Quel mariage ? un mariage pour de vrai ?

— Tout ce qu'il y a de plus pour de vrai ; Rachel la

délurée a promis de faire une fin et de mettre sa main dans la main d'un honnête marchand de joujoux qui lui donnera son nom et la fera trôner à son comptoir au milieu des polichinelles. Rachel a consenti ; elle a juré de renoncer à sa vie de carnaval ; elle est bien décidée à tenir sa parole ; ce n'est pas sa faute si elle ne l'a pas encore tenue ; c'est la faute des faiseurs de refrains populaires, de ces poëtes à peu près anonymes qui remplissent tour à tour la ville et font retentir l'atelier, le carrefour, le boulevard, tantôt des *P'tits agneaux*, tantôt du *sultan Mustapha*. Plus tard, c'est *Eh! allez-donc, Turlurette!* en dernier lieu, *L'pied qui r'mue*, la nouveauté du jour dans cet ordre de modes qui n'ont rien à démêler avec le club et le salon de *high life*.

—Mais je ne saisis pas ce qu'il peut y avoir de commun entre le mariage de Rachel la délurée avec un marchand de jouets d'enfant et *l'pied qui r'mue* ou *les p'tits agneaux*.

— Vous allez voir ; ces refrains qui mettent le populaire en joie agissent sur notre Rachel comme la trompette agit sur le cheval de guerre. En les entendant, elle piaffe, et bientôt oubliant ses projets de retraite, elle retourne à la folle mêlée.—« Va, mon petit homme, dit-elle à son marchand de jouets, ce sera pour l'année prochaine. Encore ce carnaval-ci, pour l'amour de Turlurette! »

Eh, allez donc!.. La vogue de Turlurette usée, le brave homme crut qu'il allait pouvoir conduire sa fiancée à l'autel; mais il avait compté sans *l'pied qui r'mue.*

Nouvel ajournement au nom du *pied qui r'mue.*

Les chansons changent, mais c'est chaque année la même chanson pour l'hymen de Rachel la délurée.

Finette aussi, l'illustre Finette, une des curiosités du Paris dansant cher aux étrangers, daigna faire une station devant les truffes offertes aux passants, et se plaignit d'être la victime d'une conspiration du silence organisée contre elle dans les journaux.

Elle est toujours en pêcheur napolitain ; seulement, la couleur de son costume est changée cette année-ci. Elle le porte noir et tout brodé de constellations d'or et d'argent. Si c'est un pêcheur, il semble que ce soit un fantastique pêcheur d'étoiles.

Elle dit encore : « On m'a portée en triomphe comme Musard et le grand Chicard ; je devrais être immortelle sans l'hostilité des journaux. Hélas ! m'ôteraient-ils la douceur de laisser à mes héritiers les témoignages de mes succès ? »

Ainsi, mademoiselle Finette aime la publicité des journaux et elle a la franchise d'en convenir, ce qui est une qualité. Tout le monde n'a pas ce bon sens. Je sais des gens qui en sont aussi friands qu'elle et qui font hypocritement la petite bouche. Mais le tort de mademoiselle Finette sur ce point est celui-ci : lorsqu'on a parlé d'elle, par hasard, elle compte le nombre des lignes qui la concernent, puis combien de fois son nom y est imprimé ; et, selon le résultat de l'addition, se montre un peu, beaucoup, passionnément contente, — ou pas du tout.

Nous vîmes aussi passer Andréa, en débardeur, avec une casquette de velours crânement posée sur la tête. Celle-ci a une et même deux spécialités. Non-seulement elle fut écuyère à l'Hippodrome et a paru sur la scène de la Porte-Saint-Martin dans *le Pied de Mouton*, mais elle cultive le spiritisme et se croit en rapport avec l'esprit d'Henri IV.

Bien d'autres nymphes folles, bien d'autres étoiles de la chorégraphie irrégulière et de la vie idem, défilèrent encore devant l'observatoire au petit pied qui fonctionnait dans le grand salon du *Cofé du Helder*.

Mais nous ne pousserons pas plus loin ce dénombrement, déjà trop homérique par sa longueur.

La morale de la chose, c'est que, si l'on ne sait pas s'amuser au bal de l'Opéra, il vaut mieux dormir tranquillement dans son lit,

III

L'une et l'autre fortune de M. Sardou. — La hausse des actions des *Ganaches* au Gymnase. — Quelle sera la physionomie des ganaches de ce temps-ci? — Les ganaches que le Gymnase a mises en scène et celles qu'il a oubliées : la ganache du premier Empire ; le grognard du romantisme et le voltigeur de 1830. — Eloge de l'extravagance. — Une duchesse à l'eau. — Trop pot-au-feu, notre temps! — Léandre craint de se mouiller les pieds en allant voir Héro. — *Pater, credo* et *confiteor*. — Ce qu'envient parfois les femmes honnêtes à celles qui ne le sont pas. — Nécessité d'un retour à la passion dans la vie et au théâtre, et regrets de la suppression des *Diables noirs*. — Soirée chez S. A. I. la princesse Mathilde. — Mlle Patti en réalité et en peinture. — Une spéculation oubliée. — Bals passés, présents et à venir. — Les bals masqués des Délassements-Comiques. — Toujours les bals de l'Opéra et comme quoi l'intrigue n'y est pas aussi morte qu'on le dit. — Autant de bagues que de bals, ou le mystérieux domino. — La dame aux boules noires. — Feu Mme Cardinal et son cabinet de lecture. — Retour de M. Home à Paris — La dame émaillée n'est pas ici, quoi qu'on en ait dit. — Une partie au château de Chamarande. — M. le comte de Persigny et *Salammbô*. — Où est l'hiver? — Ce que l'on entend par un *Giboyer*. — Bal donné par la Société de bienfaisance allemande au Grand-Hôtel. — Les morts et les mourants.

4

Paris, 23 janvier 1863.

Il faut toujours que M. Sardou soit sur le tapis ; quand ce n'est pas sa bonne fortune qui le met à la mode, c'est sa mauvaise ; et *les Diables noirs*, étouffés par la censure, sont presque aussi favorables à sa gloire que s'il eût gagné un grand succès de plus.

L'interdiction des *Diables noirs* a eu pour conséquence immédiate de faire remonter les actions des *Ganaches* au Gymnase. Explique ici qui voudra et comme il pourra la filiation de l'effet et de la cause. Le fait est incontestable ; il y a un regain pour *les Ganaches* depuis huit jours.

Peut-être le moment est-il opportun, pendant cet été de la Saint-Martin dont jouit la comédie du Gymnase, pour aborder une question que *les Ganaches* de M. Sardou mettent à l'ordre du jour.

Quelle figure feront, dans un certain nombre d'années, nos contemporains devenus ganaches à leur tour ? Voilà la question.

On devine la grandeur d'un monument à l'aspect de ses ruines ; on le restaure par la pensée ; on retrouve la beauté d'une femme aux restes que lui en laisse la soixantaine ; la desserte d'une table opulente témoigne encore assez clairement de ce que fut le festin ; il y a des statues mutilées, des tableaux à demi effacés dont l'aspect conserve des splendeurs qui vous jettent en extase ; un soleil qui se couche sur un vieux monastère écroulé à demi peut être un plus beau spectacle que ne le fut le midi de l'astre rayonnant naguère sur l'architecture debout et florissante du monument. Il y a je ne sais quoi de divin dans la décrépitude ; mais, c'est à condition qu'elle rappellera le souvenir d'une forte et généreuse maturité.

Au train de la jeunesse du jour, il est permis de craindre, — voilà du moins mon humble sentiment, — que ses cheveux blancs n'aient guère plus de majesté dans l'avenir qu'une balle de coton.

Elles ont certainement du grand et du généreux en elles, les ganaches de la République et de la Royauté de droit divin que M. Sardou a tournées en comédie. Leur fanatisme touche, en même temps qu'il fait sourire. C'est le dévouement écloppé, perclus de rhumatismes et vêtu de modes surannées, partant ridicules, — mais c'est le dévouement, chose grande et vénérable sous tous les drapeaux, sur tous les piédestaux. Le royaliste quand même, le républicain à outrance que M. Sardou nous montre, peuvent avoir des nuages dans le cerveau qui leur obscurcissent l'entendement ; mais, jusqu'au dernier jour, ils demeurent néanmoins solides et grands, parce que leurs pieds ont pris racine, comme en un sol généreux, dans la fidélité et le désintéressement.

Lors de la nouveauté de sa pièce, j'ai entendu accuser M. Sardou de n'avoir pas osé mettre sur la scène, devant les spectateurs que gouverne le second Empire, les ganaches du premier.

Cette lacune, à nos yeux, constituerait plutôt un déni de justice qu'une flatterie. Le premier Empire a laissé autant si ce n'est plus de nobles ganaches qu'aucun autre régime, et c'est ce qui atteste sa force et sa virilité. Malheur aux époques qui ne laissent pas derrière elles une traînée de débris pour raconter leurs batailles, les batailles à coups d'hommes et les batailles à coups d'idées !

La révolution de Juillet et le romantisme ont aussi leurs grognards — d'un tout autre ordre que ceux du premier Empire, — qui nous racontent les campagnes d'*Hernani;* les échauffourées du saint-simonisme ; les élans, les excès, les désastres de tant d'aventures tentées alors avec une foi touchante et une ardeur de Croisés au delà des limites du réel et du possible.

Des contemporains d'*Antony* ; des ennemis du bourgeois *au menton glabre*, comme disait l'un d'eux, le farouche Petrus Borel, l'auteur des *Contes immoraux* ; des cavaliers de l'impossible ; des adversaires nés du bon sens ; des êtres tout en cheveux, tout en barbe, vêtus d'une veste de velours et déjeunant d'un sonnet de Ronsard ; tels étaient en leur beau temps, tels demeurent aujourd'hui, avec la jeunesse en moins, les cheveux blancs en plus et leur pourpoint plus usé, les voltigeurs littéraires de 1830.

Ganaches, eux aussi ! oui certes, quoique M. Sardou

ne les ait pas introduits dans son cadre, et honneur à
la société en travail de son idéal qui nous a légué ces
vieux enfants sublimes !

Mais nous, s'il vous plaît, que diront nos ganaches?
quelle figure feront-elles? Quel feu couvant chez elles,
sous les neiges de l'âge, avertira qu'ici fut un volcan?

Nous manquons d'explosion, cela est certain.

Nous manquons de cette extravagance dont le Père
Lacordaire disait que c'est elle qui sauve et crée les
empires.

Extravagance, imprudence, vertus des âges héroïques, sans lesquelles rien ne se fait de grand, revenez-
nous ! Prudence et calcul, petites qualités de ménage
qui font aller le pot-au-feu et bouillir la marmite sans
cassure ni fêlure, quittez-nous !

Il y a quelque trente ans , voici ce que l'on vit un
jour : une vraie duchesse, possédée d'amour, donna
aux passants du Pont-Neuf le spectacle d'une grande
dame qui se jette dans l'eau. Elle ne se noya pas ; sa
robe de velours la soutint. Oh! la folle ! direz-vous;
folle, elle l'était assurément, à la façon de la duchesse
de Langeais et autres amoureuses blasonnées de *la
Comédie humaine.*

De nos jours, loin de se noyer ou d'y songer le moins
du monde, on ne se mouille même pas les pieds pour
aller à un rendez-vous d'amour. Loin de franchir un
bras de mer pour aller trouver Héro, s'il y a un ruisseau à traverser, Léandre n'oublie pas ses souliers à

4.

double semelle, et, s'il tombe une goutte de pluie, son parapluie. On aime, avant ou après l'heure des affaires; on va chez sa belle, ou elle chez vous, quand le temps le permet. Oh! l'on est prudent, et pour savoir se tenir les pieds chauds, on n'a jamais vu au monde de société qui vaille la nôtre.

Par exemple, quand il s'agit de gagner de l'argent, —ou d'en dépenser pour quelque sot plaisir ou quelque vanité plus sotte,—la scène change : la fièvre se déclare; le glaçon devient charbon ardent; on ne connaît plus d'obstacles. L'argent, voilà notre *pater*, notre *credo* et l'occasion de nos *confiteor*.

Ceci est horrible à dire : on voit des femmes réputées honnêtes et qui le sont, — à part le mal du temps qui les ronge, — envier, sans bien s'en rendre compte, les femmes de l'autre espèce, non parce qu'on les aime, mais parce qu'on les paie follement cher.

Étant donnée cette maladie sociale qui ne se peut guérir que par les plus violents réactifs et par l'excitation aux passions désintéressées, ce n'est pas sans regret que nous avons vu souffler pour l'éteindre sur l'étincelle que l'on nous disait contenue dans *les Diables noirs* de M. Sardou.

De la passion ! mais, c'est la rosée qu'attendent nos scènes arides ; trop de passion, dites-vous ; jamais trop pour le besoin qui s'en fait sentir dans nos âmes desséchées par la soif du gain.

Trop heureux quand il ne s'agit pas d'un spectacle

fait pour les yeux et les sens, étalant des symphonies en maillot majeur et en corsage mineur !

On construit des palais à l'art dramatique; on augmente, et l'on a raison, selon nous, le nombre des théâtres; il faudrait pourtant s'arranger en même temps pour donner autre chose que des vieilleries dans ces salles neuves.

C'est bon pour des théâtres de société de vivre toujours sur *le Cheveu blanc*, *Il faut qu'une porte soit ouverte ou fermée* et *le Caprice*. Au vrai public, il faut, de temps en temps, servir du fruit nouveau, fût-il un peu âpre et rude à l'estomac du spectateur, qui s'engourdira si on ne lui donne rien de sérieux à mâcher.

Mercredi dernier, chez S. A. I. la princesse Mathilde, — à la suite d'un dîner auquel assistaient Leurs Majestés Impériales, — Bressant et madame Madeleine Brohan ont joué *la Porte ouverte ou fermée* devant le plus brillant auditoire.

Deux dames amateurs qui ont un vrai talent d'artiste, Mesdames Achille B*** et la baronne de C***, née Lablache, la première soprano, la seconde contralto, ont chanté ensuite dans cette soirée princière, et admirablement toutes deux.

Deux ténors, — l'un qui chante pour son plaisir en même temps que pour celui des autres, M. de M***, et Naudin, du Théâtre-Italien, ont aussi fait assaut de mélodies.

Mademoiselle Adelina Patti n'était pas de la fête;

cela vous apprend que l'on peut encore se passer d'elle à Paris.

Ce n'est évidemment pas l'avis de M. Calzado, directeur de notre Théâtre-Italien qui, non content d'exhiber le plus souvent qu'il peut sur la scène sa cantatrice à recettes, l'expose, depuis hier, en peinture, dans le foyer du théâtre.

La toile est signée Winterhalter, et le cadre, — qui n'est pas signé, — est bien beau.

Quant au portrait lui-même, il brille par une ressemblance superficielle, une élégance de convention et une absence à peu près générale de toutes les qualités qui constituent la bonne, solide et franche peinture.

Une seule chose me surprend dans tout cela, ce n'est pas la faiblesse du morceau ; c'est que l'on soit admis à le contempler gratis.

Il y avait une spéculation bien simple, et je m'étonne qu'elle ait échappé à qui de droit : il s'agissait d'accrocher un rideau au-dessus du portrait, d'interposer ce voile entre l'image de la divinité et la curiosité des mortels, et de ne le soulever que moyennant une contribution de tant par tête.

Combien n'aurait-il pas été aisé d'encaisser deux ou trois cents francs chaque soir pour les représentations du portrait au foyer !

Il n'y a pas de petit profit. Les petits ruisseaux font les grandes rivières.

Toujours est-il que la Patti est dans toutes les bouches. Rossini, chez qui elle a chanté, non pas avant-
hier, mais le mercredi précédent, a très-fort apprécié
les vives et charmantes qualités de la prima donna à la
mode.

En fait d'engouement excité par ce petit prodige, les
Parisiens, sur lesquels on comptait pour donner une
leçon de bon sens au fanatisme anglais, ont plutôt
encore dépassé celui-ci. La Patti! cela répond à tout.
Les Parisiens se ruent au talent de mademoiselle Patti
comme des gens qui n'auraient pas dîné se précipitent
sur un souper de bal, la bouche et les mains ouvertes,
les yeux fermés, confondant, en l'ivresse de leur appétit, l'exquis et le douteux, le fin et le grossier, le
léger et le lourd.

Cet entraînement dans l'admiration ne pouvait
échapper à la verve satirique que Rossini a conservée
dans toute sa fraîcheur. On nous rapporte là-dessus une
boutade de lui. Quelqu'un l'aborde au coin de son feu,
l'autre matin, par ces paroles sacramentelles : « Bon-
jour, maître, comment ça va-t-il ? »

Le maître, soit qu'il eût mal dormi, soit que quelque
déplaisir eût ridé ce jour-là le cours tranquille et glo-
rieux de sa vie, répond d'assez mauvaise humeur :
« Comment ça va-t-il! On n'a jamais d'autre phrase
à la bouche. On répond *bien* et on va mal. Comment
ça va-t-il, et la Patti, voilà tout ce que vous savez dire.

Comment ça va-t-il, et la Patti, et la Patti, et la Patti ! »

Joignez à cette exclamation l'accent, la chaleur, le geste et la voix ; c'était du meilleur comique.

On danse ce soir au ministère de la guerre ; demain chez madame Drouyn de Lhuys, au ministère des affaires étrangères ; il y avait hier grand bal aux Tuileries et lundi petit bal. Chaque soirée a désormais un emploi ; les orchestres ne dormiront plus que le jour, d'ici au carême ; et comme, dans le nombre des fêtes annoncées, il y a six ou sept mascarades plus ou moins officielles, voilà les costumiers qui deviennent les maîtres du monde et vont faire tort dans l'attention publique à mademoiselle Patti elle-même.

On a entrepris, au petit théâtre des Délassements-Comiques, de marcher, les jeudis, sur les brisées des samedis masqués, dansants et hurlants de l'Opéra. Le cadre des Délassements est bien étroit pour la foule qui répond déjà à leur appel.

Quant aux bals de l'Opéra, c'est toujours le même succès et les mêmes délires. Nous en avons trop parlé la semaine dernière pour revenir aujourd'hui sur la physionomie de ces manifestations carnavalesques ; mais je veux prouver par un exemple que l'intrigue sous le masque n'est pas morte, quoiqu'on en dise ; et que, plus d'une fois enterrée, elle fleurit encore dans les bons coins.

C'est ainsi que, depuis le commencement du carnaval, entre un jeune homme du meilleur monde et un domino mystérieux, dont le secret est encore mieux gardé que celui de nos feuilletons, se poursuit de samedi en samedi une énigme dont le jeune homme voudrait bien savoir le fin mot.

Le domino a annoncé qu'il se ferait connaître à l'un des bals costumés qui se préparent, en ce moment, dans les hautes sphères du monde élégant, en montrant au plus intrigué des *gentlemen* sa main à elle ornée d'une certaine bague qui servira de signe de reconnaissance.

Voici l'histoire de cette bague ou plutôt de ces bagues, car il y en a plusieurs sur le tapis.

La première fois que la dame masquée accosta celui qu'elle tient aujourd'hui si bien enlacé dans ses filets, après une conversation où elle avait prouvé, outre un rare assaisonnement d'esprit, de grâce, de distinction et le vrai ton du monde, qu'elle connaissait à fond la vie, la famille, l'intérieur, dans ses particularités les plus intimes, de celui dont elle prenait la curiosité à partie, elle lui dit : « J'ai fait le pari de rapporter du bal quelque chose venant de toi ; un témoignage matériel de notre entretien ; donne-moi cette branche de lilas qui pare ta boutonnière. »

Le lilas passe dans les mains du domino.

Un peu plus tard, la branche étant venue à se casser, fut remplacée par un souvenir plus solide de l'entrevue. Une bague passa du doigt du jeune homme au doigt de la jeune femme, qui lui tenait tête avec un esprit toujours prêt à l'attaque et à la riposte.

— Je te rapporterai ta bague au prochain bal, dit-elle, et tu m'en donneras une autre, à la place, que je te rendrai encore le samedi d'après.

L'habit noir accepta avec empressement cette combinaison. C'était pour lui une manière presque certaine de savoir s'il avait affaire à une femme du monde pour de bon. Une personne de l'autre catégorie, après huit jours passés en compagnie d'une bague séduisante, suffisamment semée de brillants, ne pouvait guère résister à la tentation de la garder pour elle.

Eh bien, la femme et la bague, l'une portant l'autre, furent exactes au rendez-vous le samedi suivant et les autres samedis. Lui donne chaque fois une bague nouvelle (il faut vous dire qu'il a un peu la manie des bijoux sur lui et chez lui; il est même fort connu pour cela dans son monde), et on la lui rend fidèlement la fois suivante. Demain samedi, le sixième ou le septième bal; demain la sixième ou la septième bague.

Le cavalier est de plus en plus fanatisé par son domino, qui se montre de mieux en mieux informé et de plus en plus impénétrable.

Bien entendu, il n'a jamais été question de souper ni de rien de pareil.

Si l'aventure se dénoue; si la femme se décide à se révéler à l'un des bals costumés de la saison, peut-être nous vous tiendrons au courant.

Tous les samedis, à l'Opéra, on remarque le même domino, reconnaissable à un triple rang de boules noires qui, du haut de sa loge, excite les petites danseuses des quadrilles et les récompense largement, royalement, — ou les fait récompenser, ce qui revient au même pour les petites danseuses. La dame aux boules noires, dont l'incognito n'est pas impénétrable, je vous la dénonce pour une des plus agréables princesses du demi-monde.

Que votre imagination n'aille pas rêver au delà !

L'imagination : c'est la bonne madame Cardinal qui connaissait mieux que personne ce chapitre-là, car elle en vendait ! Madame Cardinal, une puissance ! et aussi une providence pour quelques travailleurs besoigneux, tenait, rue des Canettes, un cabinet de lecture unique à Paris. Cela ne l'a pas empêchée de mourir cette semaine, elle qui vivait dans une atmosphère d'immortalité plus ou moins authentique, entourée de tout ce qui s'imprimait, et louant au volume, au jour, à la semaine, au mois, les produits de l'esprit humain.

Madame Cardinal était une personnalité. Elle savait la philosophie de son métier ; non-seulement elle avait ses auteurs de prédilection, mais la plupart de ses clientes lui laissaient le soin de choisir leurs lectures, l'ayant reconnue, comme par une sorte de convention tacite, pour l'arbitre des plaisirs de leur esprit.

C'est surtout à l'automne que sa clientèle du faubourg Saint-Germain donnait de la besogne à la bonne madame Cardinal; elle expédiait alors de gros ballots de distractions, dans leurs châteaux, aux châtelaines dont les maris chassent toute la journée et qui, pendant ce temps-là, lisent des romans pour tuer le temps.

Il arriva plus d'une fois à madame Cardinal de deviner qu'un roman en chair et en os devait avoir pris la place des romans imprimés, chez telle jeune femme qui ne lui écrivait plus pour lui demander des remèdes contre l'ennui et la solitude.

Ou bien encore, quand une cliente, habituée à un régime de lectures plus substantielles, mandait à sa fournisseuse de livres qu'elle lui envoyât des romans d'une certaine nature tendre, rêveuse et sentimentale, madame Cardinal hochait la tête d'un air entendu, en recevant la commande ; elle savait ce que cela voulait dire et quelles orageuses destinées se préparaient pour le mari de la jolie liseuse.

Elle aurait presque pu, comme un autre Asmodée, et sans même avoir besoin d'ouvrir les toits, lire dans la vie des gens qu'elle pourvoyait de lectures, rien qu'en examinant sur ses livres ce qu'elle avait dû leur expédier pour les contenter.

Avec cela, je crois qu'elle donnait un peu dans le spiritisme. Cela étant, elle ne fût pas demeurée insensible au retour du fameux sorcier Dunglas Home parmi nous, et encore moins au volume qu'il va publier à Paris et à Londres : *Sa vie racontée par lui-même*. La plus grande partie du manuscrit, écrit par lui en anglais et traduit en français, est déjà entre les mains de M. Dentu.

M. Home compte passer trois semaines à Paris. Je sais qu'il a été reçu tout de suite et avec beaucoup d'empressement en très-haut lieu. Ainsi tombent de méchants bruits qui avaient couru sur sa prétendue disgrâce. Il n'est pas une protection illustre, pas une haute amitié, qu'il n'ait retrouvée tout entière parmi celles qu'il avait précédemment cultivées.

Toute question de magie en dehors, un pareil accueil confirme hautement sa situation de parfait gentleman accrédité dans le monde le plus élevé.

M. Home nous arrive d'Angleterre ; d'Angleterre aussi nous était arrivée, à ce que l'on racontait la semaine dernière, la pauvre dame émaillée qui eut, cet été, avec son émailleuse, à Londres, un procès dont le retentissement a été si cruel.

Information prise, la dame que chacun prétendait avoir reconnue dans tel et tel bal, n'est pas à Paris le moins du monde, et la question que sa vue eût tranchée, la question vitale de la restauration de la beauté par les procédés de l'émaillage, et de son assurance contre les outrages du temps ou de la maladie, demeure à l'état de problème non résolu. Nous n'en sommes encore qu'aux on-dit, et cependant si jamais il fallut faire l'incrédule et, comme saint Thomas, ne croire qu'après avoir vu et touché, c'est sur ce point-là.

Il y a eu cette semaine une partie au château de Chamarande : le comte et la comtesse de Persigny, quelques-uns de eurs amis, des invités triés dans la jeunesse élégante et amusante. Les élus reviennent toujours enthousiasmés de Chamarande et y retournent toujours avec un vif plaisir ; il n'est peut-être pas dans toute la France une demeure mieux tenue et une plus confortable ordonnance intérieure.

Mais, l'hiver, où est-il ? Qu'est-ce qu'il fait cette année-ci ? Qui est-ce qui pourra nous donner de ses nouvelles ? Qu'a donc le bonhomme Frimas à se croiser les bras ? et depuis quand est-il permis de donner aux Parisiens un hiver sans gelée ? Eux justement qui, depuis quelques années, étaient devenus de si enragés patineurs !

Quant à la boue qui résulte de la douceur humide et perfide de la température, on n'a pas encore trouvé moyen de l'utiliser pour les plaisirs, comme la neige et la glace. La boue est le fléau des riches. La boue est l'ennemie de leurs voitures, l'ennemie de leurs élégances, l'ennemie des robes à queue de ces dames et des bottes vernies de ces messieurs ; c'est l'amie du pauvre qui n'a pas peur de ses atteintes pour ses haillons, qui le défendraient mal, au contraire, des morsures de ce que nous appelons, nous autres gens bien couverts : *un beau froid sec.*

A propos de boue, j'ai appris hier qu'il était d'assez bel air de dire désormais un *giboyer*, au lieu de un balai.

Par exemple, vous voulez que votre domestique nettoie votre cabinet; vous ne direz plus, dans ce système : « Pierre, venez ici avec votre balai; » mais, « venez ici donner un coup de giboyer. »

Voici maintenant l'origine de l'expression; vous n'avez pas oublié que dans la comédie de M. Émile Augier, le malpropre héros dit à son fils : « J'ai léché la boue sur ton chemin; » il y revient même une seconde fois, et de là l'invention d'appeler *giboyer* l'instrument de crin ou de bouleau qui écarte de nos pas ce que l'on n'aime point à rencontrer sur son passage.

Je ne voudrais pas, par mon silence, manquer de respect au bal que la Société de bienfaisance allemande a donné samedi dernier dans la grande salle du Grand-Hôtel. C'était très-beau; et, ce qui vaut mieux encore, ce sera très-fructueux pour les Allemands pauvres, établis à Paris. Je pourrais citer tel autre bal du même genre et du même but dont la recette n'a jamais pu suffire à couvrir les frais; celui-ci, au contraire, patronné dans le plus haut monde de la diplomatie germanique, administré avec une attention scrupuleuse par des commissaires *ad hoc*, donne annuellement un beau chiffre de bénéfices, et compte parmi les ressources sérieuses que la Société peut porter à son budget des recettes.

Il y a eu vers le milieu de la soirée une tombola. Les objets mis en loterie, assez nombreux et quelques-

5.

uns d'une certaine valeur, étaient exposés dans un salon particulier, et l'on a pris force billets. Autant d'ajouté à la recette que les cartes d'entrée avaient déjà fait faire à la caisse des pauvres diables dont c'était la fête.

Le prix du billet de bal était 15 ou 10 fr., selon le sexe. Le sexe masculin payait 15 fr. Pourquoi plus cher?—Parce qu'il est le plus noble des deux genres, répondrons-nous sans cérémonie, d'après la grammaire de Lhomond.

A travers toutes ces fêtes, il faut penser à ceux qui ne sont plus d'aucune, et moins encore peut-être à ceux et à celles qui, le grand pas franchi, ont été chercher l'éternel repos dans d'autres demeures, comme Horace Vernet, madame de Courbonne, madame Buchère, — l'amie de Théodore Leclercq, qui donna à son salon l'étrenne de presque tous ses charmants proverbes, — qu'à ceux qui luttent et qui souffrent, comme la pauvre Emma Livry, ballottés entre la vie et la mort, allant d'un mieux à un plus mal, désespérant aujourd'hui leur famille et leurs amis, leur rendant demain quelque espoir. Voilà qui est plus affreux que tout le reste, plus cruel de la part de la destinée que les coups une fois frappés, et si l'esprit et le cœur humains n'étaient la mobilité même, ce serait à se demander comment on peut avoir le courage de sourire à deux pas de pareils supplices.

Cependant, on a dansé, chanté, mimé *la Muette* sans

la pauvre Emma Livry, dans ce théâtre dont ses amis et ses flatteurs lui disaient tout le long du jour qu'elle était l'âme. Ainsi tout passe; le monde marche toujours, alors même que vous avez interrompu votre course, et personne ne peut se vanter d'être indispensable, ni sur les planches de l'Opéra, ni sur la scène du monde.

IV

Paris, 13 février 1863.

Si les affaires et les plaisirs ne font pas de chemin cette année à Paris, ce ne sera pas faute que l'on ait chanté à nos oreilles *le Pied qui r'mue*, cette fleur de la borne et du ruisseau.

> J'ai un pied qui r'mue
> Et l'autre qui ne va guère,
> J'ai un pied qui r'mue
> Et l'autre qui ne va plus.

Il en est de cette chanson étrange comme de certaines femmes dont rien n'explique la vogue et auxquelles tout le monde court. Elles sont parce qu'elles sont. Tel *le Pied qui r'mue*, cette surprise de l'oreille, cette confusion de la raison, ce succès sans cause, direz-vous.

Pour moi, je crois que les peuples ont toujours à peu près les chansons comme les gouvernements qu'ils méritent. Tant pis pour nous si *le Pied qui r'mue* est pour le quart d'heure le refrain qui nous chausse le mieux. Cela ne prouve pas que la mesure de nos âmes et de nos esprits soit bien grande.

J'ai un pied qui r'mue... Un mécréant de révolutionnaire soutenait l'autre jour devant nous que c'était, en deux vers, et quels vers! l'histoire des gouvernements illibéraux. *J'ai un pied qui r'mue...* le pied qui remue, c'est le peuple, les gens d'en bas, l'avenir ; le pied qui ne va plus, c'est la formule rouillée de l'absolutisme ; c'est la personnification de la tyrannie du capital, qui a fait son temps, elle aussi, comme la tyrannie de la naissance ; voilà du moins ce que disait mon révolutionnaire, dont tous les discours ne sont point parole d'Évangile.

Moi, je crois autre chose ; je vois dans la chanson du *Pied qui r'mue* une sorte de *Marseillaise* ironique de l'amour vénal.

De quoi y est-il question, en effet ? d'amour et de cadeaux.

> Ah ! dites met qui vous a donnet
> Ce biau bouquet que vous avet ?
> — Mossieu c'est m' n'amant,
> Quand je le vois, j'ai le cœur bien aise,
> Mossieu, c'est m' n'amant,
> Quand je le vois, j'ai le cœur content.
> — Ah! dites met qui vous a donnet
> Ce biau fichu que vous avet ?
> — Mossieu, c'est m' n'amant...

et cætera, et cætera... Je vous fais grâce du reste.

Nous assistions l'autre jour à une première représentation ; peu importe quelle pièce on jouait et à quel théâtre c'était. Dans la plus belle loge de la salle s'étalait une demoiselle qui avait *biau bouquet, biau fichu* et, mieux encore, de gros paquets de billets de mille francs sous forme de petites pierres brillantes aux doigts, aux oreilles, aux bras, sur la poitrine. A côté d'elle un homme, était-ce bien un homme? Je crois que ce n'était qu'un millionnaire, regardait sans voir, souriait sans savoir, entendait sans comprendre. Par une sorte d'hallucination, il me sembla que le parterre se tournait vers ce couple et demandait à la demoiselle la source de ses parures :

Ah! dites met qui vous a donnet, etc.....

A quoi la demoiselle répondait, sans s'embarrasser pour si peu, et sans la moindre rougeur :

Mossieu, c'est m' n'amant...

Là-dessus, l'amant prenait la parole, et d'un air hébêté, comme une personne qui n'est jamais à la conversation, de la voix d'une ganache qui a déjà un pied dans la tombe, et en égoïste qui ne pense jamais qu'à lui-même et à son état, il me semblait l'entendre fredonner, en branlant la tête :

> J'ai un pied qui r'mue
> Et l'autre qui ne va guère,
> J'ai un pied qui r'mue
> Et l'autre qui ne va plus.

Ou je me trompe fort ou cette petite scène imaginaire nous donne le sens vrai de la chanson en question.

N'est-ce pas qu'ils sont hideux et justement chansonnés ces êtres vieux sans la dignité de la vieillesse ;

ces invalides, ces écloppés, ces blessés qui n'ont fait que des campagnes inavouables et qui veulent continuer à servir toujours sous les mêmes drapeaux, en dépit de l'âge et de la loi sur les retraites? *J'ai un pied qui r'mue*, disent-ils; encore un! L'autre, par exemple, ne va plus du tout; mais qu'importe quand on a à son service, au nom et par la grâce du Dieu tout-puissant Mammon, les pieds de ses amis, les pieds de ses laquais (amis et laquais cela se ressemble parfois autour d'un homme riche), les pieds de ses chevaux, qui font jaillir l'étincelle du pavé, et aussi les pieds aériens des déesses de l'Opéra?

Vous connaissez l'histoire du fabuleux tyran Mézence dont c'était, lisons-nous, le divertissement favori de lier un vivant à un mort et d'assister au spectacle du cadavre s'assimilant lentement le corps qui lui avait été donné pour compagnon. Eh bien, on se rappelle l'histoire de Mézence à la vue de certains rapprochements non moins hideux accomplis sur l'autel de Mammon. — « Il frise, c'est vrai, la soixantaine; il a encore un pied qui remue à peine et l'autre qui ne va plus du tout, oh! mais du tout; n'importe, donnons-lui notre fille en mariage, » disent trop souvent les honnêtes gens. Ceux qui ne sont pas honnêtes suppriment du programme la formalité du mariage et ne dérangent ni prêtre ni maire, voilà toute la différence; quant au résultat, il est le même; c'est toujours une imitation du supplice qui réjouissait les yeux du bon Mézence:

6

la vie et la mort réunies ; et, comme il n'est pas au pouvoir de celle-là de ranimer celle-ci, c'est la mort qui triomphe nécessairement dans ce duel avec la vie.

Tout cela, je le vois, je le sens dans la chanson en vogue, et je comprends maintenant la vogue d'une chanson qui contient la protestation de la jeunesse contre la vieillesse, sans respect pour elle-même ; de l'amour qui se donne contre l'amour qui se vend ; de l'amour jeune, dispos, agile, qui a deux pieds qui remuent, bien mieux : deux ailes qui battent et un cœur qui bat.

Je ne voudrais pas que les lignes qui précèdent me fissent passer pour un détracteur et un calomniateur du million. Il est des gens auxquels l'envie rend suspecte toute richesse ; ne nous faites pas l'injure de nous ranger parmi eux. Je l'aime ou ne l'aime pas, selon l'usage qu'on en fait pour soi ou pour les autres. Je l'admire volontiers aux mains des hommes généreux qui, par le bienfait de grandes et fécondes entreprises conçues et menées à bien dans l'intérêt de tous, tout en faisant leur fortune personnelle, ont inscrit leurs noms sur le grand-livre de la reconnaissance des peuples.

Par exemple, ces trois plénipotentiaires du million : MM. Bixio, Pereire, Frémy, qui sont revenus la semaine dernière de leur voyage en Italie, où ils étaient allés traiter des plus graves intérêts financiers des deux pays ; MM. Frémy, Pereire, Bixio, traversant le mont Cénis dans des circonstances atmosphériques épouvantables; perdus au milieu des neiges; le salut de l'un d'eux dû à la mort fortuite du cheval qui entraînait son véhicule au plus profond du précipice; et vingt autres épisodes de ce hardi passage, où l'on voit ces pacifiques conquérants modernes de la paix et de l'industrie aussi exposés que les guerriers les plus braves, voilà des hommes et des circonstances faits pour réconcilier avec l'argent ceux qui s'attarderaient dans des rancunes ou des préventions.

M. Bixio est bien toujours le même; ni les affaires, ni les années n'ont mûri sa verdeur de courage. Il est toujours l'homme de ses célèbres expériences aérosta-tiques avec M. Barral et de la balle qu'il reçut en pleine poitrine aux journées de Juin. C'est une de ces natures de fer pour lesquelles le péril n'existe pas. On avait déconseillé aux trois voyageurs d'essayer le pas-sage de la montagne; on les engageait à attendre un moment plus propice; M. Bixio entraîna ses compa-gnons et les voilà lancés au milieu des avalanches qui vous engloutissent les gens, sans y plus regarder pour les seigneurs suzerains de tant de milliers et de mil-lions d'écus que s'il s'agissait d'un simple piéton et d'un mendiant.

Tout est bien qui finit bien; on dansait hier soir dans les magnifiques salons de l'hôtel Pereire.

Où ne danse-t-on pas? voilà ce que je prie les gens bien informés de me dire.

Comment faire pour ne pas recevoir tous les jours

une, deux, trois invitations, voire quatre invitations?
Voilà une recette que je supplie les personnes qui la
posséderaient par hasard de m'indiquer.

Le bal costumé des Tuileries, le bal costumé de
l'ambassade d'Autriche, le bal costumé de madame
Drouyn de Lhuys, au ministère des affaires étrangères,
dominent toute la semaine mondaine.

Demain samedi, ce sera le tour du ministre d'État
et de la comtesse Walewska, pour la clôture des
grandes représentations. Mais il restera aux élus, à
l'élite des gens de plaisir, le bal peu nombreux que le
prince de la Moskowa donne tous les ans, le mardi-
gras, et qui demeure ordinairement la date la plus
joyeuse de l'hiver dansant. On parle, pour la même
suprême soirée du carnaval, d'un bal, costumé également, chez madame la comtesse de Castellane, sans
parler de ceux dont on ne parle pas en dehors du petit
cercle intime auquel ils s'adressent !

Tout marquis veut avoir des pages... même le feuilleton a payé ces jours-ci brillamment son tribut au
carnaval; il est vrai qu'il s'agit du feuilleton scientifique, mieux renté apparemment que le feuilleton frivole : M. Louis Figuier, l'auteur de tant de remarquables publications goûtées à la fois des ignorants et des
savants : *les Grandes inventions anciennes et modernes,
la Terre avant le déluge, le Savant du foyer*, etc., etc.,
donnait lundi une soirée très-gaie, très-élégante, aussi
bien costumée, dans des dimensions plus restreintes,

que n'importe quel bal de ministre ou d'ambassadeur.

Madame Figuier, qui faisait avec les grâces les plus aimables les honneurs de chez elle, cultive les lettres avec succès ; on a d'elle une série de récits languedociens qui exhalent une bonne odeur de vérité sans réalisme. Elle était en bohémienne ; son mari portait un costume de Chinois.

Ce que c'est que de nous pourtant !

M. et madame Figuier n'oublient pas qu'ils sont enfants du Midi, et, parmi les épisodes de la fête, il faut citer une farandoule si méridionale que, par une illusion des sens, elle semblait répandre une odeur d'ail dans les salons.

La farandoule, l'ail et l'huile c'est tout le Midi, comme *Goddam* est toute la langue anglaise.

Par un piquant raffinement de courtoisie, quelquesuns des invités de M. L. Figuier se sont présentés chez lui dans des costumes tirés de ses œuvres : l'un en Terre avant le déluge ; l'autre, en monstre antédiluvien (c'était le spirituel peintre-dessinateur Gustave Doré) ; un troisième personnifiait, par un tas d'accessoires ingénieusement groupés, les grandes inventions anciennes et modernes.

A propos de déguisements tirés des livres en vogue, on avait beaucoup parlé du costume de Salammbô, et l'on allait jusqu'à nommer à l'avance les personnes de marque qui se proposaient de le porter à tel ou tel des grands bals officiels.

6.

La vérité oblige à confesser aujourd'hui que l'héroïne de M. Flaubert le Carthaginois n'a point fait encore ses débuts dans le monde à l'heure où j'écris. La belle madame de Castiglione, dont la réapparition lundi a fait événement au bal des Tuileries, n'étant point du tout en Salammbô, mais en Romaine de qualité du temps de l'empereur Auguste, si vous voulez, Salammbô toutefois n'aura rien perdu pour attendre, puisque demain, au ministère d'État, elle apparaîtra enfin sous les traits de madame Rimsky-Korsakoff, que le journal de M. de Girardin s'obstine, dans ses comptes-rendus de salons, à appeler Gortchakoff.

Incontestablement, cette dame, qui nous est venue de Russie, a pris rang parmi les *questions* de l'hiver. Il faut traiter la *question Korsakoff*, sous peine de n'être qu'un barbare, un ignorant et un mal appris. C'est une grande et belle personne, dont la taille élancée se prête on ne peut mieux à faire valoir les inventions et l'art du costumier. Le premier soir, c'est-à-dire au ministère des affaires étrangères, elle portait un costume de son pays, très-magnifique, particulièrement relevé de brillants et de pierreries ; la coiffure surtout, que l'on appelle cacozchnik en Russie, était un véritable rempart de diamants et d'émeraudes.

Le second soir, aux Tuileries, madame Korsakoff était en miroir, costume éblouissant s'il en fut.

Au troisième rendez-vous, chez madame de Metternich, elle était en Mer, roulant autour d'elle des flots

de gaze verte, dans la transparence desquels on aper-
cevait des perles, des coquillages, des coraux mêlés à
une moisson d'algues marines. Une magnifique ancre
en diamants décorait la coiffure et complétait la signification du costume.

Vous voyez, d'après l'exemple de cette fastueuse
étrangère, que tout le monde ne fait pas d'une pierre
plusieurs coups et d'un déguisement plusieurs bals. Au
contraire, pour continuer les traditions d'économie et
de simplicité que les hivers précédents avaient léguées
à celui-ci, la plupart de nos belles élégantes ont tenu
à honneur de ne se montrer qu'une fois dans chaque
costume, et quels costumes ! De plus fort en plus fort !
On y recule chaque fois les limites de la fantaisie et
de la magnificence.

Quand on voit les efforts d'imagination et les résultats souvent admirables qu'a enfantés ce carnaval pour
ses élues, on est tenté de se dire que la poésie s'est
déplacée et qu'on la met aujourd'hui dans les chiffons,
tandis que la génération de 1830 la mettait dans les
œuvres de la plume et du pinceau.

Si pour de simples mortelles l'art du costumier a
enfanté tant de merveilles, que n'a-t-il dû faire, me
direz-vous, se surpassant lui-même, au service de Sa
Majesté l'Impératrice !

On l'a vue d'abord aux Tuileries en patricienne de
Venise et puis, à l'ambassade d'Autriche, en Junon,

merveilleusement décorée de la dépouille du paon, son oiseau favori.

Dunglas-Home, le sorcier, l'évocateur d'Esprits, le faiseur de miracles, était à tous ces bals, tantôt sous le masque et tantôt sans masque, changeant de dominos, amusé, amusant, intrigué, intriguant, très-occupé de courir après l'un et l'autre ; assurément l'un de ceux qui avaient l'air de prendre le plus de plaisir.

Il fait vraiment fort bonne figure dans ce monde-ci, ce qui ne l'empêche pas de continuer ses relations avec l'invisible. Jamais, disent les adeptes, ses facultés n'ont été plus merveilleuses qu'en ce moment ; les incrédules continuent, de leur côté, à n'en rien croire.

La présence de M. Home à Paris coïncide d'une façon intéressante avec la réapparition de la tragédie de *Macbeth*, toute semée de fantômes et de sorcières, sur la scène de l'Odéon.

Une représentation de *Macbeth*, c'est une vraie séance de M. Home, avec le génie de Shakspeare en plus, qui ne gâte rien.

Je suis frappé d'un point, c'est la légèreté et la curiosité intrépides avec lesquelles on court aux *séances* du médium en réputation, sans réfléchir à quelles conséquence on s'expose.

Si vous ne croyez pas, si vous n'admettez pas le pouvoir de ce Home, c'est très-bien ; allez-y voir ou restez chez vous ; cela revient exactement au même ; mais, si vous croyez, si réellement ce nécroman possède la puissance exorbitante de se mettre en rapport avec la société des spectres, n'est-il pas à craindre que cela vous mène plus loin que vous ne vouliez ?

Il n'en peut être du monde des Esprits comme de ces connaissances sans suite que l'on fait si facilement aux eaux pendant l'été, sauf à rompre avec elles, quelquefois même brusquement et sans se gêner le moins du monde, s'il ne plaît pas de les continuer à la ville.

On n'en est pas quitte avec les Esprits, du moment qu'on s'est fait présenter, pour échanger une carte, de loin en loin, quand on a le temps.

Voyez Macbeth ! Ce n'est pas seulement quand les sorcières sont là à parler et à gambader autour de la chaudière magique que les habitants de l'autre monde lui apparaissent. Banco lui vient rendre visite au moment où il l'attend le moins, où il le désire le moins et sans que les sorcières l'aient appelé aucunement. Voilà à quelles importunités l'on s'expose en nouant des familiarités imprudentes avec les Esprits.

Si vraiment ils se sont dérangés une fois pour vous sur l'invitation d'un *médium*, croyez-vous qu'il pourra suffire de dire : la séance est finie et de faire baisser le rideau pour ne plus les voir ? Cela se passe ainsi au théâtre des Marionnettes ; mais, avec les habitants de l'infini, ce n'est pas tout à fait la même chose.

Même en carnaval, *l'incroyable* (ne pas confondre

avec le fameux costume de ce nom qui nous vient du.
Directoire) continue à faire son chemin dans certains
salons particulièrement hantés, en fait de vivants, par
des Russes et des Polonais. La nature de ces races du
Nord est plus portée que la nôtre aux rêveries du mysticisme et aux pentes de ce que l'on appelle spiritisme.
Voici une histoire très-authentique et très-sérieuse-
ment racontée dans ce monde où règne la croyance au
surnaturel : une dame d'un grand mérite, la comtesse
d'H...., avait une bague qui lui fut donnée pour porter
bonheur. Mécontente de son talisman dont, suivant
elle, elle n'éprouvait pas assez la béatifiante influence,
elle le jette un jour par la fenêtre.

— Va-t-en ! méchante bague qui n'es bonne à
rien.

Quelqu'un qui était là lui dit : « Prenez garde, comtesse ; la bague avait peut-être la vertu de vous préserver de malheurs plus grands que ceux dont vous
vous plaigniez. »

Peu d'heures après le saut périlleux que la comtesse,
dans un moment d'humeur, avait fait faire à son anneau
à travers la croisée, arrive d'Italie par le télégraphe
une foudroyante nouvelle : le comte d'H..... était mort
subitement à l'heure même où la comtesse s'était
séparée de la bague magique.

Vous avez le droit de lever les épaules ; mais j'affirme
que le récit vient de la personne à laquelle il est le plus

impossible, en cette circonstance, de donner un démenti.

Dans quelle époque exorbitante vivons-nous? Rien n'est trop haut? rien n'est trop bas; rien n'est trop loin; rien n'est trop près; nous flottons d'un extrême à l'autre, du scepticisme à la superstition, du matérialisme le plus complet à l'idéalisme le plus éthéré. Toutes les extrémités nous sont familières; il n'y a que le juste-milieu qui se désapprend de plus en plus.

C'est ainsi, pour rentrer dans l'ordre des fêtes de la saison, qu'on ne donne presque plus de ces jolis petits bals particuliers élégants, mais modérés, qui charmaient les honnêtes gens il y a quelques dix ans.

A présent il n'y a plus que le souverain et ses ministres, ou des ambassadeurs, ou des particuliers opulents comme les Rothschild, les Pereire, les Stern, les Fould, les Pozzo di Borgo ou les La Rochefoucauld et dix grandes maisons au plus du faubourg Saint-Germain qui puissent se mêler de recevoir.

Ou bien encore, si vous descendez tout en bas, parmi le fretin, on retrouve la petite soirée à la bonne franquette; mais les réunions intermédiaires font défaut complétement. L'excès du luxe les a tuées.

Puis, au milieu de ces magnificences de nos jours poussées jusqu'à l'ivresse, il se produit parfois des effets de simplicité tout à fait inattendus et saisissants; par exemple, la victoire du costume que madame la princesse de Metternich portait à son bal.

Étant chez elle, elle avait voulu s'effacer; elle était en bouquet de violettes. Pas d'or, pas de broderies, pas de velours, à peine un satin d'une nuance discrète bordé modestement de violettes. Eh bien, ce déguisement tenait involontairement en échec les plus brillants.

Je rends grâce à cette avalanche de plaisirs qu'a roulée la semaine carnavalesque par excellence. Toutes ces danses, tous ces travestissements, ces orchestres, ces fleurs, ces soupers ont distrait d'une triste histoire de jeu qui, arrivée à un autre moment, menaçait de faire grand bruit.

Il y a un grec, dans l'affaire; il y en a peut-être deux, de ces grecs dont le nom est une injure, de ceux dont Robert-Houdin a dévoilé les tricheries dans un livre amusant et curieux que la partie de l'autre jour m'a conduit à rouvrir.

Ne pas confondre avec les autres Grecs, fils de la Grèce antique, ouverts aux aspirations du monde nouveau, sur qui et pour qui je viens de lire une brochure intéressante et spirituelle : *les Grecs modernes*, par M. Duvray. On peut être un parfait honnête homme et s'appeler Jud ou Collignon; donc rien de commun entre les fils de la Grèce et les affiliés à la grecquerie qu'une similitude de nom.

Rien de plus simple et de plus honnête que la vie de famille, à Athènes même, si nous nous en rapportons à l'auteur de la brochure ci-dessus. On n'y connaît pas les mariages d'argent, contre lesquels, au commencement de cet article, nous avons protesté de tout notre cœur. Citons là-dessus quelques lignes de M. Duvray:

« Il faut venir en Grèce pour voir des mariages d'inclination, disait dernièrement un voyageur français dans un salon grec. Tout le monde s'est récrié: on avait tort, le voyageur français avait raison. La dot est dans les mœurs; dès ce moment rien de surprenant qu'on cherche une dot; mais franchement, en Grèce, la dot, la plupart du temps, n'est qu'une fiction, une formalité du mariage. Les dots de trente mille francs, y compris le trousseau, sont les dots ordinaires; peut-on mettre en ligne de compte trente mille francs, c'est-à-dire une rente de deux mille francs? »

Deux mille francs de rente! Entendez-vous, messieurs? entendez-vous, mesdames? Deux mille francs de rente! Deux mille francs, le prix d'un costume qu'elle porte une fois, pour une Parisienne, et pour une Parisienne raisonnable encore! Les autres, avec deux mille francs, ne trouveraient pas moyen d'aller à un de ces bals dont les lustres s'allument à cette époque-ci tous les soirs.

Demain, c'est le dernier samedi-gras, le dernier samedi de l'Opéra. Que vont devenir ces êtres étranges, grouillants, hurlants, dansants, ces possédés du carnaval, qui ne semblent capables, à voir leurs délires, d'aucune occupation régulière et de bon sens? A

7

quoi peuvent-ils passer le temps qui n'est pas pris par les bals de l'Opéra ? Quelques-uns d'entre eux, en carnaval, se reposent probablement d'un samedi à l'autre ; il ne doit pas falloir moins d'une semaine pour réparer la fatigue de ces prodigieuses campagnes hebdomadaires ; mais, vienne le carême, que font-ils ? ont-ils des retraites dans lesquelles ils s'enferment et dorment en attendant le carnaval prochain ? Un bel-esprit a bien prétendu que la Suisse n'existe que pendant l'été, à l'époque où fleurit le tourisme anglais, et que l'hiver on serrait tranquillement dans un canton, disposé en magasin, toute la décoration, tout le pittoresque que l'on replantera à travers le pays, pour la saison prochaine.

Quoi qu'il en soit de ce paradoxe, il est impossible de laisser finir la saison des bals de l'Opéra sans consigner sur nos tablettes impartiales la déconfiture radicale et la défaite sans revanche du fameux quadrille masculin Dodoche, Flageolet et Cᵉ.

E finita la musica… Sa prata biberunt. En langage plus vulgaire : ces grotesques ont fait leur temps ; on ne paiera plus pour les voir s'escrimer à la contredanse ; les habits noirs ne consentiront plus désormais à leur tenir complaisamment, comme on garde le bouquet d'une jolie femme, les accessoires qui pouvaient gêner leurs ébats. Une nouvelle étoile de la chorégraphie agitée : Valentine, s'est levée à l'horizon. Elle a dix-huit ans ; l'œil bleu, les cheveux au vent. Instruite, dit-on, à l'école du malheur, elle fait la roue au *cava-lier seul*, aussi bien que pas un gamin qui jamais cou-rut, au temps des diligences et des chaises de poste, à travers la poussière de la route, montrant ses petits talents à côté de votre portière dans l'espoir d'une pièce blanche.

L'avenir est à Valentine.

V

Chez Rossini. — Les cendres et la logique. — Isis et Dulaure. —
« Entendez-vous le latin? » — Une histoire de ganaches. — Pourvu
que l'on s'entende sur les mots, cela suffit dans le monde. — Un
mauvais compliment pris pour un bon, ou perles guéries par un
retour au pays natal. — Ce que sera le jeudi de la mi-carême. —
— Pas même le bal du *Figaro*. — Ce qu'on y aurait vu. — Travestissements politiques et littéraires des deux sexes. — Le soleil
à Paris. — Le Bois de Boulogne en fête. — Gare les giboulées! —
Mme Rimsky-Korsokow à cheval. — Les grands journaux et le régime du *high life* à tous les étages. — *Les Miettes de l'histoire*, par
Auguste Vacquerie. — Plus de M. Home, mais toujours du merveilleux. — Les lois de la perspective sociale bouleversées par le
merveilleux. — M. Albert de Lasalle. — Un château hanté. —
Histoire de l'enchanteur Merlin, par le vicomte H. de la Villemarqué. — Les prétendants à la direction des Italiens. — Succès de
Mme de Méric-Lablache à Madrid. — M. Bagier. — Concerts. —
Mlle de Schoultz; Mme Pleyel; M. Dumon.

Paris, 6 mars.

A la dernière soirée de Rossini, mercredi, un exé-
cutant, maintenant fort en faveur chez le maître,

7.

M. Diemer, a fait entendre pour la première fois *l'Enterrement du Carnaval*, étonnante fantaisie pour piano que Rossini vient d'écrire, assure-t-on, entre un plat de macaroni et la pincée de cendres qu'il s'est fait religieusement administrer à la Madeleine, le lendemain du mardi-gras.

Les cendres ! j'ai entendu disserter l'autre jour à perte de vue sur cette tradition.

« Pour que cet usage du mercredi des Cendres fût logique, disait quelqu'un, il faudrait qu'au lieu de nous enterrer tous, quand nous ne serons plus, nous fussions destinés à être brûlés après notre mort. Rétablissez la crémation, et je comprends le mercredi des Cendres. »

Il y a, de par le monde, de ces chevaliers impitoyables de la Logique qui prennent ainsi les armes dès qu'on fait mine de s'écarter un peu de leur dame.

« ... Il faudrait brûler tous les corps, il faudrait spécialement brûler le bœuf gras après l'avoir promené (qu'en pensent les bouchers ?), continuait notre homme. Connaissez-vous seulement les mystères d'Isis ? Vous sauriez alors que la promenade du bœuf gras, qui nous vient manifestement du culte d'Isis, se terminait naguère par un holocauste, dans le sens exact et étymologique du mot. On brûlait le bœuf tout entier et les fidèles s'en partageaient les cendres. C'était logique. Je parie que vous ne savez pas non plus, que vous ne savez même pas d'où vient le nom de Paris, d'où vient le vaisseau qui figure dans les armes de la ville, et d'où vient la civilisation parisienne dont nous sommes si fiers?

« — Permettez ; j'ai vu dans Dulaure...

« — Dulaure ! Dulaure qui nie l'influence d'Isis sur les origines de Paris ! Dulaure, qui n'a pas compris que le nom même de la ville venait de la sainte nacelle consacrée à la déesse... On nommait ce navire isiaque Epsadra ou Bari. *Bari*, Paris, parce qu'en creusant les fondements de la ville qui devait s'appeler Paris, on trouva dans les entrailles de la terre un modèle en or de la barque en papyrus dans laquelle Isis alla réclamer Osiris sur la plage phénicienne. Pour les initiés, cette barque contenait le feu sacré de l'esprit. Voilà le sens intime du mythe. Voilà pourquoi Paris porte un vaisseau dans ses armes ; voilà pourquoi Paris était nécessairement appelé à être le cerveau du monde. Tout cela se tient ; tout cela est logique ; et d'une pincée de poudre on remonte à l'origine d'une ville. »

Et *patati*, et *patata !* j'ai considérablement abrégé ; mais, c'est toujours un peu l'histoire de Sganarelle dans *le Médecin malgré lui* :

— Entendez-vous le latin?

— En aucune façon.

— Vous n'entendez point le latin?

— Non.

— *Cabricias arci thuram, catalamus, singulariter nominativo ; hæc musa*, la muse ; *bonus, bona, bonum ; Deus sanctus*, etc.

Ah ! mes gaillards ! vous ne connaissez rien aux mystères d'Isis ; j'en vais profiter pour être isiaque jusqu'au cou.

Nous essayâmes encore une fois d'objecter que Dulaure, dans son *Histoire de Paris*...

On nous fit rentrer sous terre avec cet arrêt : « Votre
Dulaure était une ganache. »

Vrai, je ne suis pas fâché d'avoir attiré sur Dulaure
et sur nous des foudres ainsi formulées ; j'avais besoin
de ce mot ganache pour vous raconter une histoire
médiocrement neuve, mais parfaitement jolie, qui n'est
venue sous la plume de personne (cela est surprenant
au milieu d'un si grand concours de plumes) dans la
nouveauté de la fameuse pièce de M. Sardou : *les
Ganaches*.

Il faut vous transporter à la cour de Napoléon Ier ;
un jour le grand Empereur, mécontent d'une dépêche
qu'il avait reçue de Vienne, ne put, assure-t-on, cacher
à Marie-Louise le dépit qu'il en ressentait, et avec une
crudité de termes qui sentait plus la caserne que le
salon, — mais la colère ne choisit pas ses mots :
— « Votre père est une ganache, » dit-il à Marie-
Louise.

Celle-ci ignorait encore un certain nombre de mots
français. *Ganache* ne revient peut-être pas très-souvent
dans le langage des cours. Toujours est-il qu'elle demanda à un conseiller d'État la signification du mot

Ganache, sans lui cacher dans quelle circonstance l'Empereur son époux l'avait employé devant elle.

Le courtisan, embarrassé, s'en tire comme il peut ; cela veut dire : « un homme sage, de poids, de bon conseil. »

A quelques jours de là, la mémoire encore toute fraîche de l'acquisition nouvelle dont elle avait enrichi son dictionnaire, Marie-Louise présidait le Conseil d'État. Voyant la discussion s'animer plus que de raison, elle interpelle, pour y mettre fin, Cambacérès qui, à ses côtés, bayait tant soit peu aux corneilles : « C'est à vous à nous mettre d'accord dans cette occasion importante, lui dit-elle, vous serez notre oracle ; car je vous tiens pour la première et la meilleure *ganache* de l'empire. »

S'entendre sur les mots, c'est déjà un grand point et peut-être le plus essentiel ; que dis-je ! le seul essentiel dans ce monde qui se paie de mots et ne voit que les surfaces.

Combien de fois, par exemple, arrive-t-il que les personnes habituées aux adulations, telles que jolies femmes et ténors, prennent de la monnaie de singe pour argent comptant !

On leur fait une grimace ambiguë ; cela leur paraît un sourire.

Ils voient l'endroit et ne soupçonnent pas l'envers.

Une histoire de perles récemment prêtées à une jolie

femme par une très-grande dame, va venir à l'appui de cette observation.

Les perles susdites ne vont plus dans le monde et ce sont les plus belles du monde. Le régime de vie cloîtrée que leur maîtresse s'est imposé ne va pas à leur tempérament. Elles languissaient ; elles allaient dépérir ; vous savez que les perles sont des petites-maîtresses dont la santé précieuse exige des soins infinis. On rassemble donc au chevet de ces intéres-santes malades, — je veux dire des écrins qui les con-tiennent, une consultation de lapidaires exercés.

Certes, le cas méritait bien cet appel solennel fait à la science ; car la grande dame en question possède, et pour la quantité et pour la qualité, peut-être le plus bel assortiment de perles qu'il y ait au monde. Si l'on n'y trouve point celle que Jules César donna à Servilie, sœur de Caton d'Utique, et qui valait douze cent mille francs de notre monnaie ; si la perle de deux millions que Cléopâtre avala, après l'avoir fait fondre dans du vinaigre, ne saurait s'y trouver non plus, il ne s'en faut de guère, et ces perles, historiques ou fabuleuses, comme vous voudrez, ont dans les trésors de la prin-cesse à laquelle je fais allusion de dignes petites-filles.

Que faire pour les rendre à la vie ?

Les uns proposent de les faire séjourner quelque temps dans le ventre d'un ou de plusieurs canards, car un seul n'aurait pas suffi à la tâche. On connaît ce traitement. On l'a souvent mis en pratique. Il paraît qu'il donne des résultats satisfaisants. Mais il répugne toujours un peu à notre délicatesse ; et puis, supposez un canard malhonnête, un canard doué d'un estomac d'autruche et capable de digérer, lui aussi, le fer, les cailloux, les perles par-dessus le marché ; même en condamnant à mort ce recéleur infidèle, vous n'auriez jamais qu'un rôti pour toute indemnité.

— Les perles de Madame s'ennuient ; telle est la cause de leur pâleur, opina le plus sage de la bande. Commençons par leur donner de la distraction : qu'on les envoie au bal en bonne et sûre compagnie, si Madame ne veut pas les y conduire elle-même. Après cela, si le mal continue, nous verrons à lui opposer les grands remèdes.

Tout le monde contresigna cette judicieuse ordonnance.

Voilà les perles qui font leur rentrée dans les salons, aux bras, au cou, aux oreilles, aux mains et même semées sur la robe d'une très-jeune et très-jolie femme. Grand effet pour celle-ci et pour celles-là.

Dès le lendemain de cette première sortie, un mieux sensible se lisait sur le teint nacré des perles.

On remercia la jeune femme de son influence bienfaisante, réconfortante et vraiment pareille à celle que la quatrième page des journaux attribue à la revalescière Dubarry.

— Je savais bien, dit un des médecins de perles

appelés en consultation, que la maladie ne résisterait pas ; est-ce qu'on peut résister à une aussi jolie femme ?

La jolie femme remercia par un sourire le galant empirique.

— Oui, poursuivit le narquois personnage ; dans toutes les affections qui tiennent de la maladie de langueur, il n'y a rien de tel que de retrouver l'air du pays natal.

La jolie femme ne comprit pas parfaitement ; mais elle continua de sourire à ce qui devait être la continuation de la galanterie commencée.

Hélas ! si elle eût réfléchi que les perles naissent dans les huîtres, et si elle se doutait qu'on ne lui attribue pas généralement à elle beaucoup d'esprit, eût-elle été aussi satisfaite de ce retour au pays natal, qui la rangeait dans la classe des mollusques ?

Diamants, éteignez vos feux ! Perles, soyez mélancoliques ! Pâlissez, rubis, émeraudes, saphirs ! Prenez le deuil, escarboucles et brillants ! Voilez-vous, soleils dérobés aux entrailles de la terre et perfectionnés chez les bijoutiers en vogue ! nous n'aurons pour la mi-carême aucun des grands *tra la la* dont on avait parlé :

Ni chez madame la comtesse de Persigny ; ni chez la comtesse Walewska ; ni chez M. Ed. Fould ;... *De profundis!*

On n'aura même pas le bal travesti et masqué du *Figaro* dont les réclames commençaient à nous entretenir et où l'on aurait vu, grand régal pour la curiosité, si la réalité devait se maintenir à la hauteur du programme, ces dames des théâtres mêlées à Messieurs et à Mesdames de la plume.

Great attraction! comme disent nos voisins.

Vous rappelez-vous cette chanson de Nadaud qui commence à se faire vieille : *le Carnaval à l'Assemblée?* On aurait vu au bal du *Figaro* cette chanson réalisée et appliquée non plus aux députés, mais aux journalistes conviés.

J'ai entendu parler d'un costume fort curieux de *Fils de Voltaire*, dans lequel M. Louis Veuillot se proposait de faire une très-belle entrée ; M. Guéroult, au contraire, devait être en *pèlerin* pendant la première partie de la soirée : grande barbe, coquilles au chapeau, le bourdon traditionnel à la main. Vers deux heures du matin, il serait sorti de sa longue robe, comme le papillon de sa chrysalide, en brillant uniforme d'*officier autrichien*.

M. About devait être en *violette*.

M. Francisque Sarcey, son ami, en *papillon*.

On attendait beaucoup d'un ingénieux costume de *Cri de nationalité opprimée*, combiné par un rédacteur de la *Gazette de France*, qui me prie de ne pas révéler son nom au public.

M. de Girardin, l'homme du progrès, s'était commandé un costume d'*écrevisse*.

M. B. Jouvin, critique réputé féroce, devait être en

Bienveillance, avec la fleur d'oranger ; une bienveillance qui n'a pas étrenné.

M. de Biéville, du *Siècle*, se serait montré en *feu d'artifice* ; M. P. de Saint-Victor, de *la Presse*, en *feuilleton* de M. de Biéville, costume très-simple, sans crinoline, avec cet écriteau : « Mort à la couleur ! »

Madame de Renneville devait être en *bougie rose*.

Madame Olympe Audouard, l'auteur des Mystères du sérail, en *sérail sans mystère*.

M. Gustave Flaubert, très-béau costume mi-parti : d'un côté, *Madame Bovary à Carthage* ; de l'autre, *Salammbô à Yonville-l'Abbaye*.

Ne vous effrayez pas de l'exécution compliquée que réclamaient ces déguisements en général et celui de M. Flaubert en particulier. Tout costumier s'appelle Guzman désormais et son art ne connaît plus d'obstacles.

On aurait vu encore, — nos renseignements puisés aux bonnes sources nous permettent de l'affirmer :

M. Scudo, en *Trovatore*, chantant les louanges de Verdi, sur un air de Verdi ;

M. Delamarre, propriétaire-directeur de *la Patrie*, en *préfet de la Seine*, à cause de ses articles sur les eaux de Paris ;

M. Édouard Fournier, du même journal *la Patrie*, en *ignorant*, avec un bonnet d'âne sur la tête ;

M. Paulin Limayrac, en *lierre*, avec cette devise : « Je meurs où je m'attache ; »

M. Granier de Cassagnac, en *pédale sourde;*

M. Gustave Claudin, l'auteur de *Paris*, le mortel que rien n'étonne désormais sur le boulevard, en *homme qui tombe des nues ;*

M. Caro, de *la France*, homme aux longs articles, en *Variété écourtée.*

Revenons aux dames :

Mme la comtesse Dash en *Jacques Reynaud*, peintre de portraits, ressemblance aimable garantie ;

Mme Marie de Grandford, l'auteur de *Ryno*, en *torpille*

Deux femmes du dix-huitième siècle, les frères de Goncourt.

Il serait aisé de pousser beaucoup plus loin cette énumération ; mais en quoi servirait-il à la chronique d'avoir échappé au compte-rendu des bals du carnaval pour retomber dans le compte rendu des bals qui auraient pu avoir lieu à la mi-carême ?

Pour le moment, nous sommes dans la musique, tous les soirs, et les promenades au Bois, le matin, en voiture, à cheval, par un beau soleil de mai qui est venu passer le mois de mars à Paris. Un caprice d'astre ! Les étoiles de théâtre en ont bien ! Mais, gare les giboulées !

Parmi les amazones du Bois de Boulogne, on a vu briller S. M. l'Impératrice elle-même. Madame de

Metternich, dont le père est un cavalier célèbre dans le monde du sport, montre qu'elle ne dégénère pas du sang paternel, et la Russe de l'hiver, madame Rimsky-Korsokow, sur son cheval isabelle, attire, elle aussi, tous les regards. Cette belle monture lui fut cédée par le prince Charles de Prusse. Elle avait été dressée pour la princesse de Nassau ; mais madame Korsokow ayant dit que la bête lui plaisait, celle-ci prit le chemin de ses écuries, et voilà comme on entend la galanterie... en Prusse.

Le Bois de Boulogne a joué ce temps-ci le grand rôle dans la vie élégante, *high life,* comme disent désormais les journaux parisiens avec une touchante unanimité. O moutons de Panurge ! Le *high life* occupe dans la plupart des grands carrés de papier presque autant de place que la Pologne et l'Italie. On tend une main aux nationalités, l'autre aux couturières, et tout est pour le mieux dans le meilleur des mondes.

Ce que j'admire, c'est le bon bourgeois lisant, sans en passer une ligne, le *high life* de son journal, qui lui donne souvent des vessies pour des lanternes, et ne s'écriant pas, lui bon bourgeois, l'homme du bonnet grec, de la robe de chambre et des pieds sur les chenets : « Qu'est-ce que ça me fait qu'on ait reçu hier à l'ambassade d'Angleterre où je n'irai jamais ; que madame de Castiglione, que je ne verrai jamais, y fût resplendissante, sous une parure complète de corail ? Qu'est-ce que ça me fait aussi que Choufleury

reste chez lui, puisque je ne connais pas Choufleury ? »

Au contraire, s'il s'agit d'un lecteur engagé aux
soirées de Choufleury, il n'a pas besoin, ce me semble,
de trouver dans son journal la copie de l'invitation
qu'il a reçue. Il n'a pas besoin, s'il a assisté à la petite fête, de la retrouver le lendemain dans les colonnes
de son journal.

Une seule représentation peut suffire.

Il paraît que non, puisque désormais ce n'est plus
seulement le feuilleton qui se consacre aux revues de
salon. Dans le feuilleton, la sauce essaie de faire passer le poisson. Dans le corps du journal, dans ces bul-
letins sommaires du *high life* qui sont en vigueur
aujourd'hui, le poisson, au contraire, se passe de sauce,
et il n'est si petit salon qui n'ait sa petite mention.

Je crois que cette fureur passera plus vite que Racine et que le café, voire même que le thé et que Victor Hugo.

Sous ce titre : *les Miettes de l'histoire*, je n'appren-
drai à personne qu'un cœur sincère, un esprit convaincu, un ami dévoué et un poëte, tout cela dans la
même personne, Auguste Vacquerie, vient de publier la desserte des grands festins de la vie en un
beau volume brillant, passionné, original, humoristi-
que et même très-sensé par accès. Être ennemi de
l'école du bon sens, cela n'empêche pas d'avoir du bon
sens à l'occasion.

8.

M. Vacquerie parle de tout dans son livre, et même de l'autre monde. Il dit très-ouvertement qu'il croit aux esprits lui parlant par sa table ; il raconte comment ce fut madame de Girardin qui apporta à Jersey les pratiques alors nouvelles des tables tournantes et parlantes, et comment le petit groupe d'exilés qu'elle était venue visiter commença par le doute pour arriver à la foi la plus passionnée. Tout ce passage est fort attachant.

Le fait est qu'après comme avant le départ de M. Home, le grand prêtre le plus connu de ce merveilleux, qu'il soit à Paris ou à Londres, le surnaturel continue à être très en vogue.

Je connais un ménage, dans le faubourg Saint-Honoré, où il a singulièrement bouleversé les lois de la perspective sociale.

Ici, la cuisinière n'est peut-être pas un cordon-bleu, mais il se trouve que c'est un médium de première classe. Elle commande à une grosse table dans laquelle revient l'esprit de son défunt maître. Après cela, comment Madame la ferait-elle encore manger à la cuisine ? Son couvert est mis à côté de sa maîtresse. C'est le moins que l'on puisse faire pour celle qui est en communications suivies avec feu Monsieur.

Un collaborateur du *Monde illustré*, qui porte un beau nom, M. Albert de Lasalle, écrivain et musicien, petit-fils du brave de Lasalle, qui mourut général de division, à trente-quatre ans, sur le champ de bataille de **Wagram**, vient d'écrire une longue et curieuse lettre sur un château hanté où il a été pris à partie par... les revenants! Comme de juste, cette lettre équivaut à une victoire pour la *Revue spiritualiste*, qui se hâte de la publier.

« Le château de F... est un château neuf bâti sur les ruines d'un ancien castel féodal qui commandait, — à soixante lieues à l'ouest de Paris, — tout un pays boisé et sauvage que les plus vieilles chroniques, autant que les traditions locales, prétendent habité par des *revenants*.

« Je me trouvais à F... tout dernièrement...

« Vers dix heures du soir, j'étais avec mes hôtes au salon du château. Les femmes faisaient de la tapisserie, les hommes lisaient, personne ne soufflait mot. Tout à coup, un violent coup de sonnette se fait entendre dans l'office, situé au-dessous de la pièce où nous nous trouvions.

« Un domestique apparaît :

« Madame a sonné?

« — Non, Jean.

« — Mais, Madame, c'est la sonnette du salon...

« — Pourtant personne n'y a touché.

« — Écoutez ! »

« La sonnette s'impatientait, faisait entendre des séries de coups secs, puis comme des roulements qui duraient jusqu'à deux minutes.

« Nous descendîmes tous à l'office, et bientôt ce ne

fut plus une sonnette, mais deux, puis trois, enfin les quatorze sonnettes du château qui se mirent à tinter. Pour surcroît de vacarme, la grande cloche de la maison se mit à exécuter sa partie de basse dans cette symphonie endiablée.

« Cependant, ✦ craignant quelque mystification, j'entrepris de vérifier les faits par une expérience sérieuse. Je demandai donc la permission de m'emparer du château pour une heure; puis, je commençai par en fermer toutes les issues. Cela fait, je priai tout le personnel de la maison, maîtres et gens, de descendre dans la salle des sonnettes; ensuite, j'eus la patience de visiter scrupuleusement chaque chambre, dont je fermai la porte, et mis la clef dans ma poche. Je m'assurai bien que les cordons de sonnette passaient à travers les murs et que par conséquent personne ne pouvait y toucher; enfin, je redescendis à l'office.... où la sonnerie avait pris les proportions d'une tempête !

« J'avisai alors la sonnette la plus désordonnée et j'entrepris de la maintenir au repos. Mais toute la force de mes deux bras ne put y suffire : d'ailleurs elle était chaude à ne pouvoir la tenir longtemps...

« ...... Bientôt les murs du château se mirent à trembler sous les coups d'une armée de démolisseurs dont on entendait très-distinctement les pioches mordre la pierre. Les portes, dès qu'on les avait franchies, se fermaient avec colère, et il passait alors dans l'air comme le soupir de quelqu'un qu'on étouffe. Je voulus

monter l'escalier, et à chaque pas que je faisais, un
coup de hache tombait très-distinctement entre mes
pieds, en faisant entendre le bruit particulier du fer
entamant le bois. Toute la nuit, des pierres ont été
lancées dans mes volets ; toute la nuit, un être invisible, mais lourdement botté, s'est promené dans le
corridor avoisinant aux chambres. Je sortais brusquement avec une lampe, afin de surprendre ce noctam-
bule... Je ne voyais rien, et cependant le bruit des pas
se faisait toujours entendre, à ce point que je sentais,
je ne dirai pas la vision, mais l'audition passer à un
mètre de moi.

« J'ai questionné sur ces choses étranges les gens
les plus sensés du pays. Tous m'ont affirmé que le
château de F... était visité par des revenants. »

Sont-ce aussi des esprits qui tiennent en respect les
lions de Crockett pendant que le dompteur les ennuie
dans leur cage, au grand plaisir des spectateurs ? chacun explique ce miracle à sa manière et personne n'explique rien. On se rappelle la cravache de Van Am-
burgh, dont le bout était un fer rougi ; on prétend
qu'un lion auquel on a donné un coup sur les pattes,
fût-ce avec une simple badine, est un lion démoralisé.
Je le veux bien ; mais si l'on manquait les pattes, par
hasard, le lion ne vous manquerait pas, lui.

Sur ce terrain du merveilleux, nous sommes tout
naturellement conduit à vous recommander un bon et
beau livre, attrayant et profond à la fois, qui traite

justement du merveilleux au moyen âge ; c'est l'*His-toire de l'enchanteur Merlin*, par M. le vicomte Her-sart de la Villemarqué, membre de l'Institut. La seconde édition de l'ouvrage a suivi de tout près la première, et je ne sais pas de meilleure recommanda-tion que celle-là, attendu qu'elle émane du suffrage universel.

Qui sera directeur de notre Théâtre-Italien? On parle beaucoup de M. Bagier, qui a laissé son théâtre de Madrid en pleine vogue de la *Forza del destino*, le nouvel opéra de Verdi, où les lauriers sont beaucoup pour madame de Méric-Lablache. On a cité aussi les noms de MM. Gye, Strakosch, Rubini et *tutti quanti*. On dit qu'ils sont vingt-deux prétendants !

Plusieurs journaux ont annoncé que M. Bagier prenait volontiers le Théâtre-Italien sans la rente de 100 mille livres que lui constitue l'État; mais non ! c'est une erreur contre laquelle M. Bagier proteste le premier. Il épousera sans dot si on le veut absolu-ment, mais il préfère avec dot.

Les concerts médiocres ne doivent pas nous empê-cher de parler des très-bons ; celui que mademoiselle de Schoultz, jeune et belle pianiste arrivée cette an-née-ci de Saint-Pétersbourg, a donné lundi chez Érard, avec le concours de Naudin, doit être compté parmi les meilleurs et commence à classer la bénéficiaire parmi les virtuoses d'élite. Le concert annuel d'Alary a été, comme toujours, l'un des plus brillants de la saison ; enfin madame Pleyel et M. Dumon, tous deux professeurs au Conservatoire royal de Bruxelles, ne regretteront point d'être venus se faire entendre chez nous. Le talent de madame Pleyel est une de ces royautés consacrées qu'aucune révolution du goût ne peut atteindre. Quant à M. Dumon, il a, du premier coup, réhabilité la flûte et s'est fait adopter comme un artiste rare et mélodieux.

VI

« Chez moi. » — Les bonnes gens et ce stupéfiant *chez moi*. — « Biche vous-même! » — M. Alexandre Dumas fils et ses visiteuses. — Les pèlerinages à la rue de Boulogne. — Déclassées ; inassouvies ; délaissées ; exotiques. — Mme et Mlle Prudhomme. — Le médecin du quartier, selon Balzac dans le *Cousin Pons*. — Un titre et un sujet de comédie et de roman : *les Étrangères*. — La tour Saint-Jacques et M. Latour Saint-Ybars. — La présentation à la cour et la visite à Dumas fils sur le même plan. — Où peut aller la littérature pour sortir des camellias. — Les passions et les vertus selon Mme de Coislin. — *Un Hiver à Paris*, par Mme Rimsky-Korsokow. — Le procès Garcia-Calzado et M. Adolphe Calzado. — Notre linge sale de la semaine ou le différend Brindeau-Koning. — Ce que les journalistes devraient bien organiser entre eux. — Comment fut composé *Don Juan de Marana*, que la Porte-Saint-Martin vient de reprendre, ou recette pour faire des chefs-d'œuvre. — L'ex-directeur des Italiens en prison. — *Les Tricheurs*, livre et drame par le vicomte de Gaston. — Pas de prédicateur *di cartello*, cette année-ci ; pas d'*ut* de poitrine de la chaire. — Mme la comtesse de Circourt. — Les trois frères de Circourt. — Les revanches de M. Wagner à Saint-Pétersbourg. — Le raisonnement des épinards appliqué à Wagner. — Concert de M. F. Schœn à Paris. — Mme Stoltz. — Au bénéfice de qui chante le printemps.

Paris, 27 mars.

— Où les avez-vous connues ?

— Chez moi.

Ce « chez moi » que vingt journaux répètent à l'envi depuis une semaine, ce superbe « chez moi, » vous avez lu sur quelles lèvres mordantes le met la chronique et à quel propos il se rattache.

Il s'agit de M. Alexandre Dumas fils et des femmes du monde qu'il a mises, dit-il, en scène dans sa prochaine comédie. Là-dessus, une dame lui demande assez imprudemment : « Où les avez vous connues ? » et lui répond ou est censé répondre assez impudemment : « Chez moi. »

Eh bien, on n'a généralement pas compris ce *chez moi* dont on a tant parlé.

Les bonnes gens se sont dit et ont dit : « En vérité, ces auteurs ne respectent rien ! » et ils se seraient signés par là-dessus s'ils avaient été bien sûrs que Voltaire ne les verrait pas.

D'autres, plus forts en raisonnement, ont ainsi rétorqué le *chez moi* de l'auteur de *la Dame aux Camellias* : « Du moment qu'elles vont chez un jeune homme, chez un célibataire, chez le peintre ordinaire du demi-monde, ce ne sont plus des femmes du monde, mais des créatures ; donc, les héroïnes de M. Dumas, — quoi qu'il prétende là-dessus, — au futur comme au passé, n'auront jamais que le nom de femmes du monde. Au fond, ce seront des biches. »

Biche vous-même ! Je vous affirme, moi, qu'aux abords de la petite maison de la rue de Boulogne qui abrita longtemps la spirituelle célébrité de M. Alexandre Dumas fils, de vraies femmes du monde et même de très-grandes dames, entendez-vous, sont bien des fois descendues de voiture, la dentelle épaisse sur le nez, le manteau sombre sur le dos. On frappait à la porte de ce jeune homme et de ce célibataire, et l'on n'en était pas moins femme du monde pour cela.

Est-on compromise pour aller visiter l'atelier d'un peintre en renom, si jeune et si célibataire qu'il soit ?

Ne va-t-on pas, si l'on est pieuse, s'agenouiller dans le confessionnal d'un prêtre souvent jeune et toujours célibataire ?

Faut-il, sous peine de compromettre son titre de femme du monde, s'informer, avant d'aller faire faire son portrait chez le photographe, s'il a femme, enfants et cheveux gris ?

Enfin, est-on perdue de réputation pour avoir été chez le sorcier en vogue se faire tirer les cartes ?

La petite maison de la rue de Boulogne tenait à la fois de l'atelier, du confessionnal, du laboratoire, du cabinet de consultations et aussi du monument curieux recommandé à la visite des étrangères ; c'est pourquoi, en tout bien tout honneur, nombre de femmes du monde ont défilé sous l'œil perçant de l'observateur qui n'a pas manqué là d'occasions d'étudier les modèles qu'il se propose maintenant de transporter sur le théâtre, et de les étudier *chez lui*, ainsi qu'on le lui fait dire.

Ainsi compris, et c'est là son seul vrai sens, le mot n'a plus la moindre signification outrecuidante d'un côté, compromettante de l'autre.

Voyez-vous s'avancer en une longue file, généralement éplorée, les déclassées, les inassouvies, les délaissées, les exotiques ? C'est dans ces quatre catégories que se sont les plus souvent recrutées les caravanes en partance pour chez M. Dumas fils.

Ce n'est certainement point votre épouse ni votre demoiselle, bon et cher monsieur Prudhomme, à moins qu'en complet désaccord avez vous, il ne les faille ranger parmi les incomprises, — une variété des déclassées; ce n'est point, dis-je, madame ni mademoiselle Prudhomme que notre écrivain aura étudiée chez lui. Ces dames restent chez elles ; on ne vient pas les y chercher, et elles se consolent de leur isolement et de leur ennui, et elles étouffent courageusement leurs bâillements en se disant (c'est toujours une consolation) : « Nous sommes les vraies femmes du monde. »

S'il n'y en avait pas d'autres, il faut avouer que le monde ne serait pas gai.

On n'est point, — bien loin de là ! — une Bovary pour avoir été interroger dans son temple, qu'il a dé-

serté depuis, l'oracle malgré lui de la rue de Boulogne ; mais Mme Bovary, au temps où elle luttait
encore contre les appétits et les aspirations de sa double nature physique et morale, qui ont fini par l'em-
porter où vous savez ; Mme Bovary, avant la chute,
mais se sentant sur la pente rapide qui l'y menait,
n'eût point manqué d'aller chez ce médecin sans di-
plôme des âmes féminines et de lui dire :

« Voici mon mal ; guérissez-le »

Vous rappelez-vous le portrait que Balzac a tracé
dans un de ses plus magnifiques romans : *le Cousin
Pons*, de l'être à part qui s'appelle *le Médecin du
quartier ?* « A Paris, dans chaque quartier, il existe
un médecin dont le nom et la demeure ne sont connus
que de la classe inférieure, des petits bourgeois, des
portiers, et qu'on nomme conséquemment : le médecin
du quartier. Ce médecin, qui fait les accouchements et
qui saigne, est, en médecine, ce qu'est, dans les *Petites Affiches*, *le domestique pour tout faire.* » Au lieu
des femmes de rien, mettez des grandes dames ; au
lieu de maladies du corps, occupons-nous de celles de
l'âme, et vous verrez qu'il y a quelques années il fut
un moment où par ses livres, par ses pièces de théâtre, par ses autopsies des faiblesses féminines, l'écrivain qui nous occupe avait acquis dans une certaine
clientèle aristocratique une popularité analogue à celle
dont jouit le *Médecin du quartier* chez les portières de
son quartier.

9.

C'est pourquoi les déclassées venaient à lui confesser les douleurs que le prosaïsme d'une condition bornée ou étroite faisait souffrir à leur nature tombée de plus haut. Les inassouvies suivaient ; celles que la physiologie appelle un peu brutalement les hystériques ; celles qui fournissent au roman et à la poésie ses Lélia ; celles qui sont presque également capables de donner des exemples de sainteté à la religion ou des sujets de scandale à la société ; natures excessives, qui ne suivent jamais le milieu du chemin ; capables de s'élever très-haut ou de se perdre très-bas ; qui ne savent pas prendre pied entre le ciel et l'abîme, et qui s'égarent au-dessous des autres mortels quand elles ne planent pas bien au-dessus.

J'ai dit que les délaissées fournissaient aussi leur contingent aux pèlerinages vers la rue de Boulogne. Il y a bien des sortes de délaissées qu'il ne faut pas confondre les unes avec les autres. Tantôt, c'est une amoureuse trahie par son amoureux ; tantôt, une femme légitime sacrifiée par son mari à quelque princesse de la rampe ; tantôt, une beauté à son déclin à laquelle échappe l'objet d'une tendresse qu'elle sent ne plus pouvoir désormais placer avantageusement ; tantôt, au contraire, c'est une fleur naissante cueillie, puis rejetée par quelque séducteur endurci. Toutes ces variétés étaient bien souvent représentées au dispensaire libre de la rue de Boulogne, et certes le médecin du quartier ne perdait pas le temps qu'il consacrait à cette clientèle accourue vers lui, car quel livre eût été aussi fécond en enseignements que ces âmes ouvertes spontanément devant lui?

Il y aurait, pour un écrivain parisien, à faire soit une belle comédie, soit un beau roman et peut-être tous les deux, sous ce titre : *Les Étrangères*, et personne plus que M. Dumas fils ne serait l'homme de cette tâche. Il n'est personne en effet, parmi nos gens de lettres, qui ait pu étudier de plus près la matière. Il n'avait pas même la peine d'aller chercher ses modèles; ils venaient à lui, et ce n'est pas sans raison que, parmi les dévotes de la petite paroisse de la rue de Boulogne, nous avons cité les exotiques.

Le voyageur vulgaire qui se contente d'une visite scrupuleuse aux monuments et aux promenades cités dans son guide n'est point, quel que soit son sexe, de l'étoffe dont on fait nos étrangères en question. Celles-ci tiennent chaque hiver une place un peu plus importante dans le mouvement des plaisirs parisiens. Elles sont curieuses, — et c'est là un des traits qui les distinguent le plus sûrement des Françaises, assez indifférentes sur ce chapitre; — elles sont curieuses de nos moindres grands hommes. La tour Saint-Jacques les attire médiocrement, mais elles auront un regard même pour M. Latour Saint-Ybars, si on le leur montre. A plus forte raison, l'auteur du *Demi-Monde*, au temps où florissait son règne, fut-il honoré de plus d'un coup d'œil.

Voir Alexandre Dumas fils et se faire présenter à la cour figuraient alors sur la même ligne du programme de ces nobles, belles, riches et intelligentes voyageuses ; c'est vous dire si la visite à l'écrivain alors le plus en vogue, surtout chez les femmes et surtout chez les étrangères, venait en première ligne.

Celles qui avaient passé l'hiver précédent à Paris donnaient des lettres d'introduction à celles qui venaient passer l'hiver suivant.

Se faire présenter à la cour des Tuileries, c'est affirmer son rang dans le monde ; c'est le faire consacrer ; c'est planter son drapeau sur le plus brillant terrain ; c'est offrir à sa beauté, à sa noblesse, à sa richesse, le cadre le plus éclatant où tous ces dons réunis puissent resplendir.

Aller trouver Alexandre Dumas fils, c'était s'adresser au plus spirituel cicerone qui pût vous donner le bras sur les frontières de cette grande curiosité : le Paris immoral.

On n'a pas 25,000 moutons, 40,000 paysans (on avait encore des paysans alors) et trois fabriques de sucre pour se refuser cette petite fantaisie-là !

Je trouve que jusqu'ici notre littérature a été presque ingrate envers ces étrangères ; elle aurait dû s'occuper d'elles davantage ; celles-ci s'occupent tant de notre littérature !

Ce ne serait qu'un prêté-rendu.

D'ailleurs, si l'on veut réellement sortir du monde

des camellias, c'est parmi les femmes à passions, à caprices, à fantaisies que l'imagination des écrivains peut seulement recruter des héroïnes, et non pas parmi les filles de la bourgeoisie parisienne qui mangent, boivent, dorment, font de la tapisserie et jouent du piano, le tout à heure fixe, aujourd'hui comme hier et demain comme aujourd'hui.

Cette régularité est parfaitement estimable ; peut-être est-ce là la vérité et le bonheur relatifs ; mais le drame et le roman vivent de passions et d'exceptions.

Cette grande dame du siècle dernier, madame de Coislin qui, philosophant *in extremis* avec son confesseur, lui disait en manière de conclusion :

— Les vertus ne sont que d'institution humaine ; les passions sont d'institution divine ;

Cette grande dame-là avait pu n'être ni heureuse ni exemplaire ; mais, raison de plus pour les romanciers de l'étudier avec fruit.

N'allez pas conclure des lignes qui précèdent que les exotiques soient nécessairement des pécheresses ; il s'en faut de beaucoup ; seulement, ce sont des vertus indépendantes.

Pendant que j'invite les hommes de lettres parisiens à consacrer attentivement leurs pinceaux aux étrangères, j'apprends que l'une de celles qui ont fait ici le plus beau bruit cet hiver, par le relief de la situation, de la personne, des entourages, et, s'il faut tout dire, une dame qui ne hait pas le son de la trompette embouchée en son honneur ; femme d'imagination, femme de séduction et, à ce qu'il paraît, femme d'observation, s'amuse, en ce moment, à recueillir ses souvenirs du carnaval, pendant les loisirs du carême, à mettre en ordre les impressions qu'une saison très-lancée dans tous nos plus éclatants salons a pu lui laisser. Elle est en train de former sa gerbe ; elle prépare une fiction romanesque dont les fils serviront à relier les portraits plus ou moins ressemblants, mais à coup sûr tracés d'après nature, de nos notabilités sociales, politiques, littéraires, les épisodes plus ou moins exactement re-produits, mais réels dans le fond, dans lesquels cette dame étrangère a été actrice ou témoin.

Vienne l'automne prochain, vous verrez paraître, à ce qu'on assure, un volume intitulé : *Recherche de l'idéal, ou un Hiver à Paris*, par madame Rimsky-Korsokow.

Si vraiment cette promesse est tenue, ce sera pi-quant de faire le tour du monde parisien, et particu-lièrement des salons officiels, en compagnie d'une personne qui, tant chantée par les chroniques, répli-querait dans un roman.

Le modèle devenant peintre ; le régime se faisant le sujet ; Célimène passant de la scène dans la salle pour écrire le feuilleton sur la représentation du *Misan-thrope* ; la comédie posant devant l'un de ses principaux personnages, voilà une épreuve amusante et un renversement de rôles qui promet d'être un peu plus curieux que le spectacle des *Rendez-vous bourgeois* travestis que l'Opéra-Comique aimait à donner autrefois dans les grandes occasions.

C'est la mode pour les amateurs de jouer la comédie désormais comme des artistes de profession ; j'aimerais encore mieux, je l'avoue, la leur voir écrire ; et si vraiment la dame russe que nous venons de nommer s'engage dans cette voie, il n'y a qu'à applaudir des deux mains, ne fût-ce d'abord qu'à titre d'encouragement et plus tard à titre de compliment.

Un roman offre ce grand avantage sur nos chroniques que dans le roman vous pouvez, derrière les voiles de la fiction, montrer comment les cœurs battent sous le corsage à la dernière mode et l'habit noir de drap fin, sorti de chez le bon faiseur. La chronique, quand elle dirige son objectif sur les salons, a, tout au plus, le droit de reproduire l'intérieur et les noms de leurs habitants.

La grande émotion du procès Calzado-Garcia commence à se calmer, Dieu merci ! car c'était un pénible sujet de conversation. Je sais que personnellement, en ces jours si douloureux pour lui, M. Adolphe Calzado, le fils de l'ex-directeur du Théâtre-Italien, a reçu bien des visites précieuses, bien des marques d'estime et de sympathie qui ont dû lui adoucir autant que possible l'amertume du calice. C'est une charmante nature que ce jeune homme, bon, franc, aimable, souriant. Pendant le cours du règne paternel au Théâtre-Italien, il n'a jamais été que le ministre des grâces ; aussi compte-t-il beaucoup d'amis dont pas un, il faut le dire à l'honneur du genre humain, ne s'est éloigné en présence de la catastrophe. Au contraire, on a serré les rangs autour du fils frappé dans la personne de son père.

Journalistes parisiens, mes confrères, nous avons aujourd'hui du linge sale à laver en famille. Le plus jeune d'entre nous, je crois ; un étourdi, si vous voulez; un enfant terrible, je ne dis pas non, a été traité par un comédien, — dont le talent mérite considération, je n'en disconviens pas, — par M. Brindeau, de la plus malséante et de la plus outrageuse façon. Un article du petit journaliste, moins même qu'un article, une épithète : l'épithète d'*énorme* appliquée à M. Brindeau, a déplu à celui-ci, et, dans un café, sans provocation préalable, si nous sommes bien informé, il aurait usé sur la personne de M. Koning de la supériorité de ses forces.

Battu et mécontent, M. Victor Koning envoie des témoins demander en son nom une réparation que M. Brindeau ne crut pas devoir accorder à un enfant de vingt ans.

Ce refus, je le comprends et j'aime à l'expliquer par des motifs honorables.

Certes, le jeune gazetier imberbe a tort d'avoir vingt ans. Pourquoi a-t-on vingt ans ? cela ne saurait se tolérer. Certes, l'épithète d'énorme—si tel est effectivement le corps du délit—n'était pas d'un choix bien délicat; il y avait autre chose à dire et sur un autre ton d'un artiste de la valeur de M. Brindeau. Certes, encore la place du critique n'est pas dans la camaraderie des comédiens ses justiciables. Soyez donc le juge de ceux qui ont le droit de vous appeler : *ma petite vieille* dans les moments d'entente cordiale et de vous taper sur le ventre ! De là à essayer de vous tirer les oreilles en cas de discorde, il n'y a qu'un pas bientôt franchi par la colère et la violence.

Mais les erreurs du journaliste n'excusent pas l'agression brutale du comédien, si les faits se sont passés tels qu'on me les rapporte et tels que je les redis à mon tour.

Aux gentilshommes qui se plaignaient d'avoir été détroussés chez madame Barucci, eût-on été fondé à venir dire pour toute réponse : « Qu'alliez-vous faire dans cette galère? » De même, le journaliste maltraité en cette circonstance a-t-il, n'a-t-il pas eu le soin de maintenir intacte la dignité de son rang? c'est une autre question. Le boxeur a d'abord tort.

Que M. Koning soit allé, sur le boulevard, prendre la canne d'un de ses amis; qu'il soit revenu plus tard le bâton haut sur son adversaire; je ne dis pas non. Suite déplorable d'un commencement déplorable.

Les agents de change ont leur syndicat; les notaires, les avoués, les avocats ont des chambres de discipline

10

élues par eux qui veillent au maintien du bon ordre intérieur et à la considération du corps; comment les journalistes n'ont-ils jamais eu l'idée d'établir parmi eux une commission de la dignité de la presse pour protéger les faibles, exclure les indignes, combattre enfin, au nom de tous, sous un drapeau toujours porté au plus fort de la mêlée et trop souvent compromis !

M. Brindeau est le principal interprète, après Mélingue, de *Don Juan de Marana* qui vient d'être repris avec éclat à la Porte Saint-Martin ; on dit que le dernier relâche qui a retardé d'un jour encore, jusqu'au mercredi, la représentation tant de fois annoncée, tant de fois démentie, a eu pour cause ce marivaudage à coups de poings et à coups de canne entre *Don Josès* et Don Koning.

Don Juan de Marana n'eut pas dans sa nouveauté le succès qui vient d'accueillir la reprise. Dumas luimême, dont la modestie est le moindre défaut, en convenait pourtant avec franchise. C'était il y a quelques années. Trois ou quatre écrivains de marque, Dumas entre autres et Alphonse Karr, se trouvèrent réunis dans une chambre ayant vue sur la mer, à un des bains de la côte normande. — « Quel foyer d'inspiration, s'écria l'un des interlocuteurs, qu'une pareille immensité s'étendant devant les yeux ! on ne devrait jamais travailler qu'avec la mer sous la fenêtre de son cabinet de travail.

« —Erreur, reprit l'auteur de *la Pénélope normande,*

qui, plus familiarisé que personne avec le voisinage de la mer, était le plus compétent pour parler de ses avantages ou de ses inconvénients ; on n'écrit rien de bon avec de si belles choses sous les yeux. J'ai étudié toutes les positions et toutes les influences. Ce que l'on peut faire de mieux, c'est de travailler le nez contre un bon mur blanc. Cela ne donne pas de distraction ; cela tient la pensée prisonnière ; c'est propice à la réflexion.

« — Moi, dit Dumas, j'ai mes raisons pour être de l'avis de Karr. Quand j'ai composé *Don Juan de Marana*, une de mes déceptions au théâtre, j'avais pour complices les vagues qui montaient, en quelque sorte, jusqu'à ma fenêtre et arrosaient presque ma table de travail. Eh bien, avec la collaboration de l'Océan, je ne produisis qu'une œuvre élevée, trop élevée, dont le mysticisme passa par dessus la tête du parterre. »

Ainsi, vous voilà prévenus ; si vous voulez produire des chefs-d'œuvre, mettez-vous en quête d'un vilain cabinet donnant sur un mur bien nu. C'est la recette recommandée par les maîtres.

A propos de murailles, on peut parler prison ; on rapporte qu'au sortir de l'audience où M. Calzado avait paru entendre sa condamnation avec une si complète impassibilité, sans le moindre changement de visage ; en entrant à la Conciergerie, il tomba comme foudroyé et peut-être aurait été étouffé sans une hémorrhagie qui se précipita avec une violence extrême par toutes les issues que lui ouvrait la nature. Cela dura deux heures et sauva le patient.

Marchant sur les traces de Robert Houdin, sans doute pour le surpasser en librairie comme en presti-digitation, M. le vicomte de Caston, le plus fabuleux des magiciens de la magie blanche, annonce qu'il va faire paraître prochainement un livre qui serait aujourd'hui tout à fait de circonstance : *les Tricheurs, scènes de jeu. Les Tricheries des grecs dévoilées*, par Robert Houdin, ont eu beaucoup de lecteurs et de succès, mais n'ont point, à ce qu'il paraît, épuisé la matière. M. de Caston pense et se fait fort de démontrer que les tours de cartes attribués aux tristes vainqueurs de la soirée Barucci sont tout simplement d'une impossibilité absolue. Il a là-dessus ses idées à lui, qu'il appuie de calculs qui ne sont point de notre domaine. Il ne conclut pas pour cela à l'innocence des condamnés, car ce n'est point à lui à confirmer ou à détruire la sentence prononcée, mais il établit seulement que la fraude n'a pu être pratiquée comme on l'a dit, comme on le croit. Il a fallu d'autres ficelles.

Ce n'est pas seulement un livre que M. de Caston prépare sur ce vaste sujet et sous ce titre : *les Tricheurs*, mais aussi un drame tiré du livre.

Les Tricheurs... il me semble que cela doit avoir maille à partir avec la censure.

Notre carême fait peu parler de lui, en ce sens que le nom d'aucun prédicateur *di cartello*, excepté le

P. Félix et quelques autres déjà connus, ne s'impose cette année à l'attention publique. La chaire fait entendre, comme à l'ordinaire, ses excellents conseils et ses saintes vérités, au milieu d'un grand concours d'auditeurs ; mais aucun *ut* de poitrine n'est de la partie.

La mort de madame la comtesse de Circourt, née de Klustine, a fermé un des salons importants et intelligents par excellence de notre ville. Dès le lendemain de cette nouvelle et sensible perte, M. Sainte-Beuve prenait la parole, dans les colonnes du *Constitutionnel*, pour rendre un premier hommage à cette femme éminente, en attendant une étude plus réfléchie de ses mérites. Mariée au comte Adolphe de Circourt, qui fut un moment ministre à Berlin, mademoiselle de Klustine avait rencontré dans cette nature rare, remarquable par l'étendue aussi bien que par la diversité des connaissances, l'homme le mieux fait pour l'apprécier et la mettre dans tout son lustre. C'était peut-être un couple unique à Paris et dans le monde que ce mariage de deux hautes intelligences assorties, autour desquelles se groupaient d'autres intelligences dignes de les comprendre.

Le savoir et le travail semblent, du reste, un héritage commun aux descendants de la noble famille lorraine des Circourt. On a connu à Paris trois frères de ce nom, tous trois hommes d'un rare mérite ; les deux plus en évidence, le comte Adolphe et, après lui, le

10.

comte Albert, sont des hommes hors ligne. Ce dernier, outre divers travaux politiques et littéraires qui ont marqué, est l'auteur d'une histoire en trois volumes des *Mores Mudéjares et des Morisques sous la domination des chrétiens*, qui fait autorité. On a pu dire des frères de Circourt que l'un était un livre, l'autre une encyclopédie et le troisième une bibliothèque.

Wagner est-il un grand musicien ? Paris a répondu hardiment non ; le public de Saint-Pétersbourg est en train, en ce moment, de répondre oui à la même question posée devant lui. En tous cas, ce Wagner tourne là-bas à l'homme heureux ; nous recevons des lettres curieuses toutes pleines du bruit de ses succès. Les récoltes d'argent ne lui manquent pas plus que les moissons de gloire.

Si vous aimez les chiffres, son premier concert a rapporté 12,000 francs ; le second en a produit 16,000. Ces deux premières épreuves, placées sous le patronage de la Société Philharmonique dans la salle de la noblesse, ayant très-brillamment réussi à tous les points de vue, Wagner, à ses risques et périls cette fois, organisa un troisième concert dans la salle immense du Grand-Théâtre, et, malgré le prix élevé des places, il n'en resta pas une de vide.

Heureux Wagner ! vont dire nos donneurs de concerts parisiens qui ont tant de peine à remplir, fût-ce à prix réduits, les petites salles de Pleyel, de Herz, ou d'Erard.

Heureux Wagner, soit ! Mais il a été assez longtemps malheureux pour que la fortune lui doive aujour-
d'hui une revanche complète de ses souffrances.

A chaque concert, il paraît qu'il avait un peu moins
adouci le breuvage aux dilettantes de Saint-Pétersbourg, et, ne leur voyant pas faire la grimace aux
amertumes du Wagner qu'il leur versait de plus en
plus pur, en diminuant la dose de sucre à chaque
séance, il finit, à la dernière, par leur administrer, sans
mélange, sans préparation, sans précaution, sans adou-
cissant, des fragments de ses *Niebelungen*, un opéra
qui dure trois soirs de suite et qui naguère terrifia à
Vienne même les partisans les plus dévoués de ce terrible Wagner.

Eh bien, Saint-Pétersbourg a résisté même aux
Niebelungen.

Saint-Pétersbourg a fait bonne contenance, ce qui
fait singulièrement l'éloge de la solidité de son tempérament musical.

Wagner plaît comme homme ; il plaît comme musicien ; il est question de le conjurer de se fixer à Saint-
Pétersbourg.

En attendant, le directeur des théâtres impériaux
de Moscou, M. Lwoff, ex-directeur de la fameuse
chapelle des chantres de la cour, vient d'emmener le
triomphateur à Moscou, où l'on ne doute pas que les
mêmes lauriers ne l'attendent.

J'en suis bien aise; car Wagner est intéressant comme homme de cœur et de persévérance. Mais, sur le fond de la question, nous continuons à faire nos réserves. Je ne prévois pas que jamais nous cessions d'appliquer à Wagner ce raisonnement si profondément logique dit *raisonnement des épinards :* « Je n'aime pas le Wagner et j'en suis bien aise ; car, si je l'aimais, j'en entendrais et je ne peux pas le souffrir. »

Un pianiste moins discuté, un musicien d'un vrai talent, M. F. Schœn, a donné la semaine dernière un concert auquel assistait madame Stoltz, celle qui fut une si grande tragédienne lyrique à l'Opéra.

Elle est maintenant fixée parmi nous.

Elle a pris un appartement à Paris, rue de Luxembourg, qu'elle anime de son esprit supérieur et de la grâce de son accueil. L'été elle fait de la villégiature sous les colonnades italiennes de la maison qu'elle s'est fait bâtir près Paris, au Vésinet.

Cependant, le printemps règne et gouverne les bourgeons, les oiseaux et l'étalage des magasins de nouveautés. Brave soleil !

Les promenades sont charmantes, les Parisiennes aussi ; c'est pourquoi les Parisiens se promènent beaucoup.

A une représentation donnée, un soir de la semaine dernière, dans la petite salle de la rue de Latour-d'Auvergne, sous les auspices de quelques célébrités élégantes du demi-monde qui, comme les grandes dames, cultivent la comédie en volontaires et s'en tirent aussi fort bien, on fit une recette fabuleuse, vu l'endroit, de 4, 500 francs.

C'était à la soirée donnée par madame Marie de Bussy.

Voyant la caisse, quelqu'un criait au miracle !

— Mais non, répondit un observateur, rien de plus simple ; le printemps ne chante-t-il pas au bénéfice des amoureuses ?

VII

Paris, 17 avril.

Le premier nom qui vient au bout de ma plume est celui d'un homme que tout le monde connaît et que tout le monde aime : Nadar. Parlons de Nadar, cela nous portera bonheur.

Il a un dada, un rêve, une croyance, un amour, un enthousiasme, c'est la navigation aérienne. Il fait de la photographie, comme on va à son bureau, de telle heure à telle heure, et il la fait très-bien, parce qu'il n'est pas dans cette nature d'artiste de rien faire à demi ; mais ce n'est pas ou ce n'est plus la photographie, ni la littérature, ni même l'équitation, dont il fut un instant affolé au point de vivre avec des éperons aux talons de ses bottes, qui occupent, à l'heure qu'il est, cette imagination ardente. Nadar veut dompter l'air, comme Crockett a dompté ses lions. Ce n'est pas Montgolfier et consorts qui ont inventé l'aérostat primitif, c'est Nadar sous quelque forme antérieure. Il lui semble qu'il étouffe sur terre et il ne respire commodément que lorsqu'il plane au delà des nuages, dans les sphères justement où le commun des mortels perdrait la respiration. Lui est-il réservé de résoudre enfin le problème de la direction des ballons ? Je le souhaite ; je n'en sais rien ; il en est bien capable, d'ailleurs, la question ne me paraît pas là pour lui ; il demande moins peut-être pour l'instant à aller de tel point à tel point par le plus court chemin aérien qu'à être en l'air et à y rester le plus longtemps possible, en conversation avec l'infini.

On va bâtir tantôt un grand ballon, un immense ballon, le Léviathan des ballons, quelque chose comme un navire à trois ponts dont il sera le capitaine, et, avec une vingtaine d'amis, de savants, de curieux,

Nadar s'embarquera sur *le Nadar*. Le plan d'un voyage en Afrique par cette voie nouvelle est déjà arrêté. La liste des voyageurs est déjà presque close.

Ne croyez point, bien que la matière prête à cette croyance, que ce soit là un projet en l'air!

D'ailleurs, les petits-fils de saint Thomas eux-mêmes seront forcés d'y croire quand ils auront vu exposé dans quelque jardin public — au Pré Catelan, par exemple, — cette machine gigantesque destinée à enlever Nadar et compagnie.

S'il aime les ballons, il aime moins, mais beaucoup pourtant les singes; aussi, passant l'autre jour par le Jardin des Plantes, il s'arrêta devant le palais de cristal de ces messieurs, et trouva moyen de leur faire cadeau d'un de ces jolis ballons rouges qu'on tient en captivité au bout d'un fil, et qui font la joie des enfants plus souvent que la tranquillité des parents.

Un ballon rouge est lancé chez les singes et naturellement, une fois qu'il ne se sent plus retenu, monte, monte, comme c'est son devoir de ballon et la vocation du gaz ambitieux dont il est gonflé!

Grand émoi parmi les quadrumanes, plus surpris encore que reconnaissants du présent.

Les enfants de la tribu, les étourdis, les têtes sans cervelle s'épuisent à courir, à sauter après ce joujou volant qui vient d'envahir leur domicile, sans parvenir à l'atteindre. Le ballon échappe aux plus lestes. Ce

que voyant, les fortes têtes de la maison, les maca-
ques de bon conseil, les ouistitis les plus sages, les
orangs les plus considérés et les gibbons d'importance
blanchis sous le harnais, s'asseyent en rond par terre
et tiennent conseil, tout en suivant des yeux l'oiseau
rouge sans plumes.

Mais, il faut toujours que quelqu'un gagne à la loterie ; pendant que les anciens délibéraient et disaient,
en leur langage, des choses sans doute excellentes, un
mandrill, favorisé du sort, parvient enfin à saisir le
ballon ; il y porte une griffe et des dents aiguës ; il
crève l'enveloppe ; le gaz lui part dans la figure, et voilà
notre mandrill qui se sauve assez mal accommodé, re-
grettant sa victoire, tout désappointé de son succès,
très-penaud de la tête à la queue.

Le mandrill me fit songer à ces petits jeunes gens
que l'on voit débuter dans la vie, neufs, étourdis,
alertes, courant quand même après les jupes ballon-
nées de toutes les couleurs et s'étonnant, au moment
où ils les atteignent, d'entrer dans une série de mésa-
ventures imprévues.

L'amour, et surtout l'amour tel qu'il s'offre aux petits jeunes gens, est comme un fusil qu'il faut savoir
épauler, sous peine d'être souffleté par la crosse, au
moment où l'on tire son premier gibier.

C'est, sous une autre forme, l'histoire du mandrill
et du ballon que Nadar avait donné aux singes, en leur
palais.

Si l'on était M. Viennet, on aurait pu rimer une fable là-dessus : Le singe et le ballon.

Mais on n'est que chroniqueur, et c'est en cette qualité que l'on s'est cru obligé d'aller voir, dans la même semaine, *Roule ta bosse*, une revue jouée plus de cent fois déjà au petit théâtre du Luxembourg, et l'une des nobles représentations de charité données ces trois jours-ci par duchesses, comtesses et marquises, dans l'hôtel de madame de Meyendorff.

Le spectacle de l'hôtel Meyendorff et la revue de Bobino vous représentent les deux extrémités en matière d'art théâtral. La critique n'ose point entrer dans le salon et ne daigne pas descendre jusqu'à Bobino. Raison de plus pour que la chronique se faufile, elle, ici et là.

Au théâtre du Luxembourg, combien de spectateurs ont moins de vingt ans ! Les imberbes y sont souvent en majorité, et l'on a vu des soirs où il n'y avait pas un seul front chauve dans la salle. Le temple est mesquin, mais la jeunesse y habite et le transfigure.

Pendant les congés de Pâques, ce n'étaient plus même les étudiants de première année, c'étaient des rhétoriciens qui étaient les maîtres de la place.

Ils venaient là, dans leur tunique d'uniforme, admirer les beautés de *Roule ta bosse*, si différentes de celles des poëtes grecs et latins : le maillot de soie de mademoiselle Parison, — le seul maillot peut-être de ce spectacle primitif qui ne soit point en coton , — les dents blanches de mademoiselle Rose Bruyère ; la chanson de madame Gaspari ; le comique de M. Tousé, tous gens populaires dans les parages lointains où ils règnent, comme peuvent l'être chez nous Léonce, des Bouffes, mademoiselle Tautin, des Variétés, ou mademoiselle Schneider, du Palais-Royal.

Une tunique de collégien n'est pas une cuirasse à l'épreuve des traits de l'Amour ; au contraire !..

« Ils ne mouraient pas tous, mais tous étaient frappés, »

parmi ces jeunes nourrissons d'Homère, de Virgile et d'Horace, attentifs aux charmes que déroulaient devant eux les costumes indiscrets de la revue de Bobino.

Bien entendu, je ne parle point des collégiens fils de famille qui ont à Paris père et mère et qui ne sortent que sous bonne escorte d'un valet de confiance pour le moins ; ceux-ci, on les mène à l'Opéra-Comique ou au Théâtre-Français ; je parle d'une autre espèce de collégiens, plus abandonnés à eux-mêmes, qui viennent, pendant les jours de congé, partager la vie des étudiants du Quartier-Latin, au nombre desquels ils s'inscriront l'année prochaine.

Parmi ces rhétoriciens émancipés pour huit jours, à l'occasion des fêtes de Pâques, un grand diable de lycéen, qui a déjà assez de barbe pour que l'administration de son collége lui donne cinq minutes tous les dimanches pour se raser, privilége envié ! un grand diable de lycéen tomba violemment épris d'une des petites de Bobino.

Quand vous m'aurez trouvé un gaillard qui n'ait pas fait par écrit sa première déclaration d'amour, je me croirai obligé de vous dire que celui-ci écrivit à la demoiselle de ses pensées. Jusque-là , je penserai que cela va sans dire.

Écrire ! c'est si commode quand on n'ose pas parler, et cependant, comme on se repent souvent d'avoir écrit ! Qu'il serait fort l'homme qui n'aurait jamais écrit !

Notre collégien écrivit. Il parla de ses feux ; quand on sait Racine et Virgile par cœur, il n'est point d'amour qui pour vous ne s'appelle *un feu*.

L'enfant de l'autre sexe et d'une autre éducation répondit à la brûlante épître par ce billet positif de pensée, lacédémonien de forme : « Les petits cadeaux entretiennent l'amitié, c'est connu ; quand elle n'est pas commencée, ils font naître l'intimité. »

Ce billet, d'une philosophie glaciale, n'éteignit pourtant pas les feux en question.

Le rhétoricien incendié se résolut à passer sous les Fourches Caudines du petit cadeau.

Il avait peut-être vingt francs dans sa tirelire ; il la brise. Il charge ses dictionnaires grecs, latins, français sur son dos et s'en va les monnayer rue des Grès.

11.

C'est là que se tient dans une agglomération de boutiques de revendeurs la Bourse aux bouquins.

Qu'avait-il besoin de ses livres désormais ? Est-ce que la pomme de l'amour qu'il s'apprêtait à cueillir n'allait pas lui donner la science infuse, la science qui tient lieu de toutes les autres, la science du bien et du mal ?

Le montant de ses économies et le produit du *lavage* de ses livres donnèrent en tout à l'écolier 45 francs, avec lesquels il se crut destiné à devenir le rival de Buckingham et de Lauzun.

Il acheta une broche. 45 francs une seule broche ! c'était cher, mais si beau !

Il se rend, armé de sa broche, auprès de la belle.

Elle voit, elle prend et s'envole : « Il faut, dit-elle, que j'aille au café la montrer à mes camarades... »

Tel l'aérostat, cadeau de Nadar, échappait tout à l'heure aux singes qui sautaient après lui ; telle la belle s'enfuit quand le novice tendait les bras pour la saisir.

Il s'agissait de rattraper la vierge à la broche. L'autre n'entendait naturellement pas avoir sacrifié ses dictionnaires sans compensation. Il tint conseil avec quelques camarades. Quand on a vu, dans *l'Énéide*, les Grecs envahir Troie cachés dans les flancs d'un cheval de bois, on est généralement rusé comme un petit Sinon.

Le chérubin en tunique écrivit encore une déclaration

(les déclarations ne leur coûtent rien à écrire) et signa cette fois d'un autre nom que le sien. La dame répondit par un nouvel exemplaire de son fameux billet : « Les petits cadeaux, etc... » Il paraît que c'est là sa charte et qu'elle ne s'en écarte jamais. On ne l'accusera pas de versatilité ! Toutefois, ayant déjà la broche, elle avait cru devoir ajouter en post-scriptum : « une petite bague, par exemple..., » de peur d'une *re*-broche.

Sous prétexte de bague, voilà mon aspirant au baccalauréat ès-amours introduit de nouveau dans la place.

Bien entendu, il arrivait cette fois les mains vides pour prendre sa revanche.

Du plus loin que l'aperçut l'ingénue : « Tiens ! dit-elle, c'est extraordinaire comme vous ressemblez à un jeune homme charmant qui m'a donné, l'autre jour, cette jolie broche. Tous ces collégiens se ressemblent entre eux ; c'est comme les militaires. Ce que c'est que l'uniforme ! Et vous, que me donnerez-vous, mon petit ami ?...

— Mon amour...

— Je m'étais trompée, reprit la demoiselle, ne voyant poindre aucun anneau, et vous ressemblez à l'autre collégien bien moins que je ne l'avais cru d'abord. Il était beau, et vous êtes laid ; il était généreux, et vous êtes ladre. Adieu, mon petit ; au plaisir de ne pas vous revoir. »

Là-dessus, il fallut battre en retraite.

Le collège en avait sur les doigts. Pour se venger,

on résolut de mettre l'aventure en grec, en latin, en français, en vers et en prose, et d'en vouer l'héroïne aux dieux infernaux. Le premier prix de poésie latine se chargea des hexamètres; le lauréat du thème grec au dernier concours se chargea de tourner la chose dans la langue d'Homère et de Démosthène. De plus, on fit une cotisation; on créa, au moyen de souscriptions volontaires, une sorte de budget de la guerre, et l'on s'arma des plus gigantesques télescopes que l'on put trouver chez les marchands de bric-à-brac.

On se rend avec cet assortiment de foudroyantes lorgnettes à la représentation de *Roule ta bosse;* et quand parut l'ennemie, aussitôt les télescopes d'être arborés dans toute leur longueur et braqués sur elle. Au fond, c'était assez inoffensif, cette vengeance, et le sel de ce déploiement de lorgnettes rangées m'échappe un peu.

Mais c'est justement une des plus précieuses qualités des jeunes estomacs de savoir manger leur cuisine sans sel.

Autre histoire de bague, d'un tout autre calibre; de celle-ci, le général polonais Rochebrune, notre hôte populaire de la semaine dernière, est le héros.

Rochebrune a été successivement ouvrier plâtrier, compositeur d'imprimerie, sous-officier dans l'armée française, et le voilà maintenant avec des épaulettes de général au service de la nationalité polonaise.

Il s'est montré plusieurs fois au théâtre, accompagné d'une jeune personne de son pays — l'Isère — qui est, au dire des adeptes, un médium d'une lucidité merveilleuse et qui a prédit au général, longtemps avant ses brillants services en Pologne, les événements bien inattendus de lui-même qui allaient métamorphoser sa vie.

La jeune personne en question, que le moyen âge eût brûlée, est l'auteur et l'héroïne d'un livre inouï publié l'année dernière sous ce titre : *Une possédée en* 1862, livre dont nous avons dit deux mots à nos lecteurs, lors de son apparition.

Rochebrune semble avoir une foi égale dans ce médium surnaturel et dans *sa* Pologne.

Avant la dernière campagne, Mademoiselle ***, le médium, fit enlever par les *esprits* qui lui obéissent une bague que Rochebrune portait au doigt, afin qu'ils y attachassent un charme préservateur qui en fît un véritable talisman.

Mais la bague sur laquelle les *esprits* avaient d'abord jeté leur dévolu était d'une certaine valeur, et Rochebrune craignit, dans les hasards de sa vie aventureuse, de se trouver quelque jour exposé à s'en séparer. C'est pourquoi il pria que l'on voulût bien communiquer la même vertu à une bague en fer qu'il portait au petit doigt et dont, dans aucun cas, si pressant qu'il fût, il était bien sûr de ne pouvoir pas faire de l'argent.

C'est donc la bague de fer du héros qui a été enchantée et qui le préserve miraculeusement au milieu des périls et des épreuves.

Voici un détail touchant que nous tenons de la bouche même de ce rude guerrier : en campagne, les fatigues, les marches, les combats, les nuits courtes, les bivouacs durs, les repas incomplets le firent si bien maigrir que du petit doigt la bague, devenue trop large, dut passer au second ; puis, les doigts fondant toujours, du second au troisième. Elle était au troisième doigt quand Rochebrune est venu passer quelques jours à Paris. Ici, une vie plus commode, une série de dîners en ville ont agi dans le sens contraire ; un peu d'embonpoint est revenu ; le doigt ne pouvait plus tenir dans la bague ; il a fallu couper celle-ci et puis, ressoudée, elle est revenue occuper sa place primitive au petit doigt du guerrier.

On se promène ; on danse ; on joue la comédie ; on échange des dîners ; on a le soleil le matin, les lustres la nuit ; c'est le moment le plus radieux de la vie parisienne ; c'est le moment des feuilles nouvelles et des robes neuves ; c'est le moment des courses au Bois de Boulogne, qui font suite aux steeple-chase de Vincennes, la nouveauté hippique de cette année-ci. En même temps nous nous *anglaisons* de plus en plus. Les femmes se mettent à porter des ceintures de cuir, *à l'anglaise*, garnies d'acier ; elles ont des robes couleur cuir ; des robes garnies de cuir. Elles ont un Anglais, le fameux Worth, pour *couturière ;* elles achètent des plaids et des tweeds. Cependant, les hommes ne se guérissent pas de leurs favoris à l'anglaise, de leurs habits à l'anglaise, de leur tenue et de leur jargon et de leurs voitures à l'anglaise. Les fournisseurs de l'élégance parisienne qui ne s'appellent pas John, s'appellent John's ou Peter's. Quoi encore? Notre luxe extérieur est tout anglais, si l'âme de notre littérature est toute polonaise; cela fait deux courants : le courant anglais pour les modes, le courant polonais pour les idées.

Il y aussi le courant Crockett.

Le succès de Crockett le dompteur a donné naissance à une véritable invasion de *sous-Crockett*. Il nous en vient de province; il nous en vient de l'étranger. Les journaux sont pleins de leurs exploits. Quelques-uns poussent l'héroïsme de l'habileté jusqu'à se faire dévorer un peu en place publique. L'autre jour, on a pu lire, dans je ne sais quelle feuille départementale, le récit d'une lutte entre un tigre et son dompteur. L'homme a été blessé, ensanglanté, mais il a eu le dernier mot, puisqu'il frappait encore le tigre que celui-ci avait déjà renoncé à résister. Cela se passait sur la Grand'Place de Roubaix, si j'ai bonne mémoire, et je peux bien avoir lu la chose dans le *Courrier du Pas-de-Calais*.

Et puis, l'Hippodrome nous annonce, pour sa réouverture qui doit avoir lieu dans peu de jours, les débuts du dompteur Hermann, le même sans doute que l'on avait précédemment à Bruxelles. Celui-ci diffère de Crockett en ce qu'il admet dans sa grande cage une société mêlée d'animaux de plusieurs espèces. Crockett, lui, ne réunit personne à ses lions. Il est exclusif comme le faubourg Saint-Germain.

Chez un jeune artiste du Gymnase qui joue la comédie sous le nom de Gilbert, qui est en même temps chanteur et peintre, sous le nom de Régnier, il y a eu spectacle de marionnettes, un des soirs de cette semaine, sous la direction de M. Lemercier de Neuville, directeur patenté de ces aimables et dociles comédiens de bois. M. Lemercier de Neuville a enrichi sa troupe de l'actualité de rigueur : un Crockett et ses lions. Crockett, esquire, ouvre la gueule de l'un de ces lions pour rire et il y met sa tête. C'est sublime. On a frissonné, presque comme au Cirque-Napoléon, tant les *fantoches* de M. Lemercier de Neuville imitent éloquemment la nature. On a beaucoup admiré ce complément d'une actualité palpitante donné à un répertoire déjà riche. Quelqu'un a prétendu qu'au pied de son Crockett lilliputien, l'impresario de ces poupées aurait pu écrire le vers si célèbre :

Rien ne manque à sa gloire ; il manquait à la nôtre.

Mais il ne sied pas de badiner avec les dieux ; c'est pourquoi rendons ce qui lui appartient, au César des dompteurs, sans mettre au pillage, en son honneur, la statue de Molière.

Il a été, ces jours-ci, question de plusieurs duels dans le monde du journalisme littéraire : celui-ci con-

tre celui-là ; celui-là contre celui-ci. Flamberge au
vent ! Vrai, messieurs, est-ce une gageure que nous
avons faite contre le bon sens, et quelle est cette con-
fraternité si facilement armée en guerre ? Tous les
journalistes sont gens de courage, qui en pourrait
douter ? Je soutiens, moi, qu'il faut pousser la bra-
voure presque jusqu'à la démence pour entreprendre
ce métier étrange, ce métier sans trève, cette lutte et
ces veilles de toutes les heures, ce tracas incessant de
la pensée, ce pèlerinage sans repos de la plume sur le
papier. Tous, tant que nous sommes, juifs errants de
la littérature, moins les cinq sous que la plupart am-
bitionneraient d'avoir... par ligne, jusqu'à quand
violerons-nous par tant de collisions le pacte saint de
la fraternité professionnelle ? D'ailleurs, si aucune autre considération n'est capable de toucher ces héroïques prodigues toujours disposés à risquer, au premier signal, leur sang comme leur encre, qu'ils
réfléchissent donc qu'un duel est une perte de temps
considérable pour les combattants et leurs témoins ! On
aurait le temps d'écrire un demi-volume pendant les
journées que l'on dépense à organiser un duel, à le
pacifier s'il se peut, à le consommer, s'il y a lieu.
Soyez au moins économes de votre temps et de celui
de vos voisins, puisque le temps est notre seul capital,
notre unique levier, notre premier trésor.

La charité fait des siennes, cette année-ci, dans le
plus grand et le meilleur monde.

La charité et la comédie d'amateurs se sont as-
sociées et distribuent aux pauvres des dividendes
énormes.

C'est là un résultat qui domine, à mon avis, toutes
les considérations accessoires. On aurait le droit de
jouer très-mal la comédie, quand c'est pour faire beaucoup de bien à ceux qui souffrent, et même plus mal on
la jouerait, plus méritoire serait, à un certain point de
vue, cette immolation de soi-même, faite en pleine lumière de la rampe, dans le but de multiplier la charité
par la curiosité.

Mais je dois à la vérité d'affirmer que presque tous
les comédiens amateurs aux exploits desquels il m'est
arrivé d'assister, moyennant un louis d'or jeté dans la
bourse des patronesses de ces éclatantes bonnes œuvres, étaient, toute charité à part, fort remarquables
comme talent, comme bien-dire, comme grâce aisée en
scène. Soit aux représentations données sous l'inspiration de Madame la princesse de Beauvau, au Conservatoire ; soit, l'an dernier, à ces retentissantes soirées
de *Henri III*, dans le manége de l'hôtel Sellière con-
verti en salle de spectacle ; soit, cette semaine-ci même,
dans la galerie de l'hôtel Meyendorff, au profit de
l'œuvre excellente des écoles de Saint-Joseph, la critique la plus impartiale, la moins accessible aux considérations tirées de la qualité et de l'intention bienfaisante de ces acteurs d'un jour, aurait pu être convoquée
presque sans inconvénient.

C'est étonnant comme les gens du monde s'enten-
dent à jouer la comédie !

Ou plutôt non ; ce n'est pas étonnant, si l'on regarde
la chose de près et pour peu qu'on y réfléchisse.

Jouer la comédie, cela change moins ceux qui sont
nés dans les salons et pour les salons, où beaucoup de
politesse ne peut aller sans un peu de comédie.

Nombre des artistes de profession, avant d'arriver
au talent qui fait leur gloire et nos plaisirs, ont dû
commencer par désapprendre les enseignements d'une
origine vulgaire, les traditions de la boutique paternelle, les souvenirs d'un humble point de départ. Au
contraire, ces gens du monde qui se mettent au théâtre par goût, par fantaisie, par une inspiration de
bienfaisance, savaient déjà, sans le faire exprès et
avant toute tentative théâtrale, la moitié des choses
qu'il faut savoir pour se produire en scène avec quelque succès.

Mais ce n'est pas la comédie qui a été le grand
triomphe et la plus attrayante curiosité des trois soirées de l'hôtel Meyendorff (la maîtresse de la maison
était absente pour cause de deuil) ; on a joué toutefois *le Portrait de la jardinière, ou la Fin justifie
les moyens*, proverbe esquissé d'une main légère et
élégante par une femme d'esprit attachée à la maison
impériale, madame Leroux de Mouzay. La marquise
de l'Aubespine-Sully, née princesse Ghika, et le
marquis, son mari, ont ensuite fort bien dit les deux

principaux rôles de *la Tasse de thé;* mais on était impatient de cette nouveauté relative : *les Tableaux vivants,* dont on s'était tant entretenu à l'avance.

J'ai dit *nouveauté relative;* en effet, il n'y a rien de moins absolument nouveau sous le soleil. A plusieurs reprises, nous avons vu nos théâtres envahis par ces exhibitions savamment combinées, et le nom de madame Keller, entre autres célébrités du genre, est resté cher aux amateurs. Est-ce, comme on le dit, madame de Genlis qui, pour l'amusement et l'instruction à la fois des enfants du duc d'Orléans, dont on l'avait nommée *gouverneur,* imagina la première de composer, sous la direction des fameux peintres David et Isabey, des tableaux historiques dans lesquels elle faisait figurer des personnes de sa société? Toujours est-il que l'idée a fait fortune en tous lieux, et en Allemagne peut-être plus qu'ailleurs. A Rome, à Saint-Pétersbourg, la haute société s'est plu souvent à cette reproduction des chefs-d'œuvre des maîtres. C'est la première fois que, pour notre compte, nous avons vu à Paris ce genre abordé par des gens du monde.

Ils y ont fort bien réussi ; les sujets choisis, à savoir : *la Toilette d'Esther; une Barque de pêcheurs napolitains; Rebecca donnant à boire à Eliézer; Judith après le meurtre d'Holopherne,* ont été, les trois soirs de suite, représentés à la grande satisfaction du public. Hier seulement, la représentation a été un peu troublée, vers la fin, et quelques personnes lassées par la lon-

gueur des entr'actes et la brièveté excessive de l'apparition que madame de Castiglione, en longs habits
blancs de carmélite, est venue faire à minuit et demi sur
la scène ; quelques personnes, dis-je, ont eu le tort
d'oublier qu'ils étaient gens du monde en face d'une
femme du monde, qui s'était décidée, pour une bonne
œuvre, à une exhibition qui lui déplaisait, paraît-il, et
n'ont pas assez dissimulé les marques de leur désap-
pointement.

C'était le cas, pour le public, s'il était mécontent
d'avoir trop attendu et trop peu vu cette beauté, de
mettre son courroux dans sa poche et de jouer la comédie de la satisfaction quand même.

La politesse l'exigeait.

VIII

Encore l'Académie française, plus étonnante qu'Hermann le dompteur
et que l'exposition des chiens. — Ce qui a pu tourner quelques
cervelles d'immortels. — S'il fallait un avocat, plutôt Mᵉ Lachaud
que Mᵉ Dufaure! — Les loisirs que va faire à Mᵉ Lachaud la nouvelle direction du *Figaro*. — A propos des chiens exposés. — Le
spiritisme et les fous volontaires. — Le livre de M. Home. — Son
auteur chez la princesse de Mingrélie. — Un accordéon enchanté
et le prince de Metternich aux Tuileries. — Le livre de Mᵐᵉ Rimsky-
Korsokow. — La brochure de M. Grandguillot. — *Madelon,* par
M. Edmond About. — *Les Tricheurs,* par M. A. de Caston. —
Conseils relatifs à la fabrication des cartes. — Une soirée au
Théâtre-Italien. — *L'Hymne des nations* et la Marseillaise. —
Le dernier lundi dansant des Tuileries. — Présentations officielles.
— Le portrait de la carmélite. — Compromise par ses cheveux
blancs. — Le chapeau préservateur.

Paris, 8 mai.

Il faut que les deux derniers choix de l'Académie
française aient bien frappé le public par leur singularité!

Ni le dompteur Hermann et son ours blanc, ni même l'exposition des chiens qui, depuis dimanche, est la coqueluche du beau Paris, n'a eu le don d'enterrer cette question : à quoi pense l'Académie française et comment se fait-il que, pouvant s'enrichir de MM. Janin et Littré, elle ait préféré s'adjoindre MM. Dufaure et de Carné?

Quand je vois une personne se donner des torts, il entre dans les dispositions de mon esprit de chercher quelles peuvent être les excuses de sa conduite, les circonstances atténuantes de son erreur. Je m'imagine aujourd'hui que le bruit répandu, il y a quelques semaines, de l'honneur insigne que le souverain aurait songé à faire aux académiciens en venant s'asseoir parmi eux, avait troublé les cervelles, et que par là-dessus on a voté à l'étourdie, comme après boire, sans trop savoir ce que l'on faisait.

Le bon sens public en appelle des derniers choix de l'Académie ivre de cette vision à l'Académie à jeun.

Que de questions soulevait cette candidature impériale, si l'on en admet l'hypothèse ! Que de points délicats elle effleurait ! Que de suppositions elle comportait ! L'auguste académicien se serait-il astreint à la formalité des visites chez ses nouveaux confrères ? Sur quel pied l'aurait-on reçu : comme souverain ou comme écrivain, abstraction faite de sa couronne?

Si l'on devait s'attendre chez soi à l'honneur d'une pareille visite, ne fallait-il pas orner son foyer, le parer, endimancher un peu son intérieur? Les pénates de nos immortels brillent généralement par la frugalité. Je ne jurerais pas que la femme de quelqu'un des quarante n'ait pas profité de la circonstance pour persuader à son mari qu'il devait renouveler le meuble du salon, la livrée du domestique, acheter une robe à sa femme elle-même, et moins négliger sa personne à lui pour être prêt à l'honneur qui... à la visite que...

— L'Empereur doit tenir à la toilette... On est si élégant à sa cour!... L'Impératrice est toujours si bien mise!... S'il venait, vous me feriez prévenir par Javotte, que je le voie au moins entrer dans sa voiture ou en sortir.

C'est ainsi en regardant trop haut, en bayant aux étoiles, que l'on a pu se laisser choir dans un puits, comme l'astrologue de la fable.

Je sais bien qu'en nommant M. Dufaure, l'Académie a mis son contentieux sur le pied de guerre. On peut l'attaquer; elle a un avocat de plus pour la défendre.

Mais, du moment que l'on pose ainsi la question, elle aurait mieux fait de choisir Me Lachaud que Me Dufaure.

Me Lachaud, l'orateur de Cour d'assises par excellence, était bien plus l'homme qu'il fallait à une grande criminelle, comme l'Académie vient de s'amuser à le devenir, et non Me Dufaure, l'avocat des chiffres.

Me Lachaud, qui vient de sauver la tête de madame Ollive, aurait peut-être accepté et entrepris avec succès la tâche de justifier l'Académie écartant Janin, repoussant M. Littré, ouvrant les bras à M. de Carné, l'appelant, — sans rire, — à l'immortalité en compagnie de cet homme éminent et respectable d'ailleurs, mais peu fait pour l'Institut : M. Dufaure.

Me Lachaud aurait pu d'autant mieux être de l'Académie que la nouvelle allure d'un de ses clients ordinaires : le Figaro, va lui créer des loisirs.

Il paraît que décidément le Figaro se range et renonce, sous la direction nouvelle de MM. Jouvin et Bourdin, à se faire une querelle ou un procès par numéro.

Et cependant, on ajoute — chose assez en contradiction avec ce qui précède — que M. Louis Veuillot, qui n'a jamais péché par une plume trop caressante, a traité avec le Figaro transformé sur le pied de 12,000 fr. par an !

De plus, M. Barbey d'Aurevilly a déjà donné de sa collaboration qui n'est pas non plus à l'eau de rose !

J'aime beaucoup les chiens, et vous ?

Plus ils sont inutiles, plus j'en fais cas ; plus ils sont petits, mignons, délicats, moins ils tiennent de place dans la main et dans la poche, plus je pense qu'ils en doivent tenir dans notre vie et nos affections.

Rien de si adorable, rien de si désagréable, rien de si tyrannique qu'un très-joli petit chien.

Disons-le, entre nous, familièrement et sans que cela tire à conséquence : c'est l'homme qui devient la bête, au bout de peu de temps, dans le compagnonnage trop intime de l'homme et du chien.

Voilà le cas ou jamais de dire avec le poëte :

> « Laissez leur prendre un pied chez vous,
> « Ils en auront bientôt pris quatre. »

Le chien est comme la rime, en ce sens qu'il faut qu'il soit esclave, esclave obéissant ; les trois quarts du temps, au contraire, le chien admis dans l'intérieur en devient le tyran.

Abdiquer sa raison entre les mains blanches d'une maîtresse, ce n'est pas déjà trop sage ; entre les pattes d'un *toutou*, c'est absurde, et cependant cela est.

D'autres préfèrent abdiquer leur qualité d'êtres pensants et réfléchissants dans les bras du spiritisme. Ils invoquent n'importe quel esprit s'exprimant par coups frappés dans leur table et le laissent maître chez eux, sans même se permettre une objection. On a quelquefois parlé d'un directeur de journal qui, suivant les conseils que lui *frappait* sa table, congédiait ou gardait ses rédacteurs, diminuait, maintenait ou augmentait leurs appointements. C'était peut-être de sa part une manière commode de décliner la responsabilité de ses actes désagréables en les faisant endosser à une Egérie imaginaire. Mais, combien de gens qui, aveuglément, sans examen, acceptent pour guide souverain ces manifestations mystérieuses, ce qui les conduit tout droit à Charenton !

Il y aurait une belle étude à faire sur les fous volontaires.

M. Dunglas Daniel Home était à Paris ces jours-ci ; peut-être y est-il encore. On l'a vu à une petite soirée d'adieux chez la princesse de Mingrélie. L'édition anglaise de l'ouvrage autobiographique qu'il a écrit et que plusieurs fois déjà nous avons annoncé vient d'être mise en vente à Londres. Dix mille exemplaires ont été enlevés le premier jour.

Le même livre va paraître en français, chez l'éditeur Dentu, sous ce titre : *Révélations sur ma vie surnaturelle*. L'annonce en figure déjà aux catalogues de cette librairie.

A propos de M. Home, j'ai entendu citer parmi des croyants le trait suivant d'une des dernières séances qu'il ait données aux Tuileries.

On en était à la scène de l'accordéon qui joue tout seul dans la main de n'importe quelle personne de la société. « Pour moi, je croirai, dit S. Exc. l'ambassadeur d'Autriche, si j'entends jouer l'air auquel je pense en ce moment. »

Prodigieux ! l'accordéon joua l'air demandé, l'air auquel pensait le prince, un air de la composition du prince Richard de Metternich, connu de lui seul et non gravé !

Ce n'est pas tout ; l'accordéon se mit ensuite à improviser des variations de sa façon sur le thème. C'était un accordéon très-fort en contre-point.

Autre miracle : il va décidément paraître le livre de cette brillante étrangère, madame Rimsky-Korsokow : *un Hiver à Paris.*

Les premières feuilles sont déjà entre les mains de l'imprimeur.

On dit que c'est Théophile Gautier qui revoit les épreuves. En tout cas, je sais que l'éminent écrivain du *Moniteur*, l'auteur de *Giselle*, le poëte de la *Comédie de la mort*, le voyageur de *Tra los montes*, l'un des plus illustres académiciens et des plus certainement immortels du quarante et unième fauteuil, faisait partie d'un comité de littérateurs amis qui fut convoqué pour entendre le manuscrit de madame Korsokow et donner son avis sur l'opportunité de la publication. A l'unanimité, l'impression a été votée avec beaucoup et de très-sincères félicitations pour l'auteur.

Le mari de madame Rimsky-Korsokow vient d'arriver à Paris. C'est un très-jeune et très-beau cavalier.

On parle d'une brochure : *Napoléon III et la Russie*, dont l'auteur serait M. Grandguillot, l'ex-Grandguillot du *Constitutionnel* dont la gloire alla s'éteindre au *Pays*, laquelle brochure serait destinée à produire une certaine sensation.

Cette brochure paraîtrait chez Dentu, bien entendu, dans cet étroit magasin qui est la terre classique des brochures.

13

Mais celle-ci paraîtra-t-elle jamais ? Elle ressemble, à ce qu'il paraît, à la toile de Pénélope. Les compositeurs passent leur temps à défaire et à refaire. Les fluctuations quotidiennes de la politique et de la diplomatie renversent aujourd'hui ce que l'on croyait bâti la veille, et le travail susdit n'a pas encore pu trouver le moment propice pour entrer en campagne.

Madelon, le roman en un gros volume de M. About, qui vient de paraître, n'a pas eu besoin, au contraire, de consulter la rose des vents avant de prendre la mer. Ce qui est spirituel sera toujours de circonstance en France, espérons-le ! quoique certains poëmes d'opéra comique qu'il faut entendre applaudir ; certains calembours dont il faut voir rire les béotiens sans se fâcher ; certains élans, prétendus sublimes, dont il faut voir s'enthousiasmer une autre catégorie d'imbéciles, ne donnent parfois que trop lieu de douter si le peuple le plus spirituel de la terre ne s'est pas mis à dépenser de nos jours ses longues économies de sottise.

Les Tricheurs, scènes de jeu, par M. Alfred de Caston, seront un livre amusant et de bon conseil tant qu'il y aura des hommes.

Il me semble que cela est étudié d'aussi près et non moins méthodique que l'ouvrage antérieur de Robert Houdin sur la même matière : *les Tricheries des grecs dévoilées.*

Dans un de ses premiers chapitres : *la fabrication des cartes,* M. de Caston donne des avis aussi simples que pratiques sur les mesures à prendre pour diminuer le nombre des tricheurs, en rendant leurs tours plus malaisés, et, pour cela, il suffit d'apporter quelques changements qu'il indique à la qualité des instruments de combat :

« Depuis vingt ans, les cartes françaises deviennent de jour en jour plus petites, c'est un mal.

« Les petites cartes sont incommodes pour les joueurs et servent merveilleusement aux roueries des fripons.

« Entre les anciennes cartes patagoniennes et nos cartes lilliputiennes, il y a un juste milieu qu'il faut adopter.

« Les cartes devraient avoir 6 centimètres et demi de largeur, sur 10 centimètres de hauteur.

« Pour appuyer notre demande, nous dirons, comme exemple, que les prestidigitateurs qui vont en Allemagne sont obligés de se servir de cartes françaises, les cartes allemandes étant trop grandes pour exécuter les sauts de coupe, les filages de carte et les portées. »

M. de Caston dit encore qu'il faudrait empêcher la vente de toutes autres cartes que les opaques.

« ... Tous les dessins extérieurs devraient être interdits d'une façon absolue ; les cartes blanches sont les meilleures, par cette raison toute simple qu'elles sont plus difficiles à marquer... les dessins sont autant de points de repère pour les tricheurs.

« ... Il y a mieux encore : certains dessins de cartes, très à l'insu des fabricants, sans aucun doute, ont été donnés ou inspirés par des tricheurs.

« Nous avons eu en main des jeux bleus et rouges, avec des dessins formant quatre cercles par colonnes, composés chacun de huit petits points séparés. Grâce à ces ronds, en cinq minutes l'on pouvait arriver à nommer les trente-deux cartes en les faisant placer sur une table, la figure du côté du tapis.

« Autre remarque : Les fabricants ont le tort d'adopter un ordre uniforme pour classer leurs jeux.

« Quand un tricheur sait par cœur l'ordre d'un de ces jeux, il connaît la situation de toutes les cartes provenant de la même fabrique.

« ... Le jeu est enveloppé d'une feuille de papier pliée *ad hoc*, sur laquelle le fabricant inscrit son nom et son adresse et fait quelquefois un bout de réclame.

« Le papier est fermé par une bande d'un papier blanc spécial, sur lequel se retrouve le timbre de l'administration des contributions indirectes.

« Nous n'hésitons pas à affirmer que la bande qu ferme le jeu est complétement insuffisante ; elle n'est assujettie à l'enveloppe principale que par ses extrémités de droite et de gauche, un peu de colle la maintient et voilà tout ; c'est pitoyable.

« Le dernier tricheur venu, en une heure, avec un

coupe-papier trempé dans de l'eau tiède, décachètera douze jeux, les arrangera à sa guise et en recollera la bande de telle sorte que tous les joueurs, tous les experts et tous les commissaires de police de Paris y perdront leur savoir et ne pourront affirmer si les jeux ont été décachetés ou non.

« Il faut donc, au plus vite, créer une large contre-enveloppe, scellée par l'administration et adhérente sans solution de continuité à l'enveloppe du fabricant. »

Pourvu qu'il n'en soit point des précautions recommandées par M. de Caston contre les tricheurs, comme des mesures qu'il est toujours question de prendre dans les voitures des chemins de fer, le lendemain des accidents, pour garantir les voyageurs contre les entreprises des malfaiteurs en compagnie desquels on peut se trouver, mesures que l'on a toujours oublié jusqu'ici de prendre et dont il cesse peu à peu d'être question, selon que s'efface le souvenir de l'attentat qui a mis ce sujet sur le tapis !

Des circonstances, encore présentes à la mémoire des Parisiens, ont rendu facile la transition d'une histoire de jeu à la salle du Théâtre-Italien.

Les chants y ont cessé. Mario, Tamberlick, la Patti et *tutti quanti* sont à Londres. Cependant, samedi dernier, une représentation extraordinaire, donnée au bénéfice de M. Billema, professeur de chant distingué, a réveillé les échos de la salle Ventadour.

13.

On donnait pour la première fois, — c'était le morceau capital et le plus curieux attrait d'un programme hybride qui réunissait les noms de Samson, de mademoiselle Déjazet, de madame Penco, de Gardoni et de mademoiselle Vernon ; — on donnait pour la première fois à Paris *l'Hymne des nations*, grande page que Verdi composa pour l'inauguration solennelle de la dernière exposition de Londres.

On avait beaucoup parlé à l'avance de la péroraison de ce morceau, où *la Marseillaise*, le *God save the Queen* et l'air national italien se marient dans un ensemble qui a paru aux Italiens plus puissant, plus bizarre et plus surprenant qu'agréable.

Cela tenait peut-être à ce que l'exécution, d'une difficulté extrême, n'avait pas été suffisamment répétée ; peut-être aussi était-ce la faute du vaisseau de la salle, trop étroit pour ces puissantes combinaisons de sonorité destinées à remplir les voûtes immenses de Kensington-Palace ; peut-être encore l'absence de la voix de Tamberlick, pour laquelle les solos ont été écrits, de Tamberlick, incomplétement remplacé par le soprano de madame Penco, se faisait-elle sentir d'une façon nuisible à l'effet.

Toujours est-il qu'il n'a pas répondu à l'attente générale.

L'Empereur assistait avec l'Impératrice à cette représentation ; on a remarqué qu'il s'est mis à sourire lorsque les premières notes de l'hymne fiévreux de Rouget de l'Isle se sont fait entendre à l'orchestre.

Quant au public, il s'est partagé en deux camps : les uns ont témoigné par leurs applaudissements le plaisir qu'ils avaient à entendre de nouveau cette vieille connaissance révolutionnaire ; l'attitude des autres exprimait le sentiment tout contraire d'un homme qui se trouve nez à nez avec quelqu'un qu'il espérait ne pas revoir, le croyant mort et enterré.

Il avait été question, du reste, d'interdire, — pour cause de Marseillaise, — *l'Hymne des nations*, de Verdi, et je crois que l'autorisation de l'exécuter a dû venir de très-haut.

Comme dit le proverbe, mieux vaut avoir affaire à Dieu qu'à ses saints.

Il n'y a plus de bals dans la société moyenne ; il y en a aux Tuileries et au faubourg Saint-Germain.

Une présentation qui est une conquête d'une société sur l'autre, celle du jeune duc de Mouchy, a eu lieu au dernier lundi de l'Impératrice.

Le même soir a fait son entrée à la Cour la blonde duchesse de Palliano Colonna, qu'un buste en marbre mis par elle à l'exposition des Champs-Élysées et remarqué par l'Impératrice, avait désignée à l'accueil plus particulièrement bienveillant de la souveraine.

La belle comtesse de Castiglione, qui décidément se fait moins rare, était à ce bal.

On a dit et même imprimé, je crois, qu'elle avait autorisé la vente au profit des pauvres, à 50 francs l'exemplaire, du portrait photographié de la carmélite dont la rapide apparition aux tableaux vivants de l'hôtel Meyendorff donna lieu à des manifestations d'un goût indécis. Mais j'incline à penser, malgré les on-dit, que l'image de la carmélite en question n'aura pas été mise dans le commerce, car on ne la trouve nulle part, ni pour cinquante, ni pour cent francs.

Le faubourg Saint-Germain a dansé chez madame la comtesse de Béhague, mercredi dernier.

Le même soir, il y avait réception à la présidence du Corps-Législatif. La princesse Troubetzkoï, mère de la duchesse de Morny, y assistait ; on a beaucoup remarqué la grâce, le grand air, la jeunesse de cette noble étrangère et sa grande ressemblance avec sa fille.

Descendons maintenant dans le plus anti-officiel des mondes : J'ai deux anecdotes dans mon sac... Giboyer chroniqueur en avait trois, dans les *Effrontés* : « le laquais terrible, — le chien compromettant, — le macaroni indiscret. » Moi, je n'en ai que deux pour aujourd'hui : *Compromise par ses cheveux blancs* et *le chapeau préservateur*.

Nous finirons par le chapeau préservateur ; c'est vous dire par laquelle nous commençons.

L'autre jour, une jolie jeune femme qui joue la comédie, vaille que vaille, sur un de nos plus petits théâtres de genre, accepta par complaisance, dans une pièce nouvelle, pour rendre service à ses camarades et à son directeur, un rôle de vieille ridicule.

Cet acte de bon cœur lui porta bonheur auprès du public; elle fut meilleure qu'à elle n'appartient; elle fit rire, elle fut applaudie, fagottée en duègne.

Quand elle rentra dans la coulisse, tout le monde la félicitait de son succès.

Mais ses lauriers furent bientôt gâtés par l'épître suivante qu'elle reçut d'un sien protecteur qu'elle avait dans la salle et qui disait à peu près ceci :

« Je vous aime ; mais ma considération m'est plus chère encore que mon amour ; vous venez de faire rire le public à vos dépens, en vous montrant travestie en vieille ridicule ; il me semblait que les rires que vous avez provoqués m'atteignaient aussi. Adieu ; nous ne nous reverrons plus. »

Effectivement, cet adorateur de plus d'amour-propre que d'esprit n'a pas reparu.

Mais, en attendant qu'il ait un successeur, la petite personne qui a *manqué son avenir* en se montrant *sous* des cheveux blancs d'emprunt par zèle pour l'administration, est engagée à tour de rôle par une de ses camarades à dîner et à déjeuner.

Le chapeau préservateur. — Henry Monnier rencontre un de ses amis dans la rue :

— Quel vilain chapeau tu as là, lui dit-il ; achète un chapeau, il n'est que temps ; c'est le conseil d'un ami.

— Veux-tu bien te taire, reprend l'ami d'Henry Monnier. Ma femme m'a dit que tant que j'aurais un aussi vilain chapeau elle ne sortirait plus avec moi. Tu comprends que je n'ai pas envie d'en changer de sitôt, — de chapeau s'entend.

IX

Comment la charité du cavalier peut rendre sa monture rétive, ou le cheval du curé. — Un Myriel au petit pied. — Les créations du génie. — L'auteur des *Misérables* et le cheval du bon curé. — David, le roi-prophète, précurseur des *Misérables*, et la doctrine des *Misérables*. — Les *misérables* de la peinture ou l'exposition des refusés. — Les deux R se valent. — Un peu de logique, s'il vous plaît. — Sur le bord de la question électorale. — Les reprises en matière d'élections et les reprises en matière de représentations. — Le pittoresque manque à nos mœurs électorales. — Les deux turfs. — L'obélisque de la place Louis XV et de Louqsor consolé dans son exil par la présence des turcos et des spahis. — Pétition pour les lions qu'on empêche de se promener. — Deux dompteurs de cantatrices ou Mlle Patti soi-disant tenue en cage. — *La Femme à barbe*, par M. Pierre Véron. — Fantine ou l'Érigone de la reprise des *Pilules du Diable* à la Porte Saint-Martin. — Esther et Assuérus. — Le sculpteur et la déesse. — L'été ; le concert des Champs-Elysées ; les bals et soirées quand même. — La manie d'un anonyme à l'encontre d'un titre de comte. — Pourvu que ce ne soit pas le vôtre ! — Miracles au choix : la photographie spirite et un mot d'Arago ; la mâchoire d'Evoe ; — apparition de Paulowna à Mlle de Katow, chez Mlle Huet. — M. Home au *Grand-hôtel*. — Deux pierres coniques qui font un argument sans réplique. — Dernières nouvelles de Mlle Patti. — Où peut-on être mieux qu'au sein de sa famille ?

Paris, 29 mai.

Il y avait une fois un curé de campagne qui avait un cheval. Un beau jour, il le vendit, sous prétexte que la nourriture de ce cheval diminuait la part des pauvres.

Celui qui venait ainsi de sacrifier sa monture à la soif de charité qui le dévorait, était un de ces humbles et admirables prêtres, toujours par voies et par chemins, qui cherchent la misère des autres, pour la soulager, avec autant d'ardeur que le commun des mortels cherche la fortune pour soi-même.

C'était à cette chasse héroïque qu'il passait son temps : la chasse au bien. Il l'avait commencée à cheval ; il la continua à pied, avec un peu plus de fatigue, mais sans jamais se ralentir.

Cependant, l'acquéreur du cheval du curé s'en vint un jour au presbytère, la plainte à la bouche et l'amertume aux lèvres.

— Monsieur le curé, dit-il d'un ton qui aurait gagné à être plus convenable, vous m'avez trompé ; je n'aurais pas cru cela de vous qui jouez au saint.

— Expliquez-vous, dit le prêtre.

— Oui, vous m'avez trompé : j'ai cru acheter un cheval, et vous m'avez vendu une rosse qui ne veut pas marcher, qui s'arrête à toutes les portes les plus humbles et les plus misérables, et puis c'est une bataille pour la faire démarrer de là. Comme si j'avais affaire aux gens qui pourrissent dans les taudis !... Au contraire, quand je vais faire visite dans quelque château, quand je veux descendre chez les propriétaires des belles maisons en pierres de taille, la maudite bête ne veut ni comprendre, ni obéir, et je tire, je tire sur les rênes ; elle marche toujours.

Le curé sourit : « Ce n'est pas le cheval qui est mauvais, ce sont les habitudes que je lui ai laissé prendre qui sont mauvaises ; allez, Monsieur, je crois qu'il s'en corrigera vite avec vous, et que vous le formerez à n'aller que chez les riches. »

Comme on racontait, l'autre jour, devant nous, l'histoire de ce bon curé, quelqu'un s'écria : « Mais ! c'est un Myriel au petit pied. »

Un Myriel ! on dit cela désormais, depuis la profonde impression laissée par *les Misérables* de Victor Hugo, pour désigner la charité même vêtue d'une soutane.

Le gamin de Paris est devenu un Gavroche ; tout forçat repenti s'appellera Jean Valjean, comme tout hypocrite s'appelle Tartuffe, depuis Molière, et tout misanthrope, Alceste ; dites Fantine, et tout le monde comprendra qu'il s'agit d'une fille perdue qui se relève, et se rachète par les douleurs et les dévouements de sa maternité.

C'est là un privilége dévolu au génie seulement : créer des types dont le nom s'incruste dans la langue et cesse de devenir un nom propre. L'esprit, l'imagi-

14

nation, font mouvoir dans des fictions ingénieuses des figures agréables ou terribles, souriantes ou pleurantes, mais ne suffisent pas pour que l'écrivain s'élève jusqu'à l'enfantement de types immortels qui sembleront faire désormais partie de l'humanité.

Don Juan, don Quichotte, Lovelace, c'est la séduction, c'est la chevalerie errante. Supposez que tous les exemplaires des chefs-d'œuvre de Cervantes, de Richardson, de Molière, aient péri, par impossible, dans toutes les bibliothèques du monde; il y aurait toujours des don Juan, des Lovelace, des don Quichotte (la folie sublime des don Quichotte devient pourtant de jour en jour plus rare), tant qu'il y aurait des hommes.

Nous venons de voir que les créations de Victor Hugo jouissent du même brevet d'immortalité.

Dans son grand ouvrage : *les Misérables*, sur lequel la publication nouvelle en un format populaire nous fournit l'occasion de revenir, m'est avis qu'il a un peu fait comme ce cheval du curé qui stationnait aux portes de mauvaise mine et passait au galop devant les toits splendides, où l'on n'avait pas besoin des secours de son pieux cavalier.

Tel Victor Hugo s'est arrêté devant les misères, les maladies et les hontes. Il s'est arrêté pour soulager et réhabiliter les misérables et les réconforter dans la pensée de Dieu. Ce qui ne cessera jamais de m'étonner, — je ne parle pas de quelques détails discutables, mais de la charité qui règne dans l'ensemble, — c'est que l'orthodoxie catholique s'en soit scandalisée.

On chante tous les dimanches, aux vêpres, dans les psaumes de David, un ou deux versets où est contenue la substance même du poëme des *Misérables*, et qui devraient alors choquer au même titre les fidèles qui ne sont pas éloignés de se signer, au nom seul des *Misérables*, comme si on leur parlait du diable en personne.

Voici ce que l'on chante aux vêpres, sans se douter probablement de la parenté de ce verset avec le poëme humanitaire et révolutionnaire dont David semble avoir été le précurseur :

> ... *Et de stercore erigens pauperem*
> *Ut collocet eum cum principibus...*

Ce qui veut dire : ... « relevant le misérable de son fumier, pour le faire asseoir avec les princes... »

Eh bien, Victor Hugo n'a pas fait autre chose.

L'Empereur non plus n'a pas fait autre chose, dans un autre ordre d'idées, quand il a ouvert récemment l'Exposition de peinture aux *misérables* du pinceau et de l'ébauchoir, exclus par la superbe orthodoxie du jury.

L'Empereur a fait trôner les refusés à côté des reçus, de sorte que les deux R se valent, pour cette année, au Palais de l'Industrie.

De part et d'autre, c'est un mouvement analogue ; c'est l'ascension égalitaire de tous à la lumière.

Est-ce révolutionnaire ? — Abominablement.

Mais, pour peu que l'on se pique de raisonner, il ne faut pas chanter chez le roi-prophète et admirer chez l'Empereur ce que l'on blâme chez le poëte.

C'est le mouvement du siècle de ne plus pousser le vieux cri gaulois : *Malheur aux vaincus !* et de le remplacer, au contraire, par ce mot d'ordre : « Pitié, miséricorde et consolation. »

Tout cela n'a rien de commun, me direz-vous, avec la grande et presque la seule question du jour : les élections.

Peut-être.

Les élections, — ce n'est pas mon affaire, grâce au ciel, d'en parler ; — mais je ne puis m'empêcher de faire la remarque suivante : le système des reprises, fort en honneur en ce moment près des administrations théâtrales, fait mine d'envahir aussi les élections.

Il est telle réapparition d'homme politique, qui naguère occupa la scène, qui se présente aujourd'hui de nouveau devant la rampe, laquelle réapparition me fait le même effet que la reprise de *Louis XI* à la Comédie-Française.

Je ne dis point que l'on ait mal fait de reprendre les *Pilules du Diable* à la Porte-Saint-Martin ; je ne dis pas non plus que ce soit un tort de vouloir rendre la parole à des bouches éloquentes, qui se trouvaient fermées depuis une dizaine d'années.

J'avoue pourtant, — prenez ceci pour la profession de foi sans conséquence d'un amateur qui plane sur les frontières des questions sans y pénétrer sérieusement, — que j'aimerais mieux voir préparer des moissons pour l'avenir que chercher des regains dans le champ du passé.

Par une rencontre assez bizarre, à laquelle on n'avait peut-être pas songé, la journée de dimanche sera féconde à la fois en grandes émotions chevalines et en agitations électorales. Sur l'hippodrome de Longchamp, on verra disputer le prix par excellence, le grand prix, le prix de cent mille francs, le gros lot de cette loterie à cheval. Sur l'autre turf, où les candidats s'agitent, où le suffrage universel les mène, une grosse partie est engagée.

Qui gagnera? Sera-ce les couleurs du gouvernement ou bien la casaque de l'opposition?

Les paris sont ouverts.

Les journaux spéciaux nous en donnent la cote, en ce qui concerne non pas les élections, mais le grand prix de cent mille francs; on parie l'égalité pour tel cheval, 3/1 contre tel autre, 4/1 contre un troisième, 5/1 contre un cinquième, etc., etc. J'aimerais à trouver, je l'avoue, dans un journal du soir, une évaluation analogue, en chiffres connus, des chances supposées à chacun des candidats à la députation

44.

parisienne. Par exemple, la proportion contre ou pour M. Thiers est de...

Ce qui manque à nos élections françaises, c'est, entre autres choses, le pittoresque. Je suis assez de l'avis de ce bonhomme naïf qui croyait, en entrant un jour à la Bourse, y voir M. de Rothschild, en chair et en os, manœuvrant contre M. Pereire en personne naturelle, et se plaignait que le public fût privé de la vue des plus grands acteurs. De même, nous ne voyons pas assez nos candidats. Dans la fameuse scène des élections de *Richard Darlington*, plus récemment dans l'acte des élections de *Un homme de rien*, les choses se passent avec plus d'animation et de coloris. Mais osons proclamer hardiment cette vérité : l'Angleterre n'est pas la France.

Les turcos et les spahis font bon effet dans le paysage, on doit le reconnaître, et surtout quand on a la fortune de rencontrer un spahi au pied de l'obélisque de la place Louis XV ; l'homme et le monolithe s'accordent parfaitement ensemble. L'obélisque n'a plus ses airs d'exilé solitaire, depuis que ce fort contingent de turbans, de burnous, de visages africains, se promène dans Paris. C'est dommage que le citoyen de Louqsor soit peu portatif de sa nature ; sans quoi on aurait dû l'emmener à la revue des turbans que l'Empereur a passée hier au bois de Boulogne ; cela aurait rechauffé son vieux cœur de pierre.

Les lions de Crockett, *esquire*, et ceux d'Hermann,

fils du Rhin, — non moins rivaux entre eux que les candidats de l'opposition et les candidats du gouvernement, — aimeraient sans doute assez aussi à venir faire une promenade autour de l'obélisque, leur compatriote acclimaté, comme eux-mêmes, parmi nous. Mais on leur refuse incivilement toute permission de sortir de leur cage. Ils ne reçoivent guère que la visite de leur dompteur, et ils ne font pas de visite ; ils restent chez eux comme Choufleury, des Bouffes-Parisiens ; cela doit leur paraître monotone à la longue. Ils seront restés longtemps à Paris, et ils en partiront sans connaître Paris, sans connaître au moins le goût d'un Parisien. Ce dernier point est triste pour une mâchoire désireuse de s'instruire.

Le *carcere duro* auquel sont soumis messieurs les lions me fait penser au procès qu'Adelina Patti intente, dit-on, devant la justice anglaise à son père et à son beau-frère. S'il faut en croire les termes de la plainte, la petite diva n'aurait guère à remercier ses tuteurs trop enclins à se prendre pour des geôliers, geôliers de son argent, geôliers de sa personne. Qui n'entend qu'une cloche... vous savez le reste ; attendons pour juger que la réponse de MM. Salvator Patti et Maurice Strakosch aux faits articulés contre eux ait pu être connue ; ce qui me paraît le plus clair jusqu'ici et en dehors de toute contestation possible, ce qui est acquis à l'histoire par le document présenté à la *Court of Chancery*, c'est que la demanderesse s'appelle Adeline-Jeanne-

Clorinde Patti, c'est qu'elle est âgée de vingt-deux ans et deux mois, c'est qu'elle est née à Madrid.

Le texte de la plainte rédigée dans son intérêt la qualifie « artiste musicienne de grande célébrité. »

Mais un des points sans contredit les plus curieux de ce morceau d'éloquence judiciaire, c'est que la demanderesse (parlons, nous aussi, ce joli langage) estime à 600,000 francs le chiffre des bénéfices encaissés, *en une année*, par ses tuteurs comme produits de son gosier.

Voilà un joli denier !

Toutefois, les chevaux de course gagnent encore davantage ; six cent mille francs, c'est à peu près ce que *la Toucques* a produit à son heureux propriétaire, M. le comte de Montgommery, non point en un an, mais en un jour, mais en quelques minutes. Que sera-ce, si nous traversons la Manche ! De l'autre côté du détroit, un cheval qui ne gagne que 600,000 fr., en une course à son propriétaire, n'est point mémorable du tout.

Toujours, s'il faut s'en rapporter aux termes de la demande présentée par mademoiselle Patti au lord chancelier de la Couronne, ce sont de rudes dompteurs de jeunes cantatrices que les sieurs Strakosch et Patti père... « Ils surveillent tous les mouvements de la demanderesse, ne veulent pas lui permettre de communiquer avec ses amis, ni de recevoir des lettres d'eux ; cherchent à lui enlever toute liberté d'action, *la confi-*

nent dans certaines chambres, surveillent toutes ses actions, et la menacent de violences en cas de résistance. Ils ouvrent ses lettres sans son consentement et en retiennent quelques-unes. Le défendeur Maurice Strakosch a, en outre, accusé la demanderesse d'une conduite immorale, dont elle n'est pas coupable, et elle affirme que les persécutions des défendeurs menacent de la rendre folle et lui rendent la vie très-misérable. »

Voilà donc, à en croire la demande, mais ne faut-il pas en rabattre ? une enfant qui gagne, dans une année, 600,000 francs avec son gosier, le tout pour traîner une existence *misérable* (le mot y est), et pour avoir besoin que la justice lui vienne en aide. C'est bien la peine !

Ce n'est pas tout : il paraît qu'il y a un mariage sous roche ; on voit poindre, dans le document en question, un honorable gentleman avec lequel la petite diva a échangé des serments. C'est sans doute ce projet de mariage, contrarié par les tuteurs, qui a décidé la pupille à secouer le joug de ceux-ci. L'amour, qui perdit Troie, aurait perdu le duumvirat Strakosch et Patti père.

Il n'y a guère que l'amour, pour faire faire des coups d'État aux jeunes personnes.

Ce débat fera du bien à mademoiselle Patti dans l'opinion publique. On craignait que la diva à six cent mille francs par an n'eût étouffé la femme en elle. Dieu soit loué ! le phénomène est une femme, une femme capable de jouer Rosine, pour son compte, à la ville, si Bartolo la moleste. Seulement Rosine, de nos jours, plaide au lieu de se faire enlever. C'est plus régulier.

A propos de phénomène, laissez-moi passer du gracieux au grotesque. Un petit livre de M. Pierre Véron : *la Femme à barbe*, fait rage, depuis deux semaines environ, à l'étalage des libraires. Les promesses d'un titre plein de fantaisie, le nom de l'auteur, un vif esprit que l'on sait en mesure de tenir toutes les promesses de son titre, voilà ce qui affriande le lecteur au passage.

Vous ouvrez le volume ; vous y trouvez l'histoire comico-sentimentale d'une bergère à l'âme délicate, au menton viril, qu'on montre pour deux sous dans les foires. « Le saltimbanque a des entrailles, » comme disait Bilboquet. On peut arborer un visage aussi touffu que celui d'un sapeur, et, à l'ombre de cette futaie, peut battre la sensitivité d'un cœur virginal. C'est là l'histoire que M. Pierre Véron a racontée avec une verve que rien ne ralentit.

Le théâtre de la Porte-Saint-Martin cherchait aussi, ces jours passés, son phénomène. N'allez pas croire que le phénomène, à la chasse duquel un directeur habile avait lancé ses plus fins limiers, fût un drame bien fait par quelque auteur nouveau, venant enfin débarrasser la scène de ce fatras de vieilleries qui l'encombre ! Mon Dieu, non ; nos directeurs sont devenus trop *exhibiteurs* pour cela ; ce qu'il fallait à la Porte-Saint-Martin, c'était la plus belle fille de Paris pour figurer Érigone dans un ballet, fort attrayant d'ailleurs, qui fait le principal éclat de sa reprise des *Pilules du Diable.* « La plus belle fille de Paris ! » avait-il dit en propres termes, en homme qui ne se contente pas à demi, en César de la mise en scène, qui trouve que rien n'est fait tant qu'il reste à faire encore, et, sur ce mot d'ordre donné par le maître, les rabatteurs se mirent en campagne.

Diogène, pour chercher son homme, avait naguère besoin d'une lanterne. Ceux-ci, quêtant une Érigone pour la Porte-Saint-Martin, négligèrent cette formalité, comptant sur le gaz municipal qui brille dans les réverbères.

Ils cherchèrent, ils cherchèrent tant et plus cette beauté dont un théâtre avait besoin pour compléter la mise en scène de son ballet. Cela me rappelle le récit d'Esther à Élise, au commencement de la tragédie de Racine :

> « De l'Inde à l'Hellespont ses esclaves coururent ;
> Les filles de l'Égypte à Suse comparurent ;
> Celles même du Parthe et du Scythe indompté
> Y briguèrent le sceptre offert à la beauté. »

Telles les *candidates* au rôle d'Érigone.

Dans l'ancienne Grèce, quand un sculpteur voulait tirer d'un bloc de marbre une déesse, n'avons-nous pas tous entendu dire que les plus belles et les plus honnêtes femmes de la cité posaient volontiers pour lui, chacune apportant, comme un tribut à la divinité dont l'image devait réunir toutes les perfections, ce que sa beauté à elle offrait de plus parfait, de sorte que la Vénus d'un Phidias ou d'un Praxitèle avait les épaules d'Hélène, l'oreille de Timas, le nez de Laïs, la bouche de Cléanthis, ainsi de suite. C'était une anthologie taillée dans le marbre.

On était fière d'avoir apporté, à ce recueil de morceaux choisis, une pièce digne d'être admise par le sculpteur de la déesse.

Par malheur, ce procédé plus commode n'était pas possible à employer pour l'Érigone en chair et en os de la Porte-Saint-Martin. Il fallait trouver en bloc les perfections demandées.

On crut les avoir suffisamment rencontrées dans une demoiselle surnommée Fantine, qui a été recrutée pour *les Pilules du Diable*, peu de jours avant la première représentation, un soir qu'elle soupait au café du Helder.

Pourquoi l'appelle-t-on Fantine? Elle a ses dents et ses cheveux; elle n'a point, que l'on sache, comme l'héroïne de la première partie des *Misérables*, sacrifié la femme à la mère; mais l'enthousiasme de la jeunesse du quartier latin n'y aura pas regardé de si près; ils l'ont surnommée Fantine parce qu'ils avaient d'elle

plein les yeux, et des types de Victor Hugo plein la
tête.

Toujours est-il que c'est Fantine qui fait Érigone.

Oui vraiment, les bals continuent; l'été, qui commence à venir, ne les a pas tués; l'été s'est mis,
ces jours-ci, à obéir enfin aux injonctions de l'administration des excellents concerts des Champs-
Élysées, qui le sommait, par la voix de toutes ses
réclames, de venir remplir son mandat et attiédir
les soirées; eh bien, malgré l'été, il n'y a guère
que les bourgeois qui quittent la ville, et les gens
du vrai monde, en dehors des sphères officielles,
choisissent cette époque-ci pour leurs bals les plus
raffinés. Il y a eu, par exemple, chez madame de
Montgommery, cette semaine, chez madame la comtesse de Montgommery, née de Portes, la femme de
l'heureux propriétaire de *la Toucques*, le cheval qui a
vaincu à Chantilly dans le grand jour du Derby; il y
a eu, dis-je, un bal où *tout Paris* n'était pas, et qui
n'en fut que plus ravissant au dire des élus. C'était le
même monde, moins en nombre, que la semaine passée
chez madame la princesse de Sagan. Ce sera encore
le même monde, le 3 juin, chez madame la comtesse
de Nadaillac. Le même monde encore, qui ne se repose
plus à cette époque-ci, après s'être généralement fait
tirer l'oreille, en carnaval, pour entrer en danse, aura
bientôt la comédie d'amateurs chez madame la marquise
de Béthisy; ce devait être pour mardi dernier; un

deuil d'une des actrices a arrêté la fête. *L'Urne*
d'Octave Feuillet, ce joli pastel un peu effacé, est la
pièce choisie par les aristocratiques comédiens.

Il est à Paris au moins un quidam qui s'est donné
une mission singulière : chaque fois qu'une circonstance
quelconque met en lumière un des hauts personnages
mondains que nous venons de citer, il proteste, par
lettres anonymes envoyées aux journaux, surtout aux
chroniqueurs en relief, contre le titre de comte accolé
au nom de ce personnage. — Que vous ayez raison ou
tort, monsieur l'anonyme, vous faites là un vilain
métier, permettez-moi de vous le dire avec la franchise
qu'autorise l'ancienneté de nos relations, car voilà bien
sept ans que vous m'avez, pour la première fois,
honoré de vos communications hostiles au titre de
comte de monsieur ***. Nous ne sommes point institué
ici pour contrôler le métal des couronnes héraldiques,
encore moins pour le dénoncer si nous le croyons faux.
J'ai ouï dire qu'il y a des commissions qui fonctionnent
pour arrêter cet abus ; adressez-vous à elles, ou plutôt,
tenez-vous tranquille ; que vous importe, après tout ?
J'ai toujours aimé cette réponse d'Arnal, dans un de
ses rôles, à un individu qui lui disait : « Vous prenez
du ventre. — Pourvu que ce ne soit pas le vôtre ! »
reprenait Arnal, d'un air délicat et formalisé.

Pourvu que ce ne soit pas le vôtre ! me paraît d'une
philosophie très-saine et d'une application fort juste à
propos de ce titre de comte que notre infatigable

correspondant, avec un acharnement de dénonciation que sept années n'ont pas lassé, prétend usurpé par celui qui le porte.

J'ai rencontré, un jour de cette semaine, M. Home, le magicien, qui rentrait chez lui, au *Grand-Hôtel*, où il est descendu comme n'importe quel simple mortel en voyage. J'aurais voulu pouvoir l'interroger sur ce nouveau miracle accompli d'abord dans la ville de Boston, et dont le bruit court aujourd'hui le monde sous le nom de photographie spirite, faisant, comme on peut s'y attendre, frémir d'admiration les crédules et d'indignation les incrédules.

Pour faire de la photographie spirite, il faut d'abord un photographe médium. C'est le lièvre du civet. Étant donné ce lièvre, je veux dire ce photographe, il n'y a plus à se préoccuper de rien. On prépare la plaque comme à l'ordinaire, et tout se passe comme à l'ordinaire, avec cette petite différence qu'aucun modèle n'a posé devant l'objectif, du moins aucun modèle visible, et que vous trouvez sur la plaque le portrait de la personne morte que l'on a évoquée. Trois coups frappés dans l'instrument vous avertissent quand le tour est fait et quand on peut lever le rideau. Ce n'est pas plus difficile que cela.

Un jour, on racontait devant le grand Arago des faits aussi invraisemblables, aussi absurdes que celui-ci, et chacun de lever les épaules au récit de ces jongleries ; Arago seul ne riait pas.

— Est-ce que vous y croyez, par hasard? lui demanda-t-on.

— Ma foi, non ; mais, en dehors des mathématiques, il n'y a que les présomptueux qui disent : c'est impossible.

Ce serait malheureux pour les chroniqueurs, à qui cette manie du surnaturel, en faveur depuis une dizaine d'années déjà, a plus d'une fois rapporté leur pain le plus blanc, si l'on renonçait à ces vagabondages dans le domaine de l'inouï.

Il se donne assez régulièrement des dîners, — faut-il dire spiritualistes ou spiritistes? je n'ai jamais pu me fixer complétement là-dessus, — chez mademoiselle Huet et chez mademoiselle Rodière, toutes deux médiums fort accrédités.

Mademoiselle Huet, — à ce qu'on raconte dans le monde des adeptes, — a donné, l'autre soir, une assez singulière consultation.

Quelqu'un s'est avisé de lui demander le nom de l'homme, généralement reconnu pour fossile, dont la mâchoire vient d'être retrouvée par M. Bouché de Perthes, le savant.

Elle a répondu, sans hésiter, qu'il s'appelait Évoë.

Évoë, soit ; je souscris volontiers à Évoë ; seulement n'oubliez pas le tréma du second e, l'Esprit, qui parlait par la bouche de la devineresse, a insisté pour ce tréma.

Du reste, il ou elle aurait pu dire Nicolas, que nous

aurions dû l'accepter de même. La vérification est difficile.

Mais voici une circonstance qui ne permet plus de douter qu'Évoë soit effectivement le nom de l'être primitif auquel appartient la mâchoire qui fait tant d'honneur à M. Bouché de Perthes, et que mademoiselle Huet soit effectivement fort bien renseignée sur les choses de l'autre monde ; elle a dit : « A vingt pas de la mâchoire d'Évoë, dans le même terroir, vous trouverez deux pierres coniques. » On a cherché et on a trouvé les deux pierres coniques. Si vous doutez encore après cela, vous mériterez qu'on vous lapide, vous et vos pareils, avec ces pierres coniques, argument sans réplique.

Chez la même mademoiselle Huet s'était rendue mademoiselle Hélène de Katow, qui joue si bien du violoncelle, quelques jours après la soirée où Nadar fit entendre, *dans ses salons*, le miraculeux aveugle Vialati, l'homme à la mandoline, entre autres virtuoses. La partie d'aller chez mademoiselle Huet, s'était même montée chez Nadar, à sa soirée. Eh bien, mademoiselle de Katow étant présente, on entra en communication avec un esprit qui déclara se nommer Polonna.

Polonna ! Pourquoi pas Porsenna, roi des Étrusques ? C'était saugrenu, et déjà les incrédules, qui se fourrent partout, cherchaient à tirer avantage de cette singularité, lorsque mademoiselle de Katow termina l'incident à la gloire du spiritisme, — ou du spiritualisme, —

15.

en déclarant qu'elle avait perdu une sœur du nom de Paulowna, et que c'était sans doute son esprit qui revenait. On ne rit plus et la séance continua.

Mais, voici bien une autre histoire merveilleuse : mademoiselle Patti ne fait pas de procès à son père et ne fait pas de procès à son beau-frère, et n'eut jamais qu'à se louer de leurs soins. Sa plainte, qu'on a pu lire dans différents journaux, et que nous avons un peu analysée dans le courant de ce chapitre, aurait été remise aux magistrats sans le consentement de la principale intéressée. On aurait exploité un mouvement de mauvaise humeur, de dépit, peut-être une velléité d'indépendance ; on en aurait tiré des conséquences que la jeune Adelina désavoue et contre lesquelles elle proteste. La famille voudra sans doute donner des éclaircissements complets par la voie de la presse, puisque l'affaire est tombée dans le domaine public. En attendant, il paraît que mademoiselle Patti, donnant par cette attitude un démenti aux démarches faites en son nom, sans son agrément, n'aurait pas cessé un jour de vivre, avec ceux qu'on lui fait accuser, dans la meilleure intelligence du monde ; et, dans le fait, où peut-on être mieux, qu'au sein de sa famille ?

Chacun sait ça.

X

La comtesse Maddalena ou les baisers mortels. — Quelques vers de
M. Ernest Gervais. — A la recherche du philtre des magiciennes
de l'amour. — Dompteuses et dompteurs. — La physiognomonie
des Lavater en jupons. — La *Madelon* de M. Edmond About. — Du
châtiment final qui manque au roman de *Madelon*, et de la préface
que M. Ernest Feydeau a mise en tête de son nouveau récit. — *Les
Mémoires d'un baiser*, par M. Jules Noriac. — *Paris effronté*, par...
votre serviteur. — *Victor Hugo raconté par un témoin de sa vie.* —
Les jambes de Geneviève de Brabant et le petit Victor. — Un trait
de l'enfance d'Alfred de Musset. — Le gilet de M. Théophile
Gautier à Hernani. — M. Mérimée en tablier de cuisine. — A la
mémoire de Jules Lovy, bon petit journaliste, bon camarade,
ingénieux, bienveillant en prose et en vers, philosophe, ami du
magnétisme et ennemi des savants. — M. Pitre-Chevalier, directeur du *Musée des familles* et son salon. — La cour se mouille bravement. — Triomphe des animaux dans le présent et histoire d'un
pou électeur dans le passé. — Une soirée chez Mᵐᵉ la comtesse
Uruska; la dernière soirée d'hiver. — Allons au Château-Rouge!
— Il pleut, bergères. — Histoire d'un modèle d'Horace Vernet,
racontée par lui-même entre deux verres de champagne.

Paris, 19 juin.

Connaissez-vous la comtesse Maddalena? — Quoiqu'elle fût fort belle et point autrement cruelle, à ce que publie la légende, je ne vous aurais pas présenté chez elle. Sachez que son mari, un vieux jaloux, avait imaginé un assez beau stratagème pour punir les amants de sa femme par où ils avaient péché. Il mêla des poisons aux pommades, aux onguents, aux poudres de riz, au cold-cream qu'employait la dame, afin qu'un baiser sur les joues, sur les lèvres, sur les cheveux de la belle comtesse, une caresse, un tutoiement par geste, tout cela devînt mortel.

En de pareils récits excessifs, il sied mieux de parler en vers ; c'est pourquoi écoutez, s'il vous plaît, le discours du mari qui se venge, à l'amant qui va périr :

> « Toi qui jetas, dit-il, la honte en ma maison,
> Crois-tu qu'un tel cadeau vaille un peu de poison ?
> Tu le crois bien, enfant, et vraiment il importe
> A cette barbe grise et dure que tu voi,
> De ne pas demeurer en arrière avec toi.
> Or, le poison vengeur, il coule dans tes veines ;
> Celle qui se tordait tout à l'heure en tes bras
> Ne t'a point réjoui par des caresses vaines ;
> J'ai mêlé des venins qui ne pardonnent pas
> A ces parfums exquis, à ces savants dictames
> Dont aime à faire emploi l'artifice des femmes ;
> Chacun de tes baisers les a bus. Tu mourras ! »

J'ai lu cela, — car je ne fais pas de vers, moi, — dans les *Contes et poëmes* de M. Ernest Gervais, et je me pris à songer que les baisers empoisonnés de la comtesse Maddalena étaient l'image peu flattée, mais fort ressemblante, de certains amours qui mènent le plus souvent leur homme *ad patres*, à moins que vous ne soyez fait à tous leurs poisons, — un vrai Mithridate du demi-monde.

Pourquoi l'opium fait-il dormir ? — Parce qu'il a la vertu dormitive. Pourquoi la fable de Circé, la magicienne qui change en vils animaux ceux qui se sont laissé prendre à ses cajoleries, est-elle aussi vraie à Paris que dans l'île d'Éa, et au dix-neuvième siècle qu'au temps de l'Odyssée d'Homère ? D'où certaines femmes ont-elles reçu le don diabolique d'attirer les gens et de les perdre après les avoir attirés ? Pourquoi cette puissance exorbitante ? Si nous avions conservé la crédulité commode du moyen âge, on pourrait dire : « ce sont des jeteuses de sort, » et croire à des philtres composés dans la marmite du diable. Mais nous n'avons plus cette ressource-là : il faut trouver une autre explication à la tyrannie de leurs charmes pervers, et, pour ma part, je ne la trouve pas.

Elles possèdent, ces enchanteresses qui sèment autour d'elles le vertige, une faculté de divination admirable. Étant donné un homme, un inconnu, X ou *Trois-Étoiles*, elles n'ont pas besoin de deux coups d'œil (j'entends celles qui excellent en leur art) pour savoir si la proie vaut la peine d'être ramassée, et quels sont les procédés à employer pour ne pas la manquer. On ne chasse pas tous les gibiers avec les mêmes munitions. Il y a le gros et le menu gibier, le poil et la plume ; par suite, on tire tantôt à balle, et tantôt on charge son fusil avec du petit plomb, voire même avec de la cendrée. Les dompteurs non plus, puisque dompteurs il y a, ne demandent pas les mêmes exercices à tous les habitants de leur ménagerie ; ils se garderont, par exemple, de vouloir faire passer l'ours blanc dans un cerceau, et de prétendre poser leur tigre immobile sur une étagère. C'est bon pour le lion. De même, la dompteuse d'hommes n'ira pas filer le sentiment avec un gros sensuel, ni révolter un sentimental par des provocations trop directes.

Il faut savoir distinguer. Il faut voir à qui l'on a affaire. Ces dames doivent posséder leur physiognomonie comme Lavater, — dont elles n'ont jamais certes entendu parler, — sous peine de ne pas faire leurs frais.

Voyez, au contraire, la *Madelon* de M. About ! En voilà une qui sait sur le bout du doigt son art de plaire et son art de parvenir aux richesses, à la grandeur, presque à la considération, pour récompense finale d'une longue suite d'habiles égarements. C'est une grande pêcheuse d'hommes devant l'Éternel, cette Madelon ! Il y a plaisir à la voir tendre ses filets, sans négliger ses lignes de fond. Elle vise le gros poisson sans dédaigner le petit. Tout peut servir. Un turbot, c'est une belle capture ; mais une friture de goujons a aussi son prix. Tel est le système de l'héroïne du dernier roman de M. About. Une femme très-forte, cette Madelon !

Il ne lui arrive pas malheur ici-bas, précisément parce qu'elle est le mal en personne. Bien des gens trouveront cela immoral et ne se sont pas gênés pour le trouver déjà. On aime à voir le vice puni et la vertu récompensée, comme à prendre son café le matin. C'est une habitude, et, à ce titre, c'est respectable. Mais laissez-moi constater que rien n'est plus faux en art, que cette nécessité de finir tout drame et tout roman par une sorte de distribution des prix où tous les bons emportent des récompenses proportionnées à leur mérite, tandis que les méchants sont châtiés suivant leurs méfaits. Et puis... et puis... ou vous croyez à la vie éternelle, ou vous n'y croyez pas ; si vous y croyez, pourquoi tenez-vous à ce que le romancier ou le dramaturge fasse la besogne de la justice divine? Laissez quelque chose à faire à la magistrature céleste; le jour où Madelon comparaîtra à sa barre, j'aime à penser que plus elle aura été invulnérable ici-bas, circulant intacte et souriante au milieu de ses victimes, mieux elle sera punie là-haut; mais, franchement, on ne me fera jamais croire que la vertu soit toujours récompensée parmi nous, excepté à Nanterre, pays des rosières.

J'ajoute que cela serait faire de la vertu une profession, si elle devait rapporter à tout le monde de la considération, des rentes et du bonheur, comme à Isabelle, la bouquetière du Jockey-Club.

Pour que la vertu soit la vertu, c'est-à-dire la chose du monde la plus belle, la plus divine et la plus respectable, il faut qu'elle soit condamnée, au moins de temps en temps, à souffrir la vue de l'intrigue triomphante.

Mais ceux qui critiquent si amèrement les prospérités insubmersibles de Madelon, ne veulent pas entendre parler de cela.

Qu'ils s'arrangent avec M. Ernest Feydeau, le célèbre auteur de *Fanny*, qui écrivait hier le mot FIN au bas de son roman publié au rez-de-chaussée de *l'Opinion nationale : le Mari de la danseuse*. Ce mari de cette danseuse a déjà commencé à paraître en librairie par volumes séparés, dont chacun porte un titre distinct, et peut, à la rigueur, former un tout à lui seul. *Monsieur de Saint-Bertrand* a paru cette semaine, continuant *un Début à l'Opéra*, que Michel Lévy avait mis en vente la semaine passée. Eh bien, — c'est là que je voulais en venir, — en tête de : *Un Début à l'Opéra*, figure une longue préface fortement motivée, où M. Feydeau accuse les œuvres de ce temps-ci de pécher par excès de moralité. Cette conclusion lui fera jeter beaucoup la pierre, quoiqu'il ait raison au fond. Mais les mots prêtent à des équivoques qui se tourneront contre sa thèse. On criera qu'il préconise l'immoralité, et ce n'est point cela du tout ; sa thèse, qui est la nôtre, la voici tout simplement : le but de l'art n'est pas de châtier les mœurs,

— tâche à laquelle il serait d'ailleurs parfaitement impuissant, — mais de chercher le beau, en respectant les mœurs.

En ce moment, les livres attrayants pleuvent sur la place. Outre *Madelon*, outre les deux volumes de M. Feydeau, il y a *les Mémoires d'un baiser*, de M. Jules Noriac, l'auteur de *la Bêtise humaine*. Le nom sympathique de l'écrivain, le titre heureux du livre, le bien que l'on en entend dire à la ronde, font déjà, aux *Mémoires d'un baiser*, un véritable succès de vogue.

Puisque aussi bien le moment est venu de faire sa malle pour se rendre à Bade, à Ems et autres beaux lieux de santé, de plaisance et de tourisme, mettez ces livres dans votre valise.

N'oubliez-pas non plus *Paris effronté*, par Mané ; cela a paru, paraît ou va paraître.

Avant de partir, vous aurez lu assurément *Victor Hugo raconté par un témoin de sa vie*. Il y a des noms qui n'admettent ni délai ni retard, et, assurément, celui de l'auteur des *Misérables* figure en tête de la liste privilégiée qui ne fait jamais antichambre. Ce livre-ci n'est pas de lui, mais il est plein de lui. On voit la naissance, l'enfance, la jeunesse de ce génie qui a agité et éclairé de son tonnerre et de ses éclairs tout notre siècle littéraire. Les deux volumes déjà parus de ces Mémoires de Victor Hugo, écrits par un autre lui-même, surpassent l'attente même que leur

16

annonce avait excitée. Il y a d'abord un chef-d'œuvre
de narration puissante et colorée dans le premier
volume, c'est le voyage que Victor Hugo, enfant, fit
en Espagne avec sa mère pour aller retrouver son
père, nommé gouverneur de province et majordome
par le roi Joseph. Ce voyage, auquel n'assistait point
le témoin si fidèle et le compagnon exemplaire de la
vie du poëte, c'est Victor Hugo qui en a raconté les
impressions et les souvenirs au narrateur, et l'on
retrouve, en effet, dans ce passage écrit presque sous
sa dictée, les sensations de Victor Hugo enfant, tra-
duites par Victor Hugo fait homme et grand homme.
Précieux assemblage, d'où se dégage une saveur
rare !

Le ton général du livre est enjoué, délicat, charmant, vigoureux à l'occasion, et toujours féminin. On
sent une âme pleine de la gloire de son héros ; cependant, l'enthousiasme ne déborde pas ; l'idolâtrie, excu-
sable sous une pareille plume, en face d'un pareil
modèle, ne perce point, si ce n'est dans le soin avec
lequel les moindres détails sont recueillis. Qui se
plaindrait d'ailleurs de cette minutie ? Plus les détails
sont petits, se rattachant à un très-grand nom, plus
ils ont de prix aux yeux du lecteur. Quand on nous
raconte, par exemple, que dans la première pension
où fut mis le bambin dont le nom vivra autant que la
langue française, il joua, dans une représentation
donnée pour la fête du maître d'école, l'enfant de

Geneviève de Brabant, habillé d'un maillot et d'une peau de mouton qui laissait pendre une griffe de fer, et, qu'ainsi accoutré, il se désennuya d'une trop longue représentation en enfonçant sa griffe dans les jambes de Geneviève de Brabant, de façon à lui faire crier au moment le plus pathétique : « Veux-tu bien finir, petit vilain ! » ce que l'homme est devenu plus tard fait tout l'intérêt de ces puérilités ; et il est clair qu'à moins d'avoir écrit plus tard *Hernani*, *Marion Delorme*, *le Roi s'amuse* et *Ruy Blas*, on serait mal venu à laisser dire au public que, vers la septième année de son âge, on fit saigner traîtreusement le mollet à la fille de son maître de pension, déshabillée en Geneviève de Brabant.

Laissez-moi remarquer encore la bienveillance du récit ; pas de fiel, pas un mot d'aigreur, pas une épigramme pour les amis de la jeunesse, qui ne sont pas tous restés les amis de l'âge mûr. On voit groupés autour de la figure principale du récit, MM. Alexandre Dumas, Théophile Gautier, Sainte-Beuve, etc.; et ceux mêmes qui ne sont pas demeurés amis, sont toujours traités en amis.

Les anecdotes abondent ; en voici une, par exemple, dont Alfred de Musset, enfant, est le héros, et qui frappera tout le monde comme un triste présage des habitudes funestes qui nous ont enlevé, avant l'heure, ce délicieux poëte. Je laisse, pour un instant, la parole à l'auteur de *Victor Hugo raconté :* « Je ne crois pas avoir parlé encore d'un second fils de madame Foucher, qui s'appelait Paul, et qui avait alors douze ans. Le dimanche, il venait à Gentilly. Il amenait quelquefois avec lui un camarade à peu près de son âge, gentil garçon, à la taille déliée, aux cheveux d'un blond de lin, au regard ferme et clair, aux narines dilatées, aux lèvres vermillonnées et béantes. Sa figure colorée, ovale et un peu chevaline, était bizarre en ce qu'elle avait, en place de sourcils, un cercle sanguin. Il se nommait Alfred de Musset. Il égaya une après-dîner d'une bouffonnerie dans laquelle il imita un ivrogne avec une facilité et une vérité extraordinaires. »

Une autre fois, plus tard, les enfants étant devenus des jeunes gens, M. Mérimée dînait chez M. et madame Victor Hugo. On servit un plat de macaroni que la cuisinière avait manqué complétement. « Il offrit de venir en faire un, et, à quelques jours de là, il vint, ôta son habit, mit un tablier, et fit un macaroni à l'italienne qui eut le succès de ses livres. »

N'est-ce pas amusant, de voir l'auteur de *Colomba* et de *la Vénus d'Ille,* un sénateur d'aujourd'hui, s'il vous plaît, fricotant, en tablier blanc, sur les fourneaux de madame Victor Hugo ?

Et M. Théophile Gautier, aujourd'hui le docte critique théâtral du *Moniteur*, poëte toujours, mais poëte sage désormais ; M. Théophile Gautier, le jour de la première représentation d'*Hernani*, menant les jeunes bandes d'hugolâtres à l'assaut de l'art classique,

Quels visages et quelles tenues ! mais aussi quel feu sacré au cœur ! Pour ne parler que de l'enveloppe, M. Théophile Gautier « insultait les yeux » par un gilet de satin écarlate et par l'épaisse chevelure qui lui descendait jusqu'aux reins.

Les bourgeois s'arrêtaient stupéfaits et indignés ; dès une heure, en ce jour solennel de la première soirée d'*Hernani* envahissant le Théâtre-Français, c'est-à-dire la principale citadelle des doctrines classiques, les innombrables passants de la rue de Richelieu avaient vu s'accumuler aux portes du théâtre une bande d'êtres « farouches et bizarres, barbus, chevelus, habillés de toutes les façons, excepté à la mode, en vareuse, en manteau espagnol, en gilet à la Robespierre, en toque à la Henri III, ayant tous les siècles et tous les pays sur les épaules et sur la tête, en plein Paris, en plein midi. »

Ce n'était pas certes un écrivain de la taille de ceux que nous venons de nommer, il s'en faut de beaucoup, ce Jules Lovy qui vient de disparaître, et dont beaucoup de sympathies cordiales ont escorté la dépouille mortelle ; mais c'était un esprit aimable, ingénieux, n'ayant jamais forcé son talent et faisant bien ce qu'il se mêlait de faire : petits articles, épigrammes courtoises, bouquets à Chloris, acrostiches, anagrammes, vers et prose d'un tour leste, courts alinéas piquants, clairs, gentiment troussés. Avec cela, une manière de philosophe ! Il avait vécu dans

le monde des journaux, sans jamais se hausser à
l'ambition des premiers-Paris filandreux, sans jamais
prétendre à l'escalade des hautes positions dont le
journalisme est, pour quelques-uns, l'antichambre.
Plus avant que pas un dans le monde des théâtres,
ancien secrétaire de l'administration des Variétés,
secrétaire du Théâtre-Lyrique, quand il est mort, les
Madelons de coulisse ne purent jamais mordre sur son
indépendance et sa sérénité. Il n'avait qu'une passion
un peu vive, et qu'il poussait peut-être jusqu'à l'aveu-
glement : le magnétisme. On lui a entendu dire,
résumant dans un double calembour la philosophie de
ses mœurs : « Pour moi qui magnétise, je n'ai jamais
eu que des sujets parmi les femmes, et non point de
maîtresses. »

Le fond de cette nature, c'était la bienveillance, la
courtoisie, la modestie, qualités d'autant plus remarquables dans le milieu où il les exerçait. Je me suis
laissé dire, par les jeunes aspirants qui errent, le
manuscrit sous le bras, aux portes des théâtres, que
l'accès de certaines directions leur était interdit par
des cerbères inhospitaliers, dont la parole a quelquefois
la courtoisie d'un aboiement. Il faut évidemment, dans
ce portrait exagéré, faire la part de la mauvaise
humeur d'écrivains fatigués de perdre leur temps en
démarches vaines, et leur encre en manuscrits inutiles.
Sardou fit dix ans le pied de grue ! D'après cela, jugez
du sort des autres.

Quoi qu'il en soit, Lovy était, certes, bien le plus courtois des secrétaires de théâtre. Je le vois encore derrière son grillage, dans l'antichambre du directeur des Variétés ; vraiment oui, dans l'antichambre. Ce philosophe ne tenait pas aux honneurs d'un cabinet pour *Mossieu le secrétaire*. De cette façon, nul ne fit antichambre pour arriver jusqu'à lui ; bien différent en cela de tant de vanités qui mesurent leur importance au temps qu'ils vous font attendre à leur porte. Je les hais et je les méprise, ces tyranneaux bureaucratiques dont on rencontre dans toutes les administrations quelques insupportables échantillons.

Lovy se sentait-il triste, ce qui ne dut pas lui arriver souvent, à la manière sage et sobre dont il avait arrangé sa vie (être content, n'est-ce pas être contenu ?), il n'avait qu'à penser, lui l'apôtre zélé du magnétisme, aux savants ses adversaires, pour qu'aussitôt sa rate se dilatât. S'il haïssait quelqu'un, c'était les savants, et surtout les savants constitués en corps. Mais j'ai mal dit ; il ne pouvait haïr ceux auxquels il dut ses plus joyeux moments, la cible ordinaire de ses railleries, le but de ses flèches, ses ennemis intimes, les savants.

Voyez, disait-il, les académies dans tous les temps et dans tous les pays du monde : elles nient aujourd'hui le magnétisme, comme elles ont interdit à la terre de tourner en condamnant Galilée ; comme elles ont contesté à Harvey la circulation du sang ; comme elles auraient empêché la découverte de l'Amérique, si elles l'avaient pu ; comme elles ont contesté la quinine ; comme elles se sont montrées froides pour l'eau bouillante qui, sous le nom de vapeur, devait transformer le monde moderne. Voilà les savants, toujours attelés à l'envers du progrès ! et là-dessus il riait, il riait avec un tel bonheur, un tel épanouissement ! On sentait l'homme monté sur son dada.

Tout différent était M. Pitre-Chevalier, l'autre confrère que nous venons de perdre, le directeur du *Musée des Familles,* dans lequel quelque talent se joignait à un très-honorable savoir-faire. Il avait su faire du journal qu'il dirigea jusqu'à son dernier jour, une bonne affaire, un brillant patrimoine ; il avait un salon dont il faisait les honneurs avec une hospitalité empressée, et où il sut attirer, à la fois, les gens du monde et bon nombre de célébrités artistiques. Son salon lui a été fort reproché dans les petits journaux. On n'a jamais pu savoir pourquoi.

Certes, ses réceptions faisaient son bonheur ; il le montrait naïvement, et il vous demandait franchement, ce qui est encore la meilleure manière de demander, de parler de ses réceptions dans vos chroniques. Cette hospitalité tournait peut-être un peu chez lui à la manie, manie, en tout cas, aimable et honorable.

Les illustrations étrangères ne lui échappaient guère à leur passage à Paris. Poëtes aussi bien qu'instrumentistes et chanteurs, il savait les attirer tous chez lui. Quand le grand romancier anglais, Charles Dickens, vint à Paris, où l'a-t-on vu le mieux? Chez M. Pitre-Chevalier. Où l'avons-nous entendu lire comme lui seul peut-être au monde sait lire, de manière à captiver, à charmer, à émouvoir ceux-là même qui ne comprennent pas un mot de la langue dans laquelle il lit? Chez M. Pitre-Chevalier. Celui-ci donna, en l'honneur de l'auteur de *Picwick-Club,* un déjeuner littéraire dont retentirent les chroniques, la nôtre aussi probablement, et où sept ou huit de nos beaux esprits les plus en faveur, Méry entre autres, s'assirent à côté du grand peintre de mœurs anglais.

Le lendemain d'une de ces louables agapes, M. Pitre-Chevalier aimait qu'on le sût de par le monde, et s'adressait aux amis qu'il avait dans les journaux pour en trompetter la bonne nouvelle. Faiblesse si vous voulez, mais faiblesse vénielle, et je souhaiterais aux détracteurs que cet amphytrion par excellence compta de son vivant, parmi nos confrères, de n'en jamais avoir de plus graves.

Il pleut à Fontainebleau comme à Paris; devant les contrariétés de la pluie, la cour est l'égale de la ville, et les priviléges du rang ne dispensent pas, en certaines circonstances, du parapluie égalitaire. On l'a bien vu, le premier jour des courses de Fontainebleau, où tout le monde a pataugé, sans en excepter les plus grands. Il est même à noter que, quand une circonstance, par hasard, expose à des intempéries dont leur rang les préserve d'ordinaire, les personnes habituées à vivre dans les palais, elles affrontent avec plus de bonne humeur et de vaillance que les simples bourgeois, toutes les contrariétés atmosphériques, voire les giboulées de mars, fort déclassées en juin, dont nous jouissons.

La Société protectrice des animaux doit être contente ; un peu plus, ce sont ces Messieurs, j'entends les animaux, qui régneront parmi nous. Le cheval de course d'abord est en train de devenir un personnage tout à fait considérable en France. Ah ! nous nous formons. Les chiens ont eu leur exposition, où l'on se foulait certes plus qu'à l'exposition des tableaux et des statues du Palais de l'Industrie. Les lions font courir tout Paris. Une certaine catégorie de demoiselles se coiffe *à la chien ;* ainsi de suite. Comme on faisait cette remarque l'autre jour devant un quidam, grand chercheur de curiosités, grand collectionneur de souvenirs bizarres et de traits particuliers dont il fait comme un musée dans sa mémoire (c'était à l'époque des élections) : « Nous n'en sommes point encore venus cependant, fit-il observer, à donner aux insectes le droit de suffrage. »

On se regarda comme on fait lorsque quelqu'un cherche à lancer une plaisanterie qui n'est pas comprise et qui manque son effet.

— Mais oui, reprit le préopinant, je vous présente

le citoyen Pou (pardon de mettre sur le tapis un gaillard d'aussi mauvaise compagnie), qui fut naguère investi des fonctions de grand-électeur dans certains pays allemands.

— Pas possible !

— Aujourd'hui même je le relisais ; les poils de la barbe, dans cet étrange système électoral, servirent de billets et de scrutin aux magistrats allemands pour choisir leurs chefs. On procédait ainsi : les échevins d'Hardenbergen, en Westphalie, s'assemblaient autour d'une table ronde, et chaque échevin se plaçait de manière que l'extrémité de sa barbe touchât le dessus de la table au milieu de laquelle on mettait (sauf votre respect, comme disent les bonnes gens) un pou, un vrai pou *en chair et en os*, entre les pattes duquel se trouvait remis le soin de faire choix du nouveau chef. Le petit électeur, après avoir hésité, erré un temps plus ou moins long, finissait bien toujours par s'arrêter à une des barbes, et sitôt qu'il avait fait mine de s'y loger, cette barbe, désignée par lui, devenait, dans le moment même, barbe de consul.

Mais laissons là le terrain électoral, de peur de glisser tout à l'heure de l'histoire dans la politique. Pour de bon, cette fois, les salons sont fermés aux réceptions, et, à part une soirée musicale chez une Polonaise, madame la comtesse Uruska, qui a fait entendre à ses invités mademoiselle Sax, le ténor Morini, le baryton Marochetti, je crois que les collectionneurs les plus attentifs des épisodes de *High-Life* doivent avouer que l'été leur crée décidément des loisirs. Pour nous, dont l'allure un peu vagabonde ne craint pas de se compromettre dans des sociétés plus mêlées, il n'y a pas de morte saison; et si le faubourg Saint-Germain est muet, si le faubourg Saint-Honoré prend des vacances, allons à Mabille, au Château des Fleurs, voire au Château-Rouge; c'est toujours l'humanité qui s'agite et le plaisir qui la mène; partout où il y a des hommes, le fond se ressemble; allez! C'est surtout l'extérieur des personnages et le cadre qui varient.

Une société de jeunes hommes français et étrangers avait fait, l'autre soir, la partie d'aller, après un joyeux dîner, pousser un voyage d'exploration jusqu'au Château-Rouge. Il y avait fête ce jour-là. On annonçait un feu d'artifice représentant la *Prise de Puebla*. C'était le cas ou jamais d'aller voir si le spectacle tiendrait les promesses de l'affiche.

La pluie, par malheur, compromit les destins du feu d'artifice, et, chassé du jardin, l'on dut aller chercher un refuge dans les salons et cabinets du restaurant. Notre société demanda du vin de champagne, plutôt pour motiver l'hospitalité qu'elle réclamait, et qui n'est pas écossaise le moins du monde chez les restaurateurs parisiens, que pour satisfaire une soif qu'aucun des gosiers de la bande ne pouvait ressentir.

Il n'en était pas de même d'un tas de petites dames

généralement altérées comme les sables du Sahara, qui se mirent à tourner autour des fioles, demandant ou se faisant offrir, et prêtes à payer leur écot en babil plus ou moins spirituel.

Bah! il pleuvait, et que faire au Château–Rouge quand il pleut?... Autant les écouter.

Je ne répéterai pas les folies qu'il fallut entendre, et dont le sel et la vraie gaieté étaient trop généralement absents. Au milieu de tant d'éclats de rire menson-gers, ce fut avec plaisir que l'on vit s'approcher une femme qui passait sérieuse, pensive, sans trop regar-der personne.

— Ohé! le modèle d'Horace Vernet! fit une voix railleuse en interpellant le silence et la gravité de la nouvelle venue.

Ce cri, le nom du peintre illustre, jeté là d'une façon si inattendue, appelèrent l'attention plus particulière-ment sur la figure sans beauté et sans sourire, mais non sans marques de petite vérole qui se tenait debout à côté de la table servie.

On l'invita à s'asseoir. On lui offrit sa part du cham-pagne général qu'elle accepta, mais sans se départir de son air d'indifférence ; puis, elle fut questionnée.

— Avait-elle donc connu Horace Vernet?

— Oui, répondit-elle, j'ai posé pour lui jusqu'à son dernier tableau ; je posais le torse, les mains, les bras, et vous me retrouverez sur vingt de ses toiles ; — pas ma figure, bien entendu, dit-elle avec quelque amer-

17

tume, ce serait un triste modèle... Pauvre M. Vernet !
Il était bien bon aux malheureuses gens, et, s'il vivait
encore, je ne serais pas ici.

— Vous ne posiez donc que pour lui ?

— Je ne posais plus que pour lui dans ces dernières
années ; tenez, Messieurs, si c'est mon histoire que
vous voulez, la voici en peu de mots : J'avais seize
ans, un peintre m'a enlevée et je lui ai servi de modèle
pendant dix-huit mois ; ensuite, j'ai suivi un poëte
que j'avais connu chez mon peintre, et qui me mettait
en vers, mais ne me donnait pas à dîner tous les jours.
Dans ce temps-là, je n'avais pas encore eu la petite
vérole qui m'a arrangée... comme vous voyez. C'est
chez lui qu'elle m'a prise ; alors, il m'a plantée là...
Tire-t'en comme tu pourras, bonsoir ! Je serais morte,
bien sûr, et cela aurait peut-être mieux valu, sans un
bonhomme bien honnête, que je ne connaissais pas,
et qui se mit en tête de me soigner et de me guérir,
comme si j'étais sa sœur. Guérir ! je le voulais bien,
à condition de ne pas devenir laide ; le bon garçon,
qui savait là-dessus mes idées, empêchait qu'on ne me
donnât jamais de miroir pour me voir. Enfin, un beau
jour, je mets la main sur un. Jésus Dieu ! quelle figure !
Je ne fais ni une ni deux : on ne me voyait pas ; je
m'habille n'importe comment ; je descends quatre à
quatre, et je cours jusqu'à la rivière pour me jeter
dedans. On me repêche... Mon sauveur de la petite
vérole qui me sauvait de la rivière, à présent ! Il avait

la monomanie de sauver, c't homme-là ; il s'est fait prêtre, et je ne l'ai plus vu ; seulement, il m'avait re-commandé à M. Vernet ; j'ai repris chez lui mon ancien état de modèle, et, à présent qu'il est mort, je n'ai plus d'état, je cherche... Je retrouverai toujours bien la rivière.

La pluie avait cessé ; les danses et les promenades recommençaient dans le jardin.

XI

Le courage des sœurs Brohan. — Madeleine à l'épreuve de l'eau et du feu. — Présence d'esprit d'Augustine dans un danger récent. — Tout ce qui a failli périr, outre tout ce qui a péri dans cette fatale descente de Montretout. — On se fie trop aux chevaux. — Souvenir du mois de juillet 1842. — Au steeple-chase de Maisons-Laffite, feu partout. — Il y a encore du monde à Paris, même pour les faux plaisirs. — Fête de nuit. — La danse française. — Bernard Latte, éditeur de la polka autrefois, d'une tarentelle aujourd'hui. — Une fortune pour mille francs. — Mlle Adorcy à la recherche d'une nouveauté chorégraphique. — Apparition de deux jambes gantées de soie rose, à la Closerie des lilas. — Le coup de pied en arrière. — Un couple énigmatique. — Ce qu'en pense Buridan de la *Tour de Nesle*. — En amour, nous devenons dix-huitième siècle. — Ce que chantait la poésie romantique et ce que chante la poésie réaliste chez les anges qu'elle adore. — Comme quoi l'âme est devenue du bric-à-brac. — Les revanches du corps. — Les Vénus de la récente exposition de peinture. — Ah ! comme nous avons besoin de philosophie ! — Quelques lignes d'un nouveau ministre qui est très à la mode. — Messieurs les Jésuites et *les Révélations sur ma vie surnaturelle*, par M. Home. — Encore les dompteurs. — *Les Cent francs du dompteur*, par M. Léopold Stapleaux. — Biographie de Crockett, par M. Lemercier de Neuville. — Dernières nouvelles : *Fior d'Aliza ;* — la bibliothèque du feu comte de la Bédoyère ; — *Un hiver à Paris*, par Mme R^*** K^***, etc., etc.

17.

Paris, 10 juillet.

Je lisais l'autre jour une biographie de madame
Madeleine Brohan, la radieuse Célimène de la Comédie-Française. On n'y louait pas seulement son bon
cœur, son bel esprit à la ville et au théâtre, et ce
resplendissant visage plein de grâce et de majesté
qui la fait s'avancer vers la rampe, pareille à une
jeune déesse ; l'auteur de la notice en question racontait aussi le courage tout viril, la fermeté dont
Madeleine Brohan fit preuve dès l'enfance, et il
montrait cette énergie à l'épreuve du feu et de l'eau.

Sur le Rhône, la petite Madeleine voyageait une fois
en compagnie de sa mère ; vint une de ces tempêtes
dans lesquelles la colère du fleuve soulevé semble plus
terrible peut-être que le courroux même de l'Océan ;
les passagers et jusqu'à l'équipage renonçaient à
l'espoir : — « Nous sommes perdus, » s'écriaient ces
poitrines haletantes. — « Hélas ! nous allons tous périr
ici ! » dit quelqu'un en jetant un regard de compas-
sion sur l'enfant qui devait continuer une si belle li-
gnée de comédiennes...

— « Parlez pour vous, Monsieur, reprit fièrement
Madeleine, qui seule peut-être ne tremblait pas dans
cette foule éperdue ; ma mère et moi nous savons
nager ! »

Une autre fois, le feu prend aux rideaux de son
lit ; elle n'appelle personne ; elle étouffe tranquille-

ment l'incendie naissant, et quand la mère arrive elle
trouve la petite assise sur des débris à moitié consu-
més, qui lui dit, sans plus d'émotion, en langage lacédémonien : « C'est éteint. »

Décidément, les sœurs Brohan ont du sang de héros
dans les veines.

Voici l'aînée, Augustine qui, ces jours-ci, s'est
sauvée d'une catastrophe épouvantable par sa présence d'esprit et son adresse.

A quoi cela a-t-il tenu, grand Dieu ! que le théâtre contemporain perdît son plus rare ornement ; le
siècle, une de ses trois ou quatre gloires féminines
les plus incontestables ; tant d'amis choisis, leur amie
excellente et dévouée, et le jeune fils de madame Augustine Brohan, une mère, un modèle si accompli de
tendresse maternelle !

Vous avez déjà lu le récit de l'accident qui, lundi
soir, vers dix heures, sur la descente de Montretout à
Saint-Cloud, à deux pas de la maison de campagne de
M. Mocquart, fit des morts et des blessés de ceux qui
venaient de dîner gaiement chez madame Brohan, à
Ville-d'Avray.

Une rampe à descendre, un trait qui se casse, un
cheval qui s'emporte, il n'en faut pas davantage ; la
mort est là ; souvent même il en faut bien moins
encore.

Certes, nous n'avions pas attendu cet exemple-là
pour savoir que la vie et la mort sont deux sœurs en-

nemies, mais fatalement inséparables, qui règnent sur nous toutes deux ensemble, dont l'une détrône l'autre à l'occasion en moins de temps que n'en met la main de l'homme à retourner un sablier. Mais ce qui nous étonne, c'est que de tant d'inventions toutes excellentes que l'on expérimente si souvent pour remédier au danger des attelages qui échappent à la main du cocher, aucune ne soit encore adoptée par l'usage.

Vous mettez en voiture ce qui vous est le plus cher, votre femme, vos enfants, votre mère, et aucune précaution n'est prise contre les révoltes toujours possibles des chevaux qui traînent vos plus précieux trésors, et qui peuvent changer une promenade en deuil.

Les inventions sont faites ; les freins de sûreté existent ; on ne s'en sert pas ; il semble que ce serait faire injure au noble animal que l'on nourrit dans ses écuries, si l'on prenait des sûretés contre lui. Que d'accidents cependant ! que d'avertissements sinistres on reçoit presque chaque jour ! Mais les malheurs de ce genre passent presque inaperçus, à moins qu'il ne s'y trouve mêlée comme aujourd'hui quelque illustration dont la perte serait un malheur public. On fait grand bruit, au contraire, du moindre accident de chemin de fer, et deux trains de marchandises qui se rencontrent sans qu'il y ait mort ou seulement blessure d'hommes, préoccupent plus les esprits que vingt malheurs arrivés en voiture à des personnages ordinaires. On devrait bien être prévenu pourtant du péril depuis la journée du mois de juillet 1842, qui étendit sur la poussière du Chemin de la Révolte un prince si brillant, l'espoir de sa race.

Jamais la mode n'attela des chevaux plus fringants à des voitures plus légères ; jamais, par conséquent, les accidents de ce genre ne durent être aussi probables qu'aujourd'hui ; joignez à ce péril de la voiture trop légère et du cheval trop vigoureux la main d'un enfant ou d'une femme (autre mode de ce temps-ci) pour tenir les rênes ; vraiment, c'est faire par trop d'avances au malheur !

Comment on ne s'est pas cassé dix fois la tête, dimanche dernier, au steeple-chase de Maisons-Laffite, c'est ce que je ne puis m'expliquer sans l'intervention d'une providence bienfaisante. La prairie, brûlée par le soleil, était luisante et glissante comme un miroir. On courait dans une atmosphère embrasée, sur un tapis qui avait la couleur et les propriétés inflammables de l'amadou. J'ai presque vu le moment où la plaine allait devenir un vaste incendie ; une allumette étourdiment jetée par un fumeur alluma la robe de mousseline d'une dame ; celle-ci à son tour, tandis qu'on la roulait par terre pour tâcher de l'éteindre, faillit communiquer son feu aux herbes séchées qui l'entouraient. Il y a si longtemps qu'il n'a plu sur toute cette nature, habituée au contraire à des excès d'arrosement par les étés d'humide mémoire qui ont précédé, que la végétation entière ne demande qu'une étincelle, un prétexte pour se changer en charbons ardents.

Le duc et la duchesse de Morny, la marquise de Gallifet, un certain nombre encore de notabilités du monde élégant assistaient à ce dernier rendez-vous du sport parisien. Voilà une réponse formelle à ceux qui vous représentent Paris comme habité exclusivement désormais par les visiteurs qui arrivent et les hommes de peine qui transportent leur bagage du chemin de fer à l'hôtel.

Tant étrangers que Parisiens, nous avons certes encore un public suffisant pour tous les plaisirs qui en valent la peine, et même bien des affiches mensongères font recette.

Demandez plutôt à ces fausses jeunes personnes plâtrées, fardées, poudrées, peintes et repeintes, qui passent et repassent dans des petites voitures traînées par des semblants de chevaux, avec des apparences de livrée sur le siége! Ces chevaux-là, par exemple, ne s'emporteront jamais, oh non! jamais! jamais! j'en réponds sur la tête de l'idole qu'ils voiturent.

Cependant, par ces beaux ciels étoilés, les fêtes de nuit font fureur à Mabille, au Château des Fleurs, et même au Château-Rouge, voire au Casino d'Asnières, ou à la Closerie des lilas. La *danse française* (c'est le nom habillé du cancan) exécute là ses brillantes variations en plein vent. Rien de bien nouveau dans ce monde de l'extravagance chorégraphique. Au Château-

Rouge, on signale quelques efforts pour détrôner la polka au profit d'une espèce de tarentelle dont madame Renaussy a composé la musique, et qu'édite et que veut lancer Bernard Latte, aujourd'hui éditeur de musique ambulant, naguère un personnage au temps où il était propriétaire, directeur, que sais-je encore ! du *Monde musical*, un journal, un oracle, par conséquent, pour bien de gens.

C'est le même Bernard Latte qui, naguère, en ses jours heureux, acheta et édita la vraie polka, la polka primitive, la polka originale. Il avait mis la main sur une de ces vogues qui font époque. La musique en avait été apportée par une femme d'esprit, devenue plus tard célèbre et plusieurs fois millionnaire sous le nom de... On l'appelait alors madame H.... Elle vint trouver Bernard Latte. — « Je vous apporte une fortune pour mille francs que vous allez me compter, » dit-elle. Là-dessus elle se mit au piano et joua ce fameux thème de la polka primitive, sur lequel tout Paris, y compris les hommes de cinquante ans, jusque-là classés, au point de vue de la danse, parmi les immeubles par destination, sauta avec fureur durant tout un hiver.

Bernard Latte comprit du premier coup l'avenir de ce rhythme si marqué, qui semblait battre le rappel des jambes valides. En homme qui sait semer pour récolter, il ne marchanda point, et donna les mille francs demandés à la Fortune qui était venue frapper à sa porte sous les traits de madame H....

Eh bien! aujourd'hui, il s'agit, pour l'intelligent éditeur déclassé, de faire prendre une tarentelle. Huit temps, au lieu de quatre qu'avait la polka, est-ce pour cela que la tarentelle hésite à prendre ?... Autre *temps*, autres mœurs.

Toujours est-il qu'une petite actrice bien gentille, qui fleurit actuellement aux Folies-Dramatiques, après s'être ébauché un commencement de réputation sur d'autres scènes peut-être plus importantes, mademoiselle Adorcy, Américaine de naissance (je ne sais pas, par exemple, si elle tient pour le Nord ou pour le Sud), avait à créer récemment un rôle de grisette dans le vaudeville amusant d'un tout jeune homme célèbre dans les fastes judiciaires de l'année : M. Victor Koning; ledit vaudeville intitulé galamment *Une Niche de l'Amour.*

La grisette que représente mademoiselle Adorcy n'a pas toujours été aussi sage qu'on la voit présentement. Si son bonnet est sur sa tête aujourd'hui, c'est qu'elle l'a ramassé, ayant commencé par le jeter par dessus les moulins. Un moment, elle feint de retourner à son ancienne vie de plaisirs, d'oisiveté et de galanterie, existence dans laquelle les bals publics jouaient nécessairement un grand rôle. Là-dessus un couplet de facture et de rigueur, et, après le couplet, un léger *ballabile.*

Or, mademoiselle Adorcy tenait à donner un petit cachet 'particulier à ce point délicat de son rôle ; elle disait, avec raison, que lorsqu'une actrice se mêle de *cancanner* un brin sur la scène, il faut qu'elle le fasse en artiste et relève la vulgarité de l'action par le style personnel qu'elle y met. En cela, mademoiselle Adorcy faisait de l'idéalisme, comme M. Jourdain de la prose, sans le savoir.

Elle entreprit des études et des recherches ; elle alla à Mabille et au Château des Fleurs contempler les ébats des célébrités de ces beaux lieux ; elle fit cercle avec tout le monde autour des quadrilles en renom, s'appliquant à découvrir *nescio quid majus Iliade.*

Elle alla à la Closerie des Lilas ; elle vit Voyageur, cette gloire que les guides montrent d'abord à l'étranger curieux ; tout cela manquait de nouveauté ; elle errait donc, cherchant son Amérique, lorsque, dans un quadrille moins regardé, une paire de jambes, finement gantées de bas de soie rose bien tirés, qui rejetaient leur crinoline en arrière par un petit coup de pied plein de désinvolture et de coquetterie, attirèrent son attention.

Nous l'avons bien fait parler latin, tout à l'heure, pourquoi ne pas en venir au grec, maintenant ? mademoiselle Adorcy aurait pu pousser vers le ciel *l'Eurêka* triomphant d'Archimède, lorsqu'elle fit connaissance avec ce coup de pied, — nouveau par sa direction, — de la demoiselle aux bas roses.

18

En effet, le coup de pied devant soi, le coup de pied de côté, les Rigolboche, les Alice, et, au théâtre, mademoiselle Tautin et mademoiselle Schneider en ont usé et abusé singulièrement. Mais le coup de pied en arrière, voilà du neuf.

Le coup de pied en arrière ! Je sais des amateurs fanatiques qui savent l'heure précise à laquelle mademoiselle Adorcy le décoche chaque soir, et qui font tout exprès le voyage des Folies-Dramatiques.

Étrange ! étrange ! Ce qui ne l'est pas moins, c'est le mystère dont demeure enveloppée la dame ou demoiselle aux bas de soie sur laquelle fut copiée cette innovation chorégraphique.

Encore faut-il savoir à qui l'on emprunte ; mademoiselle Adorcy demanda aux échos le nom de cette nymphe, très-belle assurément, la plus belle du bal, mise richement, pleine d'entrain, douée d'une danse originale et de jarretières à boucles de diamants que la vivacité de ses pas permettait de voir scintiller de temps en temps.

Tout le monde répondait : « C'est la première fois que nous la voyons. » Elle était arrivée avec un cavalier blond, qu'on ne connaissait pas non plus à la Closerie et qui n'avait aucunement les allures d'un étudiant ; elle ne parla qu'à lui, ne dansa qu'avec lui, ne se promena qu'avec lui.

On observa qu'elle avait des manières qui sentaient

sa princesse déclassée, et que les louis pleuvaient de
sa poche et de celle de son compagnon avec un entrain et une facilité très-inconnus dans les parages du
quartier latin.

C'est ainsi qu'après une contredanse, la dame et
son partenaire ayant éprouvé le besoin de se rafraîchir
comme de simples mortels, demandèrent *deux sodas*.
On les sert. — « Deux verres ! à quoi bon se séparer
pour boire, quand on s'aime ? » dit la dame ; et elle
jette à la fois au nez du garçon le verre qui lui semble
de trop et un louis pour sa peine. Tour à tour, les deux
amoureux énigmatiques portèrent le même verre à
leurs lèvres ; puis, le cavalier brisa ce verre, ne voulant pas sans doute qu'un autre y touchât après sa
maîtresse et lui.

Tout cela étonnait fort les habitués ; on observait, on
commentait, on chuchotait.

Buridan eût poussé son vieux cri de la *Tour de
Nesle :* « Ce sont des grandes dames, de très-grandes dames ! » mais, du moins, il aurait fallu le
mettre au singulier, puisqu'il n'y avait qu'une dame
en jeu.

Quant à moi, je ne dis ni oui, ni non ; mais je me
souviens des escapades galantes que l'on faisait naguère aux Porcherons, et il est certain qu'en bien des
choses et particulièrement en amour, le dix-neuvième
siècle est en train de devenir un peu dix-huitième
siècle.

L'amour-plaisir a singulièrement regagné du terrain sur l'amour-fièvre.

L'amour redevient très-anacréontique. Il a eu sa phase d'élégies et de soupirs ; il revient à la chanson. Nos galants aiment la femme comme on respire une rose, l'espace d'un matin.

Quand on vous parle du sérieux de la passion moderne, de l'éternité des liaisons contemporaines, de la mélancolie que les enfants de ce siècle donnent volontiers pour compagne à leur tendresse, c'est vrai si l'on parle d'il y a vingt-cinq ans; c'est faux, s'il s'agit de l'heure présente.

Il y a vingt-cinq ans, on disait sérieusement *être aimé ou mourir ;* on croyait au *toujours* des effusions amoureuses ; la jalousie maniait de bonne foi des fioles de poison ; l'amant avait un petit poignard dans la poche de son gilet ; l'amante, à sa jarretière. Un peu de mélodrame se mêlait volontiers aux sentiments.

Nous avons chargé cela ; la mode, d'ailleurs, est aux sensations. Le sentiment, cela regarde les âmes, et justement le corps est en train de prendre des revanches. La poésie romantique, qui donnait le ton, il y a vingt-cinq ans, chantait les ailes de ses anges ; le réalisme qui règne en 1863, veut que ses héroïnes aient de la gorge plutôt que des ailes.

Ce trait essentiel me paraît résumer la révolution qui s'est opérée.

La Vénus maigre qu'Amaury Duval exposait au

dernier Salon aurait pu avoir — naguère — force adorateurs de l'âme élevée qu'elle loge sans doute dans son corps un peu sec. La Vénus de Baudry, celle de Cabanel, aux contours d'une richesse séduisante, aux chairs nacrées : voilà le succès du jour. On s'en tient à l'enveloppe ; on ne cherche pas au delà.

Le plaisir fait loi de nouveau comme aux beaux jours du dix-huitième siècle. Les femmes, — celles du moins qui vivent d'une vie bruyante et toute extérieure, —sont en train de supprimer de nouveau le repentir, la lutte... Article 1er de leur jurisprudence : la conscience est une rabâcheuse ; article 2, le devoir est aboli ; et ainsi de suite.

Un pareil code sous le bras, il va sans dire que loin de fuir la tentation, les amoureuses la recherchent et la provoquent si elle est lente à venir. Aussi que d'exhibitions sous toutes les formes et de toutes les formes ! A pied, à cheval, en voiture, chez elle et dehors, l'été et l'hiver, le jour et la nuit, à la ville et à la campagne, la femme se montre, s'étale, s'affiche ; elle veut que l'on s'occupe de sa taille d'abord, de sa beauté ensuite, et puis de son appartement, voire de son hôtel, de sa voiture, de ses livrées ; quant à son cœur, quant à son caractère, elle n'y songe pas elle-même, elle n'a pas le temps, et elle sait que nul — à part quelques originaux — ne tient plus à ce bric-à-brac.

Ah ! il était grand temps de rétablir l'enseignement de la philosophie dans les lycées ! car notre jeu-

18.

nesse s'éloigne de plus en plus d'une philosophie saine et abondante.

Le coup de pied en avant, en arrière ou de côté des bals public, dont nous avons plus haut écrit l'histoire, risquerait fort de devenir le symbole des amours d'une société sans philosophie.

Du moment que l'on voit s'accroître tous les jours le nombre et l'importance des femmes qui s'offrent plus qu'elles ne sont demandées, c'est à qui, parmi ces dames, inventera pour faire prime quelque *truc* nouveau dans sa mise, dans sa danse, dans son allure. De là ce règne des femmes aux pieds hardis, aux jambes sans frein, qui visent à se surpasser l'une l'autre en extravagance immodeste. Espérons que les enseignements de la philosophie restaurée auront pour effet de réveiller les âmes endormies, et de nous ramener, même dans nos plaisirs, même dans nos passions, même dans nos excès, au culte d'un idéal plus délicat.

En attendant, je trouve dans la *Revue française*, un recueil bien rédigé qui fait décidément son chemin dans la sympathie des honnêtes gens, une citation dont il me paraît à propos de citer à mon tour quelques lignes, le lendemain de l'élévation de M. Duruy au ministère de l'instruction publique.

« Le mot de révolution y revient souvent, dit l'auteur, qui n'est autre que M. Duruy lui-même, parlant de son *Histoire des temps modernes* dans une manière d'avant-propos. C'est que je n'en connais point d'autre

pour exprimer ces modifications qui s'opèrent conti-
nuellement dans la vie des nations. La science a
démontré qu'il n'est pas un de nos organes dont les
éléments ne soient, en un court espace de temps,
complétement remplacés. Si le corps de l'homme est
ainsi le théâtre d'un travail incessant de renouvelle-
ment et de transformations, quel ne doit pas être celui
qui s'accomplit au sein du corps social sur lequel tant
d'influences exercent leur puissante action ? »

M. Duruy, l'auteur de ces lignes, se trouve aujourd'hui (de quoi la mode ne se mêle-t-elle pas en ce
singulier pays de France !) le ministre à la mode, tout
ministre qu'il est de l'instruction publique, dépar-
tement grave s'il en fut et généralement brouillé avec
la mode.

Sans prétendre aucunement au don de seconde
vue, je prévois que ce ministre pourrait bien avoir,
un jour ou l'autre, de la trempe dont je le vois,
maille à partir avec les jésuites. En attendant, c'est
cet excellent Daniel Dunglas Home, le plus inoffensif
des thaumaturges, qui se trouve aux prises avec
la Compagnie dans le passage le plus amusant et le
plus curieux du livre qu'il vient de faire paraître
sous ce titre : *Révélations sur ma vie surnaturelle.*

Il paraît que le biographe du Père de Ravignan, le
P. A. de Pontlevoy, a cru devoir, à la fin du chapitre XXIV de sa biographie, consacrer à M. Home
un passage qui désole celui-ci. Le même esprit jésui-

tique qui a inventé l'agonie dégoûtante de Voltaire,
paissant son chandelier de cuivre et même quelque
chose de pis, pour la bonne bouche, a inspiré un récit
que M. Home déclare absolument controuvé, de ses
relations avec le père de Ravignan : « ... Ce jeune
étranger, — dit le père A. de Pontlevoy, en parlant
de M. Home, — avait été recommandé de Rome au
P. de Ravignan ; mais, à cette époque où il abjura
le protestantisme, il répudia aussi toute magie, et il
fut accueilli avec cet intérêt qu'un prêtre doit à toute
âme rachetée par le sang du Christ, et plus encore
peut-être à celle qui vient d'être convertie et amenée
au sein de l'Église. A son arrivée à Paris, toutes
ses vieilles pratiques lui furent de nouveau absolument interdites. Le P. de Ravignan, suivant tous
les principes de la foi qui condamnent la superstition, lui défendit, sous les plus sévères châtiments
qu'il put infliger, d'être l'agent ou même le témoin
de ces scènes dangereuses, qui quelquefois sont cri-
minelles. Un jour, l'infortuné médium, tenté par je
ne sais quel mauvais génie, homme ou démon, viola
sa promesse ; il fut repris par un accès d'une violence
qui l'accabla. Venant à entrer par hasard, je le vis
se rouler par terre et se tordre comme un ver aux
pieds du prêtre saintement indigné. Le père, toutefois, touché par les convulsions de son repentir, le
releva, lui pardonna et le renvoya, après avoir exigé
de lui, cette fois sous serment, une promesse écrite.

Mais une rechute éclatante s'ensuivit bientôt, et le serviteur de Dieu, rompant brusquement avec cet esclave des esprits, lui prescrivit de ne plus jamais paraître en sa présence. »

Vous avez lu ce très-singulier acte d'accusation, qui serait, en tout cas, un acte d'indiscrétion. Voici maintenant la réponse... M. Home profite de ce qu'il n'est pas encore couché dans le tombeau pour protester qu'il n'a pas *avalé de chandeliers de cuivre.*

« ... Le bon P. de Ravignan savait que je n'invoquais jamais les esprits... Il est parfaitement faux que j'abjurai jamais soit magie, soit toute autre pratique, par la raison que je n'ai jamais rien connu de tout cela... Le P. de Ravignan me disait toujours, quand je l'informais de l'intention des esprits de me revenir le 10 février 1857 : « N'ayez aucune crainte en ceci, mon enfant ; aussi longtemps que vous continuerez à vous conduire comme vous le faites et que vous observerez religieusement les sacrements de notre sainte Église, il ne leur sera pas permis de revenir. » Je suivis ses prescriptions avec la plus grande conscience ; mais, au jour dit, les esprits me visitèrent.. Je ne me souviens pas d'avoir jusqu'à présent violé ma promesse, et quant à l'histoire du biographe qui entra chez mon confesseur *pendant que je me roulais et me tordais par terre comme un ver,* c'est une fausseté insigne... Si je fis un serment par écrit, cet écrit aura dû avoir été conservé. Que n'est-il produit pour sauver le caractère de ce P. A. de Pontlevoy, en prouvant la vérité de ce qu'il avance? En attendant, je déclare le fait absolument faux. »

Tout le chapitre des Mémoires de M. Home, intitulé *Florence, Naples, Rome et Paris*, d'où nous avons extrait les deux pages qu'on vient de lire, est du plus haut intérêt, quelque opinion que l'on professe touchant le surnaturel en général et M. Home en particulier. En cet endroit du récit, le comique se mêle au sérieux dans des proportions dont M. Home, l'homme du monde qui joue le mieux la bonne foi, si — contrairement à ma conviction — c'est un jeu chez lui, ne paraît nullement se douter. Rien de plus amusant, par exemple, que cette dame — une comtesse, nous dit-on, — qui s'était mis dans la tête de découvrir le nom du confesseur de M. Home. La voilà qui court la ville à la recherche de cette curiosité. « Ayant entendu dire que c'était un homme distingué, elle fit visite à plusieurs célébrités cléricales de la ville, et, après quelques minutes de conversation, elle demandait brusquement à chacun : *Ainsi donc, vous êtes le confesseur de M. Home?* Comme on peut se l'imaginer, elle finit par tomber sur le véritable, que son air de surprise livra, du reste, entièrement. »

A propos de prodiges, nous avons toujours les dompteurs du Cirque et de l'Hippodrome : Hermann et Crockett. J'entends même dire que l'Hippodrome exhibera prochainement deux dompteurs au lieu d'un, au milieu des animaux de Hermann. Ceci me semble médiocrement calculé. S'il s'agit d'augmenter les émotions de la foule, augmentez le nombre des animaux féroces et non pas le nombre des dompteurs. Plus ils seront en force, moins il leur faudra, semble-t-il, de courage à chacun.

N'importe, cet été-ci sera évidemment la saison des dompteurs, sans parler des dompteurs de chaleur, en tête desquels je demande une place pour ceux qui écrivent en ce mois de juillet des feuilletons quand même. La chaleur n'empêche pas non plus le succès des récits amusants et bien faits comme ceux que M. Léopold Stapleaux vient de réunir sous ce titre rugissant d'actualité : *les Cent francs du dompteur.*

Il vient de paraître une biographie de Crockett, par M. Lemercier de Neuville ; on y voit que les lions parlent une langue entre eux. Créera-t-on quelque jour une *chaire de lion* au Collége de France, dont Hermann ou Crockett serait le titulaire ?

La biographie du seigneur Crockett nous apprend encore que l'empire exercé par lui sur son plus grand lion est dû à l'incident suivant : Un jour, en voyage, la voiture qui contenait la ménagerie ayant versé, la croupe d'un cheval se trouva à la portée du lion susdit, qui s'en offrit un morceau. M. Crockett, mécontent du procédé, en châtiant le lion, lui cassa deux dents. Depuis ce temps, il est soumis.

Une question. Reprendrait-il sa férocité primitive,

si quelque habile et courageux héros de la prothèse dentaire lui remeublait la mâchoire de deux dents postiches ?

La très-curieuse collection du comte de la Bédoyère, que vient d'acheter la Bibliothèque impériale, aura, dit-on, deux kilomètres de rayons ; — M. Frayssinous va faire paraître sous ce titre : *Castelfidardo*, un très-curieux volume d'histoire contemporaine ; — le livre tant annoncé de cette grande dame russe, qui fut une des sensations de notre dernière saison parisienne, madame R*** K***, vient de paraître avec un portrait de l'auteur ; titre : *Un Hiver à Paris ;* — enfin, j'ai entendu dire à Léon Gozlan que le nouveau roman de M. de Lamartine, *Fior d'Aliza*, méritait d'occuper dans les romans du dix-neuvième siècle la place que la postérité a reconnue à *Paul et Virginie* dans les romans du dix-huitième.

Voilà nos dernières nouvelles.

XII

On est partout à la fois. — Les vivants vont vite et les morts aussi.
— Combien de notables coups de faulx en un mois ! — Y a-t-il
un *Badenblatt* dans l'autre monde ? — Les morts que l'on n'enterre
point. — 609. — La vertu à l'Opéra et la fantaisie à l'ombre des
panonceaux crus longtemps vertueux. — Comme quoi, moins que
jamais, l'habit fait le moine. — A quoi rêvent les tabellions. —
Le démon des bains de mer. — Les bains, c'est l'affaire Chaumontel
des femmes. — Histoire du peintre Vander Kubel dédiée aux maris.
— Ce qui sauve les femmes l'hiver et ce qui les sauve l'été. —
A Bade. — A Ems. — Coquetterie des banques de jeux. —
Mlle Mourawieff. — Le lièvre de notre civet, c'est un Russe. —
On ne brouillera pas la chronique parisienne et la Russie. — Encore
le livre de Mme Rimsky Korsokow. — Nos bonnes nouvelles de
Saint-Pétershourg. — Emma Livry. — Marie Vernon. — Renon,
Vernon, renom. — En wagon. — Procès à propos de mollets. —
Le pape Sixte-Quint et le théâtre de la Gaîté. — Soirée chez
Rossini. — Verdi sur le mont Aventin, c'est-à-dire à Busseto, sa
patrie. — Une omelette aux perles. — On peut manger son bras
gauche, en temps de famine, pour soutenir la vigueur du bras droit,
mais non pas détrousser le voisin.

Paris, 31 juillet.

On va, on vient ; on est à Paris, on n'y est pas, —

19

« J'ai rencontré Jules hier sur le boulevard. — Ce n'est pas possible, vous vous êtes trompé ; il est à Bade ; Edouard m'écrit qu'il l'y a vu avant-hier. — Eh bien ! qu'est-ce que cela prouve ? Il était avant-hier à Bade, hier à Paris ; aujourd'hui il est peut-être à Trouville, peut-être à Asnières. »

Oui, les vivants vont vite ; mais les morts ne se sont pas ralentis pour cela.

En revenant mercredi de l'enterrement de la pauvre Emma Livry, avec un de nos amis qui arrive des Pyrénées, nous nous mettions à récapituler tout ce que la mort a fauché pendant le mois que lui prenait les eaux à Luchon ; c'est effrayant ; en un mois, quelle hécatombe !

Emma Livry ! le duc d'Hamilton ! M. de la Ferronnays ! le comte Gilbert de Voisins ! combien d'autres encore ! un vrai cimetière de notabilités.

Si dans l'autre monde, — qui sait ? — comme dans les villes d'eaux, il se publie une liste des étrangers de distinction récemment arrivés, certes elle n'a pas chômé, depuis un mois !

Sans parler des morts que l'on n'enterre point et qui n'en sont pas moins morts pour cela, par exemple : le bâton de commandement de M. Dietsch, il y a peu de temps chef d'orchestre de l'Opéra de Paris, aujourd'hui dépouillé de son empire ; l'entente cordiale qui semblait unir la France et la Russie ; le souvenir du bienfait reçu dans le cœur des ingrats ; l'amour de la

semaine passée dans le cœur d'un volage ; la beauté de
telle quadragénaire ; la hausse des fonds publics ; *et
cætera, et cætera.*

Tout cela est bien mort.

Mais ce qui n'a pas l'air de vouloir mourir, c'est le
journalisme parisien ! Une statistique récente, le plus
nouveau et le plus complet recensement, à ce que je
suppose, des publications périodiques, porte à 609 le
chiffre des feuilles de tout rang, de tout âge, de tout
format, de toute dignité, de tout esprit, qui existent
plus ou moins sur le pavé de Paris. Parmi ces carrés
de papier, les uns marchent, les autres volent (sans
calembour), les troisièmes rampent, et quelques-uns
se traînent, à la façon des culs-de-jatte, implorant
l'aumône de leurs rares abonnés. Que voulez-vous ! il
n'y a pas que des héros dans une armée ; il n'y a pas
dans l'humanité que des sujets valides, brillants de
santé et de loyauté, d'éclat physique et moral. Le
journalisme est soumis, lui aussi, à cette loi fatale de
l'inégalité qui sépare en tant de catégories bien
distinctes toutes les espèces vivantes.

Même les danseuses ne sont pas légères uniformé-
ment et unanimement. Ce n'est pas seulement celle qui
vient de finir comme une sainte après avoir vécu comme
une vierge ; celle qui a souffert, en son agonie de huit
mois, l'enfer que quelques jolies païennes du corps de
ballet ont pu mériter ; c'est aussi mademoiselle Mourawieff et plusieurs autres aisées à citer qui réhabi-

litent aux yeux de la morale la plus stricte, le foyer de la danse. Plus on va et plus l'honnêteté se fourre partout, de même que, par contre, l'intrigue se faufile de plus en plus dans les sanctuaires qui lui devraient être et qui lui furent le plus fermés jusque-là. Moins que jamais l'habit fait le moine ; moins que jamais il faut se fier à l'étiquette du sac. Il y a des sylphides qui sont graves ; il y a des femmes de notaire qui font de singulières pirouettes.

Aux bains de mer, particulièrement.

Si j'étais notaire et marié, je ne mènerais pas ma femme aux bains de mer ; j'aurais peur d'y rencontrer le dragon Clavaroche et le petit Fortunio ; et le sort de maître André, le tabellion du *Chandelier*, troublerait mes nuits, si j'étais l'époux de Jacqueline, si j'avais commis l'imprudence de l'exposer aux conseils que la vague murmure à l'oreille des Jacquelines.

Elles pensent trop au tableau que Baudry avait à la dernière exposition : *la Vague et la Perle*. Elles se disent qu'elles sont la perle ; la vague le leur redit dans une caresse ; et elle ajoute que c'est dommage, étant perle, de n'être qu'une bague au doigt prosaïque de maître André. On oublie que la perle deviendra fange après sa chute, comme l'a dit un poëte de bon conseil, et il en est qui tombent un peu, beaucoup, passionnément.

Le démon des bains de mer se frotte les mains.

Car il y a le démon des bains de mer, comme il y a

le démon du jeu que le Gymnase vient de mettre en drame.

Il y a même à Paris, toute l'année, le démon des bains chauds, puisque je me suis laissé dire que ces mots : « Je vais au bain » servaient souvent aux femmes pour motiver leurs sorties, absolument comme l'affaire Chaumontel, qui a si bon dos, porte le poids de toutes les absences de Monsieur, quand il plaît à Monsieur de se déranger.

Connaissez-vous l'histoire de Vander Kubel? C'était un peintre de La Haye, qui peignait fort bien le gibier ; comme il en était friand, il affectait d'être longtemps à finir ces sortes de tableaux, pour avoir l'occasion de demander du gibier plusieurs fois à ceux qui les lui commandaient, sous prétexte de ne travailler que d'a-près nature, et il mangeait souvent le modèle avec ses amis, à la taverne.

Eh bien, cette histoire de Vander Kubel se repré-sente journellement — et aux eaux et aux bains de mer plus que partout ailleurs, — avec nombre de maris de ma connaissance.

Ceux-ci fournissent le gibier au galant, et le galant croque le gibier.

Sous peine d'avoir l'air plus féroce que l'ours blanc du sieur Hermann, qui nous aura, à ce qu'il paraît, tiré sa révérence d'ours blanc au moment où vous lirez ces lignes, il faut qu'un mari prête la taille de sa femme, tous les soirs que le diable fait, au bras vigoureux de

19.

M. Z..., le plus intrépide valseur du Casino. Cê
Monsieur Z... valse tout comme Vander Kubel peignait le gibier, — dans la perfection.

Il prête sa femme, le matin, à M. X... qui monte
si bien à cheval, et qui accompagne les dames en parfait écuyer cavalcadour, et qui a toujours une monture
si sûre à leur disposition. Il y a aussi M. N..., le parfait nageur. Comment ne lui confierait-on pas à la mer
ce que l'on a de plus cher au monde, pour peu que l'on
soit bon mari, — c'est-à-dire sa femme ? De sorte que le
bain, la promenade, le bal, au besoin la comédie de société, si le divertissement à la mode se met de la partie
là-bas comme à Paris, fournissent autant d'occasions
de séparer la femme du mari et aux tiers indélicats de
la confisquer pour eux. En effet, à tous ces jeux un
mari, — que j'ai supposé notaire ou à peu près, — est
bien vite distancé, et les trois quarts du temps il préfère garder le logis ou bien aller lire le journal dans le
jardin de l'établissement.

Ce qui sauve la femme, à Paris, ce sont les devoirs,
les obligations, les visites, les soins de famille, les
questions de ménage, une maison à tenir... J'ose dire
qu'il y a des vertus qui s'y maintiennent faute de temps
pour tomber.

Au contraire, dans la vie d'hôtel garni que volontiers l'on mène en cette saison, chacune a tout son
temps à elle. La toilette — le plus saint des devoirs,
— n'absorbe même pas par trop d'heures, attendu

que l'on a apporté de Paris en des caisses monumen-
tales de quoi se montrer souverainement élégante sans
s'en occuper. On n'a qu'à déballer. Cela regarde la
femme de chambre... Permettez-moi une comparaison
triviale : on a fait son marché d'avance, et l'on n'a
plus besoin de se déranger, avant de longs jours, pour
aller aux provisions.

En cette oisiveté et en cette familiarité de toutes
les heures qu'engendre la vie des eaux avec des
mortels les plus séduisants qu'ils peuvent et pour
lesquels conspirent le paysage qui vous encadre,
l'air que l'on respire, l'élément où l'on se baigne, le
péril serait vraiment trop grand, et il faudrait, sous
peine de trahir la sainte cause de la morale publique,
le dénoncer à qui de droit, si la nature prévoyante
n'avait mis là, suivant sa coutume, le remède à côté
du mal et planté le phare sur l'écueil.

Le grand préservatif, c'est la manière dont sont
bâties les maisons de ces lieux séduisants. Les maisons y sont de verre. Chacun voit chez le voisin comme
chez lui. De là, la nécessité d'être irréprochable quand
même à toute heure, sous peine de se compromettre
déplorablement.

Cependant les séduisantes villes d'eaux que possède
l'Allemagne, et qui sont le Paris d'été de toute l'Europe, rivalisent en ce moment d'attraits enchanteurs.
L'art s'y montre digne de la nature. La musique et le
théâtre s'y font plus harmonieux et plus ingénieux

tous les ans. Bade vient de donner un opéra comique inédit d'Édouard Membrée ; on donne ensuite une partition de Rosenhain, une de Litolff, tout cela écrit expressément pour le théâtre que M. Benazet a fait sortir du sol de la vallée enchantée, et sans parler des opéras déjà connus des répertoires allemand, français, — italien même, cette année-ci, — interprétés par des gosiers que l'univers musical apprécie ; sans parler de la session que tantôt le Vaudeville parisien et tantôt la Comédie-Française viennent aussi tenir à Bade, à l'heure dite.

Offenbach est le grand-duc du théâtre d'Ems, chacun sait ça ; Ems n'imite pas Bade, et dans un cercle plus borné, comme dans un paysage plus resserré, en est venu à égaler presque sa vogue.

Avec cela, ces banques des jeux sont si coquettes ! Ne prétend-on pas que, cette saison-ci, elles perdent généralement beaucoup d'argent. O les sirènes !

Vous trouveriez sans doute, en ce moment, dans leurs parages, un très-grand seigneur étranger, — un Russe, par ma foi ! — qui, à ce qu'affirment les meilleurs auteurs, offre son cœur, son titre, sa fortune et sa main... droite, la seule dont il puisse être question près d'une honnête personne, à mademoiselle Mourawieff, la danseuse, la Diavolina de la rue Lepelletier. Mais la sage ballerina, avant de dire oui, entend que le boyard amoureux ait obtenu le consentement de sa mère.

On aura beau faire des Notes et des contre-Notes, et grincer des dents sur le bord de la question polo-lonaise, vous ne parviendrez jamais à brouiller la chronique parisienne avec la Russie.

Si vous voulez faire une chronique parisienne, pre-nez un Russe ; c'est le lièvre nécessaire, avant tout le reste, à notre civet.

Quoi ! entre eux et nous la guerre ! et cela au mo-ment où cette belle dame russe, madame Rimsky-Korsokow, qui fit florès à Paris tout l'hiver dernier, vient de publier son livre si finement aimable sur Paris et les Parisiens ! Est-ce possible ? La politique ne me regarde pas et j'en bénis le ciel ; mais les salons sont de mon ressort, et, en leur nom, j'adjure la politique de ne pas brouiller les cartes... de visite, ni les por-traits-cartes si amicalement échangés entre la bonne société des deux empires.

N'en déplaise à l'horizon politique rembruni, j'ap-prends que madame Rimsky-Korsokow, déjà nom-mée, vient de donner, dans une magnifique habitation de plaisance qu'elle possède à une demi-heure de Tsarskoé-Sélo, une fête des plus exquises, à laquelle assistaient l'empereur de toutes les Russies, le grand-duc Alexandre, l'élite de la Cour et de la ville. L'Em-pereur portait avec une grâce majestueuse son uni-forme de hussard ; le grand-duc a beaucoup dansé ; le soir, les jardins, éclairés par des feux de Bengale, présentaient un coup d'œil féerique. Il va sans dire

que la maîtresse de la maison faisait les honneurs de
cette fête avec une bonne grâce infinie... A la bonne
heure ! voilà les nouvelles que j'aime à recevoir de
Saint-Pétersbourg.

Emma Livry, c'est le côté douloureux, c'est la
plaie, c'est la Pologne, en quelque sorte, de la semaine
parisienne que je vous raconte à ma façon. Depuis le
commencement du feuilleton, j'évite ce nom, je voudrais secouer cette tristesse ; mais on a beau mettre
du fard, les larmes paraissent. On a beau se dire :
« Ce n'est pas une vie, c'est un martyre de huit mois
qui vient de finir, » nous sommes tous revenus du cimetière le cœur terriblement oppressé !

Mais si le coup que la mort vient de frapper avec
une hésitation qui n'est plus, en présence du dénoue-
ment fatal, qu'un raffinement de cruauté, nous a tous
émus jusque dans la moelle de nos os, que n'ont pas
dû ressentir les amis, les parents de cette victime si
courageuse et si candide ! et sa mère !...

La pauvre petite Emma ! je l'entends rire, dans son
avant-scène, aux premières représentations des drô-
leries des Bouffes-Parisiens. Elle n'en manquait pas
une, et la note ingénue de son rire enfantin surpassait
même les exagérations de la claque. Je la vois, dans
un petit bal que donna sa mère en leur appartement
de la rue Laffitte, dont les murs du moins n'aurontpas
été témoins du dernier soupir de l'enfant qu'ils avaient
vue grandir ; je la vois danser, valser, avec l'épanouis-

sement frais d'une fille de bonne maison, et comme si la danse n'était pas son métier et son art de tous les jours.

Je la vois aussi dans ce salon de la rue Taitbout, où une illustre danseuse la traitait comme sa fille et voulut être la marraine de ses succès, la bonne fée de ce talent déjà si accompli ; je la vois chez Marie Taglioni, comtesse Gilbert de Voisins et mère de la princesse Alexandre Troubetskoï ; je la vois animer le cercle des jeunes filles, sourire à tout le monde, organiser, — en ces petites soirées intimes, — une partie de jeux innocents, et s'y mettre de tout cœur, elle, une virtuose ailée, une célébrité dont le journal, la photographie, la statuaire avaient déjà à l'envi popularisé dans le monde entier le nom, les traits, la jeune gloire !... Elle seule ne parut jamais se douter de son importance.

Certes, parmi les plus affligées du trépas d'Emma Livry, on peut citer sa jeune camarade, Marie Vernon, la blonde déesse, celle à qui, dès le premier soir, *sa bienvenue a ri dans tous les yeux*, et qui travaille et qui se perfectionne tous les jours comme si la séduction de son visage printanier ne suffisait pour attacher le public à ses pas. Ainsi que l'a dit M. Emile Augier dans un vers de sa *Philiberte :*

« Elle est charmante ! elle est charmante ! elle est charmante !

Et quand on est charmante à ce point-là on pourrait

se dispenser de rien faire pour plaire aux gens ; il n'y
a qu'à laisser faire le sceptre que la nature vous a mis
dans la main ; mais mademoiselle Vernon ne l'entend
pas ainsi ; après son succès dans Fenella de *la Muette*,
son succès dans le divertissement des *Vépres*, et bientôt son triomphe dans *Zara*, le ballet auquel l'Opéra
est justement revenu pour elle.

Il y a de cela quelques années, Marie Vernon étant
encore presque une petite fille, fut rencontrée avec sa
mère, sur les marches qui montent au chemin de fer
de la rue Saint-Lazare, par un homme grave, le moins
enclin que je connaisse à conter fleurette aux jeunesses.
Pourtant il fut si frappé, — c'est lui qui nous l'a conté,
— des doux yeux de cette enfant inconnue de lui, inconnue de tous alors, qu'il oublia s'il avait eu dessein
de se rendre à Asnières ou à Saint-Germain, ou bien
à Versailles, et il ne pensa plus qu'à suivre la mère et
la fille, à aller où elles iraient, à se faufiler dans leur
wagon, à lier connaissance, si faire se pouvait, à entendre au moins la voix du petit ange, dont le visage
semblait une fleur tombée des jardins célestes.

On n'a pas besoin d'être sorcier pour exécuter un
pareil plan.

Le voyageur vit les voyageuses prendre un billet
pour Auteuil, et fit de même ; il s'assit dans le wagon
où elles s'étaient assises. La fortune, qui pouvait, en
toute sûreté de conscience, servir les sympathies pla-
toniques de cet honnête homme et l'attraction mys-

térieuse qu'il éprouvait éloigna les indiscrets de la voiture où restèrent seuls en présence la mère, l'enfant, l'admirateur fanatisé.

Il se signala d'abord par quelques-uns de ces menus actes d'obligeance qui sont à la portée de tous en pareille occurrence. C'est une monnaie courante qui passe toujours, car on aurait trop mauvaise grâce à la refuser, surtout venant d'un inconnu de bonne mine, aux façons respectueuses. On lève une glace à la portière de droite, on en baisse une à gauche ; on se dérange pour faire place à un petit paquet ou à une ombrelle ; cela suffit comme entrée en matière.

Le plus souvent, ces courtes relations de voyageur à voyageuse ne vont pas plus loin, surtout quand le trajet qui a réuni les gens dure un quart d'heure, à peine ; mais *il est des nœuds secrets, il est des sympathies* qui expliquent comment, lorsqu'on arriva à Auteuil, la mère et la fille avaient déjà dit leur nom, raconté une partie de leurs petites affaires, confié leurs espérances artistiques à un inconnu.

— Je m'appelle Renon, avait dit la jeune fille, mais, au théâtre, je débuterai sous le nom de Marie Vernon.

— Eh bien, avait répondu l'ami, le protecteur improvisé de ces dames, Vernon sera le nom et *renom* sera la récompense.

Il disait vrai et il aime à le redire aujourd'hui que l'événement a si heureusement réalisé son pronostic.

Il y a jambes et jambes comme il y a des diamants

20

et des cailloux qui ressemblent de très-loin aux diamants, et l'on ne peut pas passer, sans indiquer la distance qui les sépare dans l'estime du monde, des jambes archiprécieuses et savantes d'un premier sujet, aux jambes ignorantes et médiocrement considérées de quelque jeune personne enrôlée pour porter le maillot de soie collant dans une féerie quelconque ou une revue. Ma remarque n'a d'ailleurs rien de décourageant pour les jambes sans éducation chorégraphique, attendu que l'on en a vu qui faisaient un assez beau chemin dans le monde.

Toujours est-il qu'il est question d'un procès assez singulier, à propos de mollets, entre le directeur d'un théâtre de mélodrames qui prépare en ce moment sa grande féerie d'été, et une jeune personne qu'il avait engagée pour quelque emploi de génie et dont il ne veut plus.

L'enfant pleure, l'enfant crie, l'enfant veut qu'on observe la foi des traités, et jure qu'entrée au théâtre par le choix libre du directeur qui veut maintenant la renvoyer après l'avoir appelée, elle ne sortira point du théâtre, ne renoncera point à son emploi de génie, à moins qu'un commandement exprès des magistrats ne l'ordonne, et cette lutte de pensionnaire à impresario va amener le nez de la justice dans une question assez drôlatique.

Ce sont, en effet, les mollets de l'infante qui sont pièces au procès.

Le directeur les accuse d'avoir engraissé, depuis le contrat signé qui les attacha à son théâtre, de façon à rendre impossible dans l'emploi auquel on la destinait, la demoiselle aux mollets trop progressifs. Il faut, conclut le directeur, résilier un contrat dont l'exécution donnerait matière à ridicule et presque à scandale.

— Ridicule vous-même! répond l'ingénue; j'ai un engagement et je m'y tiens; vous parlez, monsieur le directeur, de ce que vous ne connaissez pas. Mes jambes sont ce qu'elles sont et ce qu'elles doivent être. On les verra au champ d'honneur. Serait-il vrai d'ailleurs qu'elles eussent engraissé, aviez-vous stipulé leur maigreur?...

Il me semble qu'il y aura de jolies choses à dire, à l'audience, dans l'intérêt de ces jambes diffamées. On m'a cité le nom de l'avocat qui les a prises sous la tutelle de sa parole; c'est un des cinq ou six esprits les plus brillants du Palais. Vous pouvez être sûr qu'elles seront en bonne posture dans sa plaidoirie.

Si la mode était encore, au barreau, des digressions, voire même des divagations historiques qui furent naguère en vigueur, il pourrait presque invoquer l'exemple du pape Sixte-Quint, dont les jambes ne se trouvèrent pas non plus ce que l'on avait attendu. On l'avait élu, un peu à cause de ses béquilles. Une fois nommé, il les rejeta bien loin; cependant, on n'a pas ouï dire que personne ait proposé de casser l'élection.

On a eu samedi dîner et soirée chez Rossini, à Passy ; deux des artistes qui chantent en ce moment *le Comte Ory*, à l'Opéra, Warot et mademoiselle de Taisy, sont venus faire entendre au maître et à ses invités quelques-uns des plus beaux airs de ce riant chef-d'œuvre ; un artiste éminent, Marcello, qui s'appelle dans le monde duchesse de Palliano Colonna, était la reine et le roi à la fois de cette petite réunion où l'on comptait des talents éprouvés et de célèbres beaux-esprits : Edmond About, Alexandre Dumas fils, Gustave Doré et quelques autres *ejusdem farinæ*.

Quant à la messe récemment achevée par l'auteur de *Guillaume Tell* et du *Stabat*, elle existe, rien n'est plus exact ; les élus ne tarderont même pas à l'entendre chez lui, puisqu'on l'a déjà répétée ; même que le maestro Lucantoni tenait le piano. On m'a dit beaucoup de bien de ce nouveau fruit d'une veine qui n'est point appauvrie, encore moins tarie, mais que contient la philosophie railleuse du plus narquois des génies contemporains. Il ne veut plus que le public l'entende ; il chante pour lui et pour les siens ; après sa mort, — que le ciel fasse lointaine ! — on trouvera sans doute bien des trésors dans les cartons où, comme un avare, il enfouit ses richesses, à moins qu'il ne lui prenne fantaisie, — il en est capable, — de faire tout brûler à sa dernière heure et de finir ainsi lui-même au milieu des cendres de ses mélodies.

Verdi, mécontent, s'est retiré, lui aussi, le lendemain de la reprise des *Vêpres siciliennes*, jurant qu'on ne le reprendrait plus à remettre les pieds à l'Opéra. Le voilà parti depuis huit jours pour Busseto, son village natal, dont les paysans, assure-t-on, sont si bien façonnés à la musique du maître, que la moisson se fait là-bas en chantant les beaux chœurs d'*Ernani* et du *Trovatore*. Heureux pays! heureux musicalement du moins, où douze rustres ne peuvent pas réunir leurs voix sans former d'instinct un concert; chez nous, au contraire, malgré les Orphéons, malgré les écoles Galin-Paris-Chevé, quand on rencontre des ouvriers qui braillent, il faut se sauver ou se boucher les oreilles.

Verdi considérera-t-il comme une expiation suffisante la chute de M. Dietsch? C'est une question à laquelle répondra l'avenir. Le fait est qu'il est parti et qu'on ne dit point quand il reviendra parmi nous. Il est à croire pourtant, si le Théâtre-Italien nous donne dans quelques mois la *Forza del destino*, comme on l'a promis au nom de M. Bagier, que le maître, très-soucieux de la bonne exécution de ses œuvres, ne manquera pas de venir diriger les répétitions, stimuler les interprètes, et s'assurer à la salle Ventadour une revanche du demi-échec de la reprise des *Vêpres siciliennes* à l'Opéra.

Malgré la baisse générale des valeurs et l'appréhension qui est dans l'air, on n'a point ouï dire que le luxe ait encore mis une sourdine à son train. Je

20.

sais une histoire insensée d'omelette saupoudrée de perles fines broyées, servie, la semaine dernière, dans l'un des cabinets du restaurateur en vogue, qui prouve, une fois de plus, les sottises que l'amour fait faire quand il se fourvoye dans un monde où l'on en fait métier et marchandise. Si nous citions les noms, ce serait un petit scandale, et on n'en serait pas plus avancé pour cela ; la chronique a bien le droit, en ce temps d'été assez rude à traverser pour elle, et quand la famine est à sa porte, de faire comme les assiégés héroïques de je ne sais plus quelle ville qui, plutôt que de se rendre, auraient mangé leur bras gauche pour conserver la vigueur du bras droit défenseur de la cité ; mais, même en ces expédients extrêmes, il est interdit aux braves gens de faire chère lie aux dépens de la discrétion nécessaire.

XIII

Le refrain annuel et obligé du 15 août. — Regret de circonstance
donné à la chanson du *Mirliflir*. — Ceux qui aiment et ceux qui
fuient les jours de fête nationale. — A Trouville et à Dieppe. —
La marée des baigneurs monte toujours. — Steeple-chase à Trouville, le samedi 15 août. — Les fausses grisettes du bal Morel, ou la
revanche des bonnets qu'on a jetés naguère par-dessus les moulins.
— Un récit de feu Loëve-Weimar : *Belphégor*, et ce que M. Augier
a appelé : *la nostalgie de la boue*, dans le *Mariage d'Olympe*. —
Boche et Muche. — L'argot et la langue. — Comme quoi M. Sardou
fut *Muche* et comme quoi il est *Boche* à présent... en littérature. —
Le château de l'auteur de *Nos Intimes*. — Douze mille arpents !!
mettons douze cents, s'il vous plaît. — Un cri que poussera
Mlle Fargueil dans *les Diables noirs*, si on les rend au théâtre et à
l'auteur. — M. Sardou et le spiritisme. — M. Duruy, ministre de
l'instruction publique, et M. Armand Béhic, ministre du commerce.
— Histoire d'une audience au ministère de l'instruction publique.
— Encore la restauration de la philosophie dans les lycées. —
Souhait de circonstance à l'adresse de certains faux amis de la
liberté. — La chasse au point de vue du gibier. — Projet d'une
Compagnie d'assurances pour le gibier. — *L'assassiné à la mode* ou
le sieur Franckaert. — *L'Amant de carton*, par Mme M....... S......
— Tout le monde part, même la chaleur. — Les théâtres revivent.
— Un singulier public. — Pourvu qu'il paie !

Paris, 21 août.

Au quinze août, c'est tous les ans la même chanson ; ni les paroles ne varient, ni la musique ne
change, et je prends toujours un plaisir infini à cette
fête du quinze août. Nous ne sommes point de ces
délicats que la vue du populaire en émoi, dans un jour
de réjouissances publiques, fait reculer et qui crient :
Pouah ! fi ! et s'enfuient bien loin de Paris les jours
de pétards, de lampions, de feux d'artifice, de théâtres
en plein vent, de cirques, de pains d'épices et de mirlitons. A propos de mirlitons, elle était bien jolie, en
son espèce, et vraiment digne de succéder aux *Petits
Agneaux,* cette chanson des *Mirlitons* qui, pendant
un an au moins, tint Paris attentif...

> En jouant du mirlitir,
> En jouant du mirliton...

A présent, elle est oubliée... *sic transit gloria...*
du mirliton. A peine une ou deux âmes pieuses, parmi
lesquelles nous avons voulu retenir notre place, se
souviennent encore de cette *Marseillaise* de la foire
de Saint-Cloud.

J'ai grand soin de passer la journée du quinze août
à Paris. Pétards pour pétards, si on ne les aime pas,
mieux valent encore ceux de la capitale, qui sont les
rois du genre, que les pétards de la banlieue ou de la

province. Si vous les aimez, au contraire, raison de plus pour ne pas quitter Paris, où leur triomphe est plus éclatant. En somme, je crois qu'il entre peu de sincérité et beaucoup d'affectation dans le dédain que la plupart des gens se croient obligés de professer pour les fêtes dites nationales. Les étrangers qui arrivent ce jour-là ont, à mon avis, le bon sens de leur côté, bien plutôt que les Parisiens, qui s'en vont hors Paris. Quelques-uns ont été jusqu'aux bords de la mer ; Trouville et Dieppe, qui déjà ne savent plus où loger et comment nourrir leur monde, ont reçu, samedi et dimanche, un supplément de visiteurs. Avant leur arrivée, on en était déjà venu à envier très-fort et à considérer comme supérieurement logés les baigneurs qui avaient obtenu un matelas par terre dans quelque coin d'un corridor d'hôtel, à l'endroit où, en temps ordinaire, on dépose devant sa porte ses bottes ou bottines à nettoyer. Qu'est-on devenu, qu'a-t-on pu devenir, en présence du surcroît de visiteurs parisiens que le congé du quinze août et du dimanche, son lendemain, avait dirigés sur Trouville et Dieppe?

On m'écrit de ces deux villes des choses phénoménales sur le trop-plein qui règne dans les hôtels et jusque dans la mer, au sein insuffisant pour la première fois. On me parle de la morgue des maîtres d'hôtel, comparable à l'orgueil des cochers de fiacre par un premier janvier pluvieux. Quelqu'un ayant osé se plaindre du gîte et de la nourriture qui lui étaient

échus en partage, on conte que son aubergiste fut trop
heureux de le mettre à la porte et de donner sa survi-
vance à l'un des postulants, qui s'engagea d'honneur
à ne faire aucune réclamation, quelque loi que lui im-
posât son hôte.

Il y a eu samedi, à Trouville, course et steeple-
chase improvisés entre gentlemen-riders. Madame la
princesse de Metternich avait offert une cravache du
plus beau choix ; l'administration du Casino avait
offert quatre objets d'art... qui manquaient un peu
d'art et de goût. Cependant les concurrents se les
sont disputés avec autant d'énergie que s'il se fût agi
de l'empire du monde.

Les deux steeple-chases, — il y en a eu deux, — ont
reconnu le même vainqueur, M. Henri Pellier ; à lui la
belle cravache princière ; à lui ce que le Casino appelle
complaisamment le plus beau de ses objets d'art.

Revenons à notre quinze août parisien ; pour les
initiés, l'épisode le plus saillant de la journée, ç'a été,
cette année-ci encore, le bal Morel du soir, avec son
invasion de fausses grisettes. Ne vous ai-je pas déjà
raconté cette particularité de la vie parisienne? Ce
soir-là, et seulement ce soir-là dans toute l'année,
les grandes dames du monde galant se font petites
pour mieux s'amuser. On va se trémousser incognito, en petit bonnet de linge, sous la tente où la
Terpsychore nomade agite ses grelots. On chante ou
l'on ne chante pas le fameux refrain des *Gueux* de

Béranger ; mais on le met en pratique sur toute la ligne.

C'est le soir de la revanche des bonnets. Cette coiffure, en vigueur dans les romans de Paul de Kock, elles l'ont jetée naguère par-dessus les moulins de la fantaisie ; il est revenu se placer sur leur tête, comme dans une féerie, changé en beau chapeau à plumes. Au quinze août, c'est le chapeau qu'elles rejettent à son tour pour revenir au bonnet natal, l'image du bon temps où l'on commençait à vivre, à aimer sans spéculation, du bon temps où l'on était bien malheureuse, du bon temps où *il* lui cassa une dent, un soir que, rentrant un peu animé, il ne trouvait pas son tire-bottes. Grave motif de colère, en effet ! et douceur adorable de ces mœurs de croquant.

Eh bien, sous l'or, sous le velours, sous la soie, au milieu des hommages d'une société polie, il arrive souvent que l'ex-grisette passée grande dame, et à laquelle il ne manque, en effet, que la considération et l'honnêteté pour être une véritable grande dame, regrette sa vie d'autrefois et le petit monde au milieu duquel elle était née, pour lequel elle était faite. Un bel esprit enlevé trop tôt à la république des lettres, qui fut, en même temps, consul de France à l'étranger sous le règne du roi Louis-Philippe, et l'un des princes de la plume, M. Loëve-Weimar, si dignement loué le lendemain de sa mort par l'éloquent feuilleton de J. Janin, a fait là-dessus une nouvelle dont je me souviens : *Belphégor*. C'était l'histoire d'une fille de saltimbanque qui devenait la femme d'un pair d'Angleterre, et cette immense promotion sociale ne l'empêchait pas de rêver toute sa vie à un grand diable assez crapuleux, nommé Belphégor, qu'elle avait connu naguère, au temps où elle apprenait à côté de lui le grand art de la banque en plein vent et des tours de force ou de grâce à l'usage des deux sexes.

C'est ce sentiment-là que M. Émile Augier a si vigoureusement appelé la *nostalgie de la boue*, dans son *Mariage d'Olympe*.

On a une voiture à ses ordres, un appartement doré, voire un hôtel entre cour et jardin ; un nombreux domestique galonné à ses ordres ; à ses ordres aussi, et cent fois plus à ses ordres que les serviteurs en livrée, un beau monsieur décoré et titré (quand il n'y en a qu'un) qui se trouve aux pieds de la demoiselle dont la mère lui a cent fois tiré le cordon ; avec tout cela, on regrette son Belphégor, c'est-à-dire le premier amour, l'amour dans sa caste, l'amour-peuple, — le vin bleu du cœur.

Tout cela explique cette étrange institution du retour des bonnets au quinze août.

On les traite en déesses chez elles ; on les ennuie de compliments, de bonbons, de fleurs ; leur bonheur les affadit ; elles quittent pour un jour ce régime des pralines à la vanille et se remettent à un régime plus grossièrement, plus franchement épicé.

Tout cela sous un petit bonnet !

Ah ! pères et fils de famille, si triomphants quand vous avez sacrifié vos femmes, vos mères et vos sœurs à des créatures, examinez avec quels individus, à ne pas toucher même du bout de votre canne, paraissent s'amuser de si bon cœur les déités que votre encens ennuie !

J'y ai été, moi, à ce bal Morel ; j'y ai retrouvé, sous le déguisement de rigueur, une jeune beauté qui, la veille, resplendissait en grande toilette et en belle avant-scène, louée peut-être deux cents francs, à la première représentation de *Peau d'Ane* ; elle dansait le lendemain avec un singulier monsieur, allez ! quelque ramasseur de bouts de cigares ; elle paraissait prendre à sa conversation un plaisir extrême, et pourtant je doute que ce fût *Peau d'Ane* qu'il lui contât.

— Et Alfred ? lui dîmes-nous à l'oreille, pendant que son cavalier se livrait à un avant-deux avec son vis-à-vis.

Alfred, c'est le nom du monsieur en pied de cette petite personne si fière ailleurs ! si ouverte et si rieuse en cette partie aux Porcherons modernes.

— Alfred, nous répondit-elle sans se troubler et sans frémir le moins du monde de parler un pareil langage ; Alfred, c'est un *Muche*, et celui-là avec qui je danse, c'est un *Boche*.

21

Faut-il demander pardon au lecteur de ces quatre syllabes d'argot? Après Balzac, après Eugène Sue, après l'illustre et récent usage que Victor Hugo a fait de l'argot dans *les Misérables,* nous nous croyons autorisé, par de si éclatants exemples, à bégayer, nous aussi, de temps en temps, cette langue étrange du vice ou du crime, à laquelle le français des honnêtes gens a fait, dans ces derniers jours, beaucoup d'emprunts ; consultez là-dessus le *Dictionnaire des excentricités du langage français* de M. Lorédan Larchey, dont les éditions se suivent et se ressemblent à peine, tant s'accroît chaque jour le nombre de ces excentricités, tant s'étendent ces conquêtes de la littérature débraillée et indisciplinée.

Toutefois, ces mots à l'aspect étrange, ces mots qui ont des figures d'émeutier, si l'on peut ainsi parler, le mot *Muche* et le mot *Boche,* nous espérons encore qu'ils ne sont pas connus d'un grand nombre de lecteurs.

Nous allons leur faire faire cette mauvaise connaissance :

Muche, c'est le jeune homme doux, poli, réservé, gracieux, généreux, poli par la civilisation jusqu'à la faiblesse.

Le *Boche,* au contraire, c'est le barbare à tous crins qui se rue à la bamboche avec des élans furieux, et se comporte, en pleine paix, comme un soudard au sac d'une ville prise d'assaut.

Le sexe faible, il faut en convenir, préfère assez souvent le *Boche* au *Muche*. Celles-là mêmes qui feront une moue de pitié, de dégoût devant le tableau un peu réaliste que nous traçons d'un coin de la fête du quinze août, n'ont pas au cœur la détestation qu'elles ont aux lèvres pour ce que nos grand'mères appelaient un « charmant scélérat. »

Ce « charmant scélérat, » c'est le *Boche* avec des talons rouges en plus.

Et en politique, et en littérature, est-ce que ce sont les talents les plus purs, les plus corrects, les mieux élevés, qui font, avec le plus d'éclat, leur trouée dans le monde ?

Il me serait aisé de porter cette division du sexe masculin en *Boches* et en *Muches* dans les régions politiques et littéraires ; mais je n'ose pas insister, de peur qu'on ne m'accuse d'irrévérence si j'accolais à des noms universellement respectés des épithètes aussi malsonnantes ?

Mais Sardou, qui vient d'être nommé chevalier de la Légion d'honneur, aura sans doute le bonheur clément, et voudra bien me permettre de lui dire qu'il y a du *Boche* et du *Muche* en même temps en lui. Il a commencé en *Muche*, c'est-à-dire en bon jeune homme, par dix années passées à méditer les philosophes et les poëtes classiques, à pâlir sur des textes grecs et latins : un moyen excellent pour parvenir... à mourir de faim ! et puis, le jour où il se décida à tâter du théâtre, il prit le chemin édifiant qui mène à l'Odéon, et frappa vertueusement à la porte, une comédie en vers sous son bras.

C'était *la Taverne des Étudiants*, une des pièces les plus sifflées du siècle.

Aujourd'hui, au contraire, Sardou, décoré et célèbre, en passe de devenir illustre et riche ; Sardou, qui vient d'acheter, dans les plus avantageuses conditions du monde (il a fait un marché d'or !), un château sur les hauteurs de Marly, à côté de la propriété de S. Exc. le maréchal Magnan, — lui, Sardou, qui n'est qu'un simple général de lettres, — Sardou a fait le vigoureux troisième acte de *Nos Intimes*, l'acte du balcon ! Il a fait ces fiévreux *Diables noirs*, qui seront rendus, espère-t-on, — l'hiver prochain, à l'auteur et au public. Voilà le Sardou applaudi, aimé, recherché, le Sardou-*Boche*, si j'en reviens à mon déplorable argot.

Il est fiévreux et il est moderne ; voilà sa grande et sa double force. Que les Esprits collaborent ou non à ses pièces, comme on l'a dit quelquefois en son nom, et comme il l'a, je crois, courageusement déclaré lui-même, bien de l'esprit circule en son dialogue. Applaudissons donc au décret qui vient, sous forme de ruban rouge, d'attacher à sa poitrine une consécration de ses succès ; applaudissons aussi à sa fortune, qui s'accroît par l'achat du bien dont le voilà seigneur et maître à Marly, sur ces beaux coteaux voisins de

Paris et dignes d'être le jardin d'une des villes qui règnent sur le monde. Par exemple, le feuilleton d'un grand journal parisien a fait l'autre jour une amusante bévue en évaluant à douze mille arpents la contenance des bois et parc acquis par Sardou de la succession de madame de Béthune. Mettons douze cents arpents, s'il vous plaît; c'est déjà bien honnête, et quoiqu'il s'agisse d'un auteur dramatique, ne poussons pas jusqu'à une pareille exagération le grossissement qui est admis à la scène.

Il est bien à désirer que *les Diables noirs*, si fameux avant d'être connus, soient rendus au théâtre du Vaudeville, ne fût-ce que pour entendre sortir de la poitrine de mademoiselle Fargueil, la grande artiste, ce cri suprême de la passion jalouse : « Y avait-il des femmes? » que l'héroïne du drame de Victorien Sardou pousse en un endroit triomphant de la pièce inédite. On lui dit : *il* a perdu, *il* a volé, *il* a joué jusqu'à la perte de son âme et jusqu'à mériter sa condamnation dans ce monde et sa condamnation dans l'autre ; voilà ce qu'il a fait celui que vous aimez; qu'importe à la femme amoureuse? un seul point l'inquiète : là où il a joué, où il a perdu, — *y avait-il des femmes?*

Si ce mot-là n'est pas un jet de flamme, une de ces éruptions brûlantes qui révèlent la présence d'un volcan, je consens de n'être qu'un Babylonien de carton.

Les amis du spiritisme, — et ils sont nombreux et

21.

puissants en notre pays de France, — racontent en ce moment, à qui les veut entendre, qu'avant de recevoir la croix de la Légion d'honneur, Sardou aurait tenu à honneur, voulant être décoré tout entier ou pas du tout, de faire hautement profession de sa foi dans le spiritisme, et il aurait écrit là-dessus sa déclaration de principes au ministre.

Nous continuons à avoir un ministre à la mode, si l'on peut continuer à appliquer cette expression badine à un sujet sérieux ; nous avons même deux ministres à la mode : M. Duruy a été mis en relief d'une façon toute particulière par sa restauration de l'enseignement philosophique dans les colléges et aussi par le récent discours qu'il a excellemment prononcé à la distribution des prix de la Sorbonne. Mais si M. Béhic, le nouvel occupant du ministère du commerce, n'a pas eu les mêmes occasions de séduire l'opinion publique, il n'est pas moins homme à appeler sur lui l'attention et à conquérir les suffrages. C'est à la fois un travailleur et un homme du monde. Il est d'une élégance correcte ; pour monter à cheval, pour tenir l'épée, pour valser d'un jarret infatigable, M. Armand Béhic, en sa jeunesse toujours laborieuse pourtant, ne connut point de rivaux, et, en même temps, quelle nature apte aux arts aussi bien qu'aux affaires ! quel musicien naturellement consommé ! quel dilettante raffiné ! Je me souviens de l'avoir vu, de m'être promené avec lui dans les corridors du Théâtre-Italien, le soir du

premier concert que Richard Wagner, — qui n'était
encore pour les Parisiens qu'un grand nom recouvrant
une chose inconnue, — donna à notre curiosité ; personne, dans la salle entière, n'était plus anxieux de la
musique nouvelle qui allait se produire devant nous,
que M. Armand Béhic, ce mérite souple et cette facilité universelle, en même temps que ce caractère si
ferme !

Tous deux, M. Béhic et M. Duruy, *vident* chaque
jour *leur portefeuille ;* on comprend ce que cela veut
dire ; cela veut dire que rien n'est fait pour eux tant
qu'il reste encore quelque chose à faire, que la besogne n'est jamais renvoyée au lendemain, que la
liste des audiences est épuisée chaque jour, et que le
ministre aime mieux ménager le temps de ceux qui
sollicitent l'honneur d'un entretien avec lui et leur
épargner l'ennui d'une attente prolongée dans les
antichambres, que d'économiser sa propre peine, son
propre temps, son propre ennui.

A propos d'audience, on m'a conté l'historiette suivante sur l'un des prédécesseurs de M. Duruy, homme
excellent d'ailleurs, fort aimable, mais aimant mieux
discourir qu'écouter les discours d'autrui. Il est vrai
qu'il parlait fort bien.

Un jour, — après dix-huit jours d'attente, — les
délégués du comité protestant sont introduits près
de lui.

Il les harangue pendant une bonne demi-heure et

puis les congédie : « C'est avec plaisir, Messieurs, leur disait-il en les reconduisant, que je resterais plus longtemps à jouir de votre conversation (notez que les délégués n'avaient pas eu le loisir de placer un mot), mais mes heures ne m'appartiennent pas. »

— Pardon, monsieur le ministre, reprit l'un des délégués susdits, qui n'avait pas, apparemment, sa langue dans sa poche, quoique le ministre ne lui eût pas permis jusqu'ici de prouver qu'il l'avait dans sa bouche et bien pendue ! Tout le plaisir a été pour nous, puisque nous vous avons entendu sans mélange ; mais vous plairait-il de nous accorder une seconde audience où nous puissions vous exposer l'affaire pour laquelle nous étions venus ?

L'Excellence sourit. Elle sentit que ce reproche, déguisé en compliment, touchait juste, et accorda sur-le-champ le supplément d'audience réclamé.

Mais revenons à la restauration de l'enseignement philosophique à laquelle ont applaudi tous ceux qui pensent ; j'ai vu des gens se demander curieusement quel accueil nos seigneurs les évêques allaient faire au retour triomphal de ce mot philosophie, qui n'a jamais passé pour être dans les petits papiers de l'Église. Mais quoi ! nos prélats sont fins, pour la plupart, comme l'hermine qui les pare ; ils ont compris, ils doivent comprendre dès l'abord qu'en se gendarmant à ce mot de philosophie, ils n'auraient fait de tort qu'à eux-mêmes et à la foi dont ils sont les por-

tifes. Ils auraient eu l'air de craindre, pour le flam-
beau qu'ils portent dans leurs mains sacrées, la lumière
du raisonnement ; comme si, au point de vue d'un ministre du catholicisme, les soleils factices de la philosophie pouvaient jamais être à redouter pour le soleil
éclatant du bon Dieu. Ce mot célèbre de Bacon : « Un
peu de philosophie éloigne de Dieu, beaucoup y ra-
mène, » ne devait-il pas, en cette circonstance, servir
de guide aux évêques, et d'avance ne leur traçait-il
pas l'attitude qu'il convenait de garder, dans leur intérêt même ? Aussi, pour l'instant, ce n'est guère
qu'un chorus d'éloges sur toute la ligne, et, sincère-
ment ou par politique, la philosophie et M. Duruy,
son prophète, sont acclamés de toutes les bouches.

Je ne sais pourquoi, je ne sais comment on a pu
dire quelquefois que le portefeuille de l'instruction
publique était un portefeuille secondaire ; est-il une
mission plus importante que celle de l'homme auquel
le pays confie la direction des générations qui gran-
dissent ? L'avenir de la nation est beaucoup entre les
mains du ministre qui préside à l'enseignement et à
la discipline des lycées, et qui forme les citoyens de
demain. C'est peut-être à lui qu'il appartient de servir
le plus efficacement la cause de la liberté, en préparant des âmes capables de la comprendre, de la goûter,
et trop bien équilibrées et trop hautes et trop fermes
pour qu'on la leur puisse refuser.

Voilà comment nous entendons le service de la

liberté, cette grande cause ; quant à ceux qui invoquent son nom dans de misérables luttes d'intérêt personnel ; qui se proclament, avec force cymbales, amis de la liberté pour arriver aux places et aux traitements où se carre, en cas de succès, leur égoïsme, voilà les prétendus libéraux qui perdent la cause dont le triomphe est la vie même de l'humanité.

S'il est de ces gens-là qui se baignent en ce moment à Dieppe, à Trouville, au Havre, à Étretat, à Sainte-Adresse, à Boulogne, je ne suis pas méchant, mais je souhaite qu'ils n'en reviennent pas, et les vît-on se noyer, certes, ce n'est pas notre main qui leur tendrait la perche. Race malfaisante ! faux serviteurs ! allez faire, non point le voyage béni des bords du Rhin, mais le voyage maudit du Styx, d'où l'on ne revient pas.

Tout le monde part de plus belle ; les conseils généraux appellent les uns ; les tribunaux vont entrer en vacances ; les avocats commencent à laisser pousser leur moustache ; la chasse ouvre, la chasse est ouverte. Tout le monde est en joie sur ce chapitre-là, gourmets et chasseurs, excepté le gibier ; mais on ne le consulte guère. C'est dommage que l'on n'ait pas trouvé moyen d'instituer une assurance contre le plomb en faveur des lièvres, perdrix, etc...; ceux et celles qui auraient payé leur prime d'assurance deviendraient inviolables, ou tout au moins une forte indemnité devrait être payée aux héritiers du lièvre massacré malgré son assurance... de ne pas l'être.

A propos de massacre, on a, ces temps-ci, beaucoup parlé dans les journaux de l'assassinat bizarre, en
effet, et intéressant, d'un sieur Franckaert, ci-devant
parfumeur et fils de parfumeur, propriétaire et deux
fois millionnaire lorsqu'il mourut. J'ai connu, moi
aussi, cet homme étrange et obscur ; j'ai acheté bien
souvent des gants dans le magasin que le père et la
mère Franckaert tenaient rue de la Chaussée-d'Antin;
et j'aurais voulu que ces dignes vieillards, ces pa-
triarches de la parfumerie, morts au champ d'honneur
des parfumeurs, c'est-à-dire à l'ombre de leur comptoir, reçussent dans leur tombe quelque témoignage
de sympathique souvenir à l'occasion de l'incident tra-
gique qui jette leur nom en pleine lumière.

C'étaient de ces braves négociants de l'âge d'or,
dont la fortune, lentement acquise, était un vrai monument de patience et de probité. Leur fils unique,
leur héritier, destiné à une si grande vogue posthume,
le malheureux ! était, je ne dis pas non, un peu
étrange, un peu loup-garou et même un peu avare,
malgré l'énorme accroissement que sa fortune reçut,
sans qu'il y fût pour rien, par la seule plus-value de
terrains qu'il avait achetés ou recueillis dans la succession de ses père et mère ; mais cette victime d'un
assassin d'abord, de la publicité ensuite, cachait un
cœur délicat dans une enveloppe rébarbative.

Si le fonds de commerce que lui avait légué son

excellent père dépérit entre ses mains, si le magasin
fut, pendant quelques années, la honte, par sa négli-
gence, du bout de la rue de la Chaussée-d'Antin où il
figurait, soit ; il était permis de rappeler ces particularités parisiennes ; mais il aurait fallu ajouter que ce
magasin en deuil était l'image d'une immense et respectable douleur filiale que Franckaert fils ne put
jamais secouer ; il aurait fallu dire, pour être juste
envers ce cadavre encore chaud, que ses voisins,
messieurs les boutiquiers de la rue de la Chaussée-
d'Antin, dont les façades luisantes narguaient la boutique désolée, virent pleurer amèrement Ernest Franckaert, le jour où il lui fallut quitter la boutique paternelle, congédié par le propriétaire qui ne voulait pas
de ce commerce moisi au pied de son immeuble.

Or, cette boutique dépérissante était un témoignage touchant de piété filiale et un monument de
superstition commerciale assez remarquable dans le
Paris du dix-neuvième siècle ; les vieux Franckaert
avaient manifesté, au lit de mort, le désir que rien
ne fût changé après eux à leur établissement, que le
fonds de commerce ne fût pas vendu aux enchères,
que rien ne fût modifié dans les lieux où ils avaient
gagné jour par jour leur honorable aisance. Le fils
Franckaert qui, par ailleurs, donna tant de preuves
d'une économie exagérée, montra quelque grandeur
d'âme, on ne saurait le nier, en restant, tant qu'il
put, debout sur les ruines du commerce paternel, per-

dant chaque jour sur ses comptoirs endormis et tenant bon pourtant à ce poste du devoir filial.

O tâche bizarre de la chronique parisienne ! Son *lion*, aujourd'hui, est un ancien parfumeur que l'on vient d'assassiner !

Cependant, voici un joli livre, un livre attrayant et sérieux au fond sous une forme frivole : *l'Amant de carton*, par madame M...... S...... C'est l'histoire d'une princesse indienne qui s'amouracha d'une brillante poupée qui n'était bonne à rien, et dont les couleurs fragiles déteignaient au moindre orage. Avis aux Parisiennes qui savent lire et comprendre ce qu'elles lisent !

A cette heure de départ universel, la chaleur aussi a quitté Paris ; les théâtres commencent à essuyer leurs larmes, depuis que le ciel a recommencé à nous montrer les siennes. Ce sont des provinciaux plutôt que des Parisiens que l'on voit le soir dans les salles de spectacle enfin renaissantes à la foule et au succès... Sauvées ! Merci, mon Dieu !... Il est vrai que la montre de ce public exotique retarde assez souvent d'une vingtaine d'années sur les cadrans parisiens, et qu'il se compose d'enthousiastes capables de bisser les changements à vue, comme on l'a entendu aux spectacles gratis du 15 août ; mais, qu'importe, pourvu qu'ils paient ?

XIV

Plus même la ressource d'aller se jeter à l'eau! — Il s'agit de
Mlle Cico. — Trop belle pour éviter les écueils du bain de mer à
Sainte-Adresse. — Assez et trop. — Un impresario à deux fins.
— D'autant plus cruel qu'il est plus directeur de l'Alcazar. — Plus
de logique que de tunique du côté de Pauline Cico. — L'ex-Daphnis
en appelle aux Parisiens des rigueurs de la colonie de Sainte-
Adresse. — Toujours le Capitole et la roche Tarpéienne. — Le
bataillon carré des familles. — Chiens de faïence qui se regardent.
— Le chroniqueur et sa compagne, ou la poutre dans l'œil du
chroniqueur. — Mlle Cico va se jeter dans les bras de la frégate-
école du quai d'Orsay. — Bains de plaisir en Allemagne. —
M. Home à Hombourg et à Dieppe. — Portrait d'un gentilhomme
auquel une histoire merveilleuse advint. — Conversation avec un
esprit. — Ce qu'on lui demanda et ce que vous lui demanderiez si...
— Renouvelé d'Alexandre Dumas. — Renouvelé du *Malade imaginaire*. — Le duel de Blois. — Où la férocité va se nicher ! —
L'ours blanc d'Hermann est frelaté. — De la statistique. — M. de
la Ponterie. — Raoul de Navery. — *La Comédie du voyage*, par
Pierre Véron. — Simples et de bon goût, ou les béquilles de
M. de Galliffet.

Paris, 11 septembre.

Quand on veut parler d'une personne pour qui tout

semble perdu et qui n'a plus d'espoir, en ce monde
du moins, que dit-on? On dit : « Pauvre un tel!
pauvre une telle! *il* ou *elle* n'a plus d'autre ressource
que d'aller se jeter à l'eau. »

Eh bien, apprêtez vos larmes! j'ai à vous parler
aujourd'hui d'une malheureuse plus malheureuse encore que ceux et celles à qui l'on montre, comme
asile suprême, les draps humides de la Seine, — si la
scène se passe à Paris, — la couche salée de Thétys,
si nous transportons notre tragédie sur les bords de
la mer.

Trois fois hélas! l'infortunée dont je vais vous
raconter le destin, n'a même plus la consolation, en
son désastre, de se jeter à l'eau.

Il s'agit de mademoiselle Cico, la belle et la jolie,
et la souriante (naguère) mademoiselle Cico du Palais-
Royal ; Cico, qui fit, avant cela, les beaux jours du
Vaudeville, de compte à demi avec madame Octave ;
Cico, la sœur aînée de la nonchalante et vocalisante
beauté qui fait merveille à l'Opéra-Comique dans
Lalla-Roukh; Cico, digne fille d'une race où l'on est
Vénus de mère en fille ; Cico-les charmes, Cico-les
grâces, Cico-les séductions, et aussi, et tout naturellement, Cico-les dentelles, Cico-les diamants, Cico-les
succès de tous les genres et de toutes les heures...

Eh bien, mademoiselle Pauline Cico, à l'heure qu'il
est, je vous la donne pour la plus à plaindre des créatures, puisqu'il est trop vrai que l'eau lui est interdite ;

l'eau! la dernière chose que les condamnés puissent
avoir à discrétion ! la dernière providence des malheureux qui ne croient plus, — à force d'avoir souffert,
— en la Providence.

Ce n'est pas un conte; c'est une histoire en chair et
en os; et même, ce qui a fait l'histoire, c'est qu'il y
avait trop de chair à la clef.

Mademoiselle Pauline Cico était allée à Sainte-
Adresse, près le Havre, dans l'innocente intention d'y
prendre les bains de mer.

C'est ce qui l'a perdue.

Elle emportait, bien entendu, cette cargaison, cette
caravane, ce long et pompeux défilé de caisses et de
coffres bourrés à l'intérieur de toutes les somptuosités
variées sans lesquelles il n'y a plus désormais de jolie
femme, de femme à la mode, de femme élégante.
Aujourd'hui, il n'y a assez que quand il y a beaucoup
trop. Certes, la belle comédienne connaît cet adage;
au besoin, elle l'aurait inventé. Mais n'insistons pas
davantage sur l'opulence de sa garde-robe de voyage;
ce point est étranger au drame; mademoiselle Cico
n'a pas été punie pour avoir trop emporté de toilettes
de ville sur le bord de la mer, mais pour n'avoir pas
porté sur elle assez d'étoffe à la fois le jour qu'elle
voulut prendre son premier bain.

On a trouvé son costume de baigneuse, — qui était
rouge, — trop décolleté, trop avantageux, trop con-
quérant; ce costume rouge a fait monter le rouge au

22.

visage de la pudibonde colonie de Sainte-Adresse, et l'a blessée dans ses intimes susceptibilités plus que la vue d'un drapeau rouge n'irrite les taureaux et n'alarmait, en 1848, les républicains modérés et conservateurs.

A la suite de cet infortuné début de mademoiselle Cico sur la plage de Sainte-Adresse, les baigneurs impitoyables allèrent, comme un seul homme, trouver M. le directeur de l'établissement des bains, et lui signifièrent que si la redoutable sirène aux bras de marbre, aux blanches épaules, qu'ils avaient entrevue, était encore admise à donner des représentations de sa personne, ils quitteraient cette côte hospitalière aux nudités, et s'en iraient

> ... Chercher ailleurs un endroit écarté
> Où d'être un honnête homme on ait la liberté.

Devant cette manifestation, l'administration s'émut; l'administration se crut peut-être obligée à sévir avec d'autant plus de rigueur contre la coupable sans le savoir (nous comptons vous présenter la défense de mademoiselle Cico tout à l'heure), parce que l'administrateur des bains de Sainte-Adresse cumule son poste de confiance avec les fonctions de directeur de l'Alcazar du Havre.

S'il avait molli, il risquait qu'on l'accusât de faire des bains de Sainte-Adresse une succursale de son Alcazar. Or, les pères et les mères de famille qui forment le fond de la société de Sainte-Adresse, n'ont pas en particulière estime l'Alcazar et son train. De là l'embarras que je vois d'ici et les combats intérieurs de l'excellent impresario à deux fins : comme directeur d'Alcazar, il ne pouvait qu'applaudir *in petto* aux heureux effets de costume obtenus par une comédienne, séduisante en tout ce qu'elle tente et en tout ce qu'elle montre ; comme administrateur de la plage, au contraire, comme ayant la confiance des familles, il lui fallut faire la grosse voix.

C'est ainsi que, pour s'être trop fait voir, mademoiselle Cico s'est vue exilée des flots, non-seulement à Sainte-Adresse, mais sur toutes les côtes normandes que le bruit de son aventure, grossie par les échos, avait gagnées l'une après l'autre.

Vous voyez bien qu'il ne lui reste même plus la ressource de se jeter dans l'eau, — dans l'eau salée, du moins. Je n'avais rien exagéré.

Cependant, le crime de l'aimable demoiselle est-il aussi énorme que son châtiment donnerait à le supposer ? — Nous ne le pensons point.

Elle n'a fait que se tromper de cadre.

— Eh quoi ! serait-elle en droit d'objecter aux sévérités dont elle se trouve l'objet pour un costume où manquait l'étoffe, d'où vient que les indulgents, disons mieux, les friands spectateurs de Paris, qui m'applaudissaient d'autant plus quand je m'avançais sur le bord de la rampe dans un costume plus coquettement révélateur, sont devenus des censeurs si moroses sur le bord de la mer, au point de m'interdire cette autre scène pour un petit bout d'épaule dont je consentais à les régaler.

Raisonnant ainsi, celle qui fut Daphnis quand était Chloë madame Octave ; car il importe de se souvenir que mademoiselle Juliette Beau n'a pas eu l'étrenne de ce rôle de Daphnis, et que la pastorale de Longus, accommodée en un acte affriolant, prit naissance au Vaudeville avant de renaître aux Bouffes-Parisiens ; — raisonnant ainsi, opposant le goût du public de Paris au dégoût du public de Sainte-Adresse, l'ex-Daphnis pourrait bien avoir la logique de son côté.

Mais on lui demandait moins de logique et un peu plus de tunique.

Cependant, comme Murger l'a fait dire si singulièrement à un des héros de *la Vie de Bohême*, dans l'acte de la soirée chez madame de Roure, *c'est toujours Pradier qui lui fournit...* ses épaules et le reste ; elle n'a pas démérité ; elle est charmante ; elle n'est que trop charmante, et c'est justement ce qui la perd là-bas, après l'avoir sauvée ici. C'est l'éternelle histoire du Capitole faisant antithèse à la Roche Tarpéienne. C'est une nouvelle occasion d'appliquer pédantesquement la fameuse règle : *Non erat hic locus.* Vérité en deçà, erreur au delà. Faveur à Paris ; colère à Sainte-Adresse. Ici on est collet-monté, et l'on veut que le corsage de l'actrice soit montant ; là, au contraire, on applaudit au décolletage des féeries, aux maillots des Revues, et notez que ce sont peut-être les mêmes personnes qui se déjugent si complétement dans la même question pendante devant eux, à savoir les charmes dont on leur faisait hommage en comédienne zélée qu'on est, et désireuse de plaire sur terre et sur mer.

La société bourgeoise est impitoyable, disent les uns.

Elle a bien raison, reprennent les autres, de se former en bataillon carré ; ne l'a-t-on pas déjà assez entamée !

Aux bains de mer et aux eaux, où la scène est plus étroite qu'à Paris, les deux camps se trouvent en hostilité plus intime et plus directement en présence. On dirait deux régiments de chiens de faïence se regardant de tout près, presque nez à nez.

Il pourrait, me direz-vous, y avoir des bains exclusivement dédiés à la clientèle fantaisiste, qui éprouve le besoin de montrer le plus possible, à la vague dont elle est bercée, qu'elle est perle, suivant le joli tableau de Baudry, l'un des succès de notre dernière exposition de peinture ; et, par contre, il y aurait des plages réservées aux familles.

Mais l'esprit humain est ainsi fait ; il n'aime point qu'on le parque dans une catégorie : les uns seraient toujours en visite chez les autres.

Laissons donc les choses telles qu'elles sont, et

tâchons de tirer le meilleur parti possible de nos bains de mer.

Autre exemple : Un chroniqueur était venu promener sur une plage qu'il est inutile de nommer, — mettez pourtant que c'est l'une de nos plus en vogue, une de celles où les bottines de nouveau style, les robes relevées et la canne, imitée d'un caprice de madame de Metternich, poussent le plus abondamment, — un chroniqueur, dis-je, était venu promener la demoiselle de ses pensées, une très-jolie diablesse de féerie, qui manque peut-être à l'escadron de fées recruté par M. Harmant, le directeur de la Gaîté, lorsqu'il embauchait pour *Peau d'Ane.*

Notre chroniqueur ne trouve de place nulle part ni pour lui ni pour sa compagne. — Que de monde ! s'écrie-t-il et écrit-il aux lecteurs de son journal, ce qui est plus grave. Heureux ceux qui trouvent à se loger dans un corridor ! à dîner dans une armoire, à s'asseoir sur une chaise au Casino ! Le chroniqueur susdit avait trop négligé de chercher la cause de l'hospitalité peu empressée qu'on lui offrait ou plutôt qu'on ne lui offrait pas. On craignait sa compagne pour voisine de table, pour voisine de chambre, pour voisine de concert ou de contre-danse au Casino, et voilà pourquoi il lui a semblé qu'il ne restait plus nulle part ni un lit, ni un couvert, ni une mansarde.

C'est toujours l'application plus ou moins déguisée de la même consigne et du même esprit (est-ce bien de l'esprit?) qui forcera mademoiselle Cico à venir faire sa saison de bains de mer à Paris, dans une des baignoires de la frégate-école.

En Allemagne, à Bade, à Ems *et cætera*, dans ces endroits que l'on peut appeler des *bains de plaisir* pour les opposer aux bains de mer, il me semble que la lutte est moins animée entre la vie de famille et la vie de bohême. Certes, on y est bien loin encore d'une entente cordiale, résultat qui n'est ni possible, ni désirable ; mais, entre les deux camps opposés et sur la lisière de chacun, on remarque plus de curiosité que de colère.

Est-ce parce qu'on est à l'étranger et qu'au delà des frontières les rancunes s'humanisent? Est-ce le jeu qui en est cause, en raison de l'esprit d'aventure qui souffle autour des tapis verts? A tout le moins, la roulette est une distraction puissante qui ôte aux rivales le loisir de se considérer dans le blanc des yeux tout le long du jour et de se déconsidérer à l'envi; on a autre chose à faire ; on a encore, outre le jeu, les célébrités consacrées de la littérature et des arts, dont les monarques des banques ont soin d'entourer et de parer leurs maisons et qui méritent bien un regard. Quand on revient de Bade, par exemple, il faut avoir vu Méry, ni plus ni moins que le Vieux-Château.

Home a été à Bade, en garçon ; il est maintenant à Dieppe, en père de famille, avec son jeune fils qui,

médium ou non, est assurément un enfant d'une remarquable beauté.

On a raconté une merveilleuse histoire de jeu se
rattachant à la présence de M. Home sur les bords du
Rhin, et cette anecdote a eu le succès réservé à toutes
les anecdotes de la même famille : les uns ont levé les
épaules, les autres ont ouvert les yeux et les oreilles
et peut-être aussi la bouche avec admiration. Ceux
qui avaient lu l'histoire l'ont rapportée à leur voisin,
soit pour s'en moquer avec lui, soit pour lui faire partager leur enthousiasme et leur foi. Quand le char de
la chronique soulève tant de poussière derrière lui,
soyez sûrs qu'il est dans le meilleur chemin.

Aussi vous allez m'y voir retourner, dans ce
chemin.

Je crois que mon conte est incroyable, mais il n'en
est que plus vrai pour cela. Foi de chroniqueur! nous
n'oserions jamais inventer de telles impossibilités.

C'était à Hombourg; le comte K... était logé dans
un appartement qu'il partageait avec M. Dunglas
Home.

Je n'écris pas le nom du comte K... en toutes lettres, parce que c'est inutile; tout le monde l'aura
reconnu bien vite à son initiale et, plus encore, au
portrait que voici : un type d'élégance, de courtoisie
et de distinction; blond, avec peu de barbe et encore
moins de cheveux; la régularité de traits la plus noble; très-assidu au coin de l'une des avant-scènes les

plus choisies de l'Opéra, côté gauche; Polonais d'origine; parfaitement Parisien de tous points, au physique et au moral; frère d'une princesse qui porte l'un des grands noms de France.

Le comte K... était couché et songeait en attendant le sommeil, le bienfaisant sommeil, consolation des affligés et des souffrants, couronnement de l'édifice pour les heureux et les riches.

Il entend des coups frappés dans la muraille. Un homme qui a beaucoup vécu en compagnie de M. Home, que ce genre d'orchestre suit apparemment en tous lieux, ne peut ni s'étonner, ni s'effrayer, ni s'impatienter de cette sérénade. Il interroge l'esprit frappeur...

Il est bon de vous dire, avant d'aller plus loin, que, tout en étant l'un des amis les plus particuliers du grand médium américain, tout en ayant vécu plus familièrement que personne depuis des années dans la société des miracles où se meut M. Home, le comte K... n'est pas autrement croyant et fanatique de tout cela. Il a, au contraire, cette dose d'honnête scepticisme qui sied à un gentilhomme parisien, à l'un des deux cents rois du boulevard, du bois de Boulogne et des boudoirs. Il voit, mais il ne sait pas s'il croit, et, croirait-il, il ne se donnerait pas autrement de peine pour faire partager sa croyance aux autres.

Ce froid gentilhomme, vrai tempérament de témoin, non d'apôtre, interrogea tranquillement l'esprit qui frappait et lui demanda, comme s'il eût parlé à un vivant : « Qui est là ? »

— Je suis l'esprit de... (ici un nom que j'oublie, mais qui se trouve plusieurs fois consigné dans l'étrange ouvrage de M. Home : *Révélations sur ma vie surnaturelle*), l'ami d'enfance de Dunglas Home. Je reviens le visiter, comme je le lui ai promis quand la mort nous a séparés.

De quoi parler, à Hombourg, si ce n'est du jeu ? Le jeu est dans l'air ; la rouge et la noire semblent pendre aux branches des arbres sous forme de fruits et de fleurs ; les gazons ont la couleur du tapis vert de la roulette et du trente-et-quarante ; on y dit d'une jolie femme qu'elle a le maximum des attraits, et d'un homme à bons mots qu'il fait sauter la banque de l'esprit à chaque coup de langue.

C'est pourquoi le comte K..., sans que le démon du jeu soit autrement en lui, sans être plus ami des émotions du gain et de la perte qu'à un homme de son monde n'appartient, demanda tout naturellement à l'esprit s'il pouvait l'aider à faire passer dans sa poche l'argent de la Banque.

Je suppose que M. Meyerbeer se décide enfin à nous donner son *Africaine* un de ces jours ; si un esprit vous apparaissait la veille ou le matin de la première représentation tant attendue, à vous, Monsieur, ou à vous, Madame, qui n'êtes peut-être pas du petit nombre des privilégiés devant lesquels s'abaissent les barrières de ces solennités enviées, que diriez-vous à l'esprit?

Vous lui diriez, j'en suis bien convaincu : « Bon esprit, peux-tu ou pouvez-vous me faire pénétrer ce soir à l'Opéra à l'heure où M. Georges Hain lèvera l'archet du commandement sur cette armée de mélodies inédites et inévitablement sublimes qui s'appelle *l'Africaine* de Meyerbeer ? »

Si vous aviez rencontré, dans un pays à idylles, à l'heure sentimentale du matin, au pied d'un de ces castels dont l'aspect réveille dans l'homme moderne le troubadour endormi; si vous aviez rencontré, dis-je, trottinant à travers la rosée, une châtelaine de vingt ans dont il vous plairait très-fort d'être le Roméo, quand même elle ne s'appellerait pas Juliette, que demanderiez-vous à l'esprit qui serait venu frapper dans le mur de votre chambre à coucher?

Vous lui demanderiez si, par son intervention, avec son aide, il vous serait impossible d'arriver à baiser le bout de la mitaine de la jolie châtelaine rencontrée le matin et qui, depuis, n'a pas cessé de trottiner dans votre cœur.

Eh bien, étant à Hombourg et parce qu'il se trouvait à Hombourg, c'est sur le jeu, arbitre de la ville, que le comte K... demanda à l'esprit d'exercer pour lui son influence surnaturelle.

— Le peux-tu?

— Je le peux.

— Veux-tu me faire gagner?

— Je le veux.

— A la roulette?

— A la roulette.

Permettez-moi, ami lecteur, une remarque peu modeste; il me semble que moi, très-humble chroniqueur pour vous servir, je viens de tracer là six lignes qu'Alexandre Dumas, prince des romanciers et passé maître en dialogue, aurait pu signer.

— Sur quel chiffre mettrai-je?

— Sur le 21.

— En plein, de façon, si le numéro sort, comme ta protection ne me permet pas d'en douter, ô esprit le plus spirituel des esprits, à gagner trente-cinq fois ma mise?

— Sur le 21, en plein, répondit l'esprit.

— Combien de louis à la fois?

— Trois.

— Rien que trois!... J'eusse préféré davantage... Enfin, n'importe; il faut faire tes volontés... Mais j'allais oublier le plus important. A quelle heure le 21 doit-il sortir?

— A midi précis.

Ce dernier point fixé, l'esprit trouva qu'il avait assez causé et rentra sous sa tente. De son côté, le comte K... s'endormit.

Ce serait peut-être ici le moment de placer un songe; mais nous n'avons pas les priviléges de la tragédie ; abstenons-nous, de peur d'ennuyer. En fait de spectres, le spectre de l'ennui est le seul dont un chroniqueur doive avoir peur.

A son réveil, le protégé de l'esprit songea, moitié sérieux, moitié souriant, à la tentative qu'il allait faire sur le 21. Ses yeux tombèrent sur sa montre : « Oh ! mon Dieu ! s'écria-t-il en se frappant le front d'un geste familier aux hommes qui ont oublié le point essentiel dans quelque affaire qui les touche de très-près ; oh ! mon Dieu ! ma montre retarde de vingt minutes sur l'horloge du Kursaal, et j'ai oublié de demander à l'esprit s'il fallait jouer à midi selon ma montre, ou à midi selon le cadran qui règle le mouvement des états-majors de M. Blanc. »

Remarquez bien que pour notre gentilhomme, l'intérêt de la partie qui allait s'engager sur le 21 était bien moins dans les 105 louis qu'il s'apprêtait à gagner, si l'esprit avait dit vrai, que dans l'expérience même qu'il tentait. Cent louis, une misère pour un homme dans la situation du comte K... On parie cela tous les jours, on les gagne, on les perd, sans joie ou sans tristesse.

Mais fallait-il se régler sur l'heure de sa montre ou sur celle du Kursaal?

Le malade imaginaire, se demandant si c'était en long ou en large qu'il était bon de prendre de l'exercice après son dîner, était encore moins embarrassé.

Le gentilhomme se lève, s'habille, sort, toujours

23.

perplexe, et se dirige vers le Kursaal. Il regarde le cadran de l'horloge et, presque en même temps, tire sa montre pour constater, une fois de plus, la contradiction des deux chronomètres..... O prodige ! sa montre, qu'il était bien sûr de n'avoir pas touchée, était maintenant d'accord avec l'heure du Kursaal. Elle avait avancé *toute seule* de vingt minutes.

Midi sonnant, le 21 sortit, et le comte K..., qui avait mis dessus, en plein, les trois louis convenus, recevait trente-cinq fois sa mise, soit cent cinq louis.

Comme il se retirait très-amusé de voir que la Fortune n'avait pas manqué au rendez-vous, il regarda de nouveau l'heure à sa montre... A présent, elle avait recommencé à retarder de vingt minutes.

Sceptiques, inclinez-vous !

Comme font toujours les esprits en pareil cas, à ce qu'il paraît, celui avec lequel nous venons de faire connaissance refusa de recommencer le même manége :
— « Dieu a pu me permettre une fois de montrer ma puissance ; il me défend d'en abuser au profit des cupidités humaines, » disait-il très-philosophiquement.

Ah ! l'affreuse histoire qui est venue ensanglanter les courses de Blois ! ce duel pour rien, à propos d'un ruban de telle ou telle couleur porté à un chapeau de paille ! ce duel entre deux camarades, deux amis, suivi de la mort de l'un deux ! On a froid dans le dos en lisant le récit de pareils malheurs. Que je plains celui des deux adversaires qui a survécu ! Qu'il doit

avoir en horreur sa victoire, sa propre vie souillée désormais du meurtre d'un frère d'armes ! Que je plains
aussi la famille, les amis du défunt ! Si jeune et mourir ! et d'une telle mort ! et pour une telle cause !

Ces duels, c'est horrible ; ah ! nous lisions la semaine dernière dans les journaux judiciaires, le compte-
rendu de débats curieux et instructifs au sujet de la
prétendue férocité des animaux du dompteur Hermann.
On a entendu au palais l'avocat de M. Arnault, directeur de l'Hippodrome, qui n'a plus besoin, à présent
que la farce est jouée, de plaider devant le public que
son dompteur risque sa vie dans la cage aux lions et
aux ours; on a entendu l'avocat de M. Arnault raconter, au contraire, que l'ours blanc lui-même était
un agneau pour la douceur; qu'il allait cueillir, — avec
quelle grâce ! et sans leur faire le moindre mal, — du
sucre sur les lèvres des personnes qui lui avaient
été seulement présentées, et que, partant, madame
Schmidt, *la dompteuse* contre laquelle se battait en
justice M. Arnault, était bien mal venue à soutenir
qu'entrer dans la cage de l'ours susdit fût une entreprise périlleuse à laquelle son engagement ne l'obli-
geait pas; là-dessus on a crié au voile qui se déchire !
à l'illusion qui s'effeuille ! Eh quoi ! ne pouvoir même
plus croire à la férocité des animaux dont c'est l'état
d'être féroces ! Vivre dans une époque où les ours
blancs eux-mêmes sont frelatés comme le lait de nos
laitières !... ingrats et oublieux que nous sommes ! si

nous voulons de la férocité sans mélange, regardons dans nos propres cœurs.

Lisez plutôt la statistique des crimes, des assassinats, des duels et cette longue liste des violences exercées sans relâche et sans pitié par l'homme contre l'homme. La statistique ! une belle science ! une éloquence terrible et convaincante ! il n'en faut pas abuser, — il ne faut abuser de rien, — mais on a justement applaudi à la création d'un bureau de statistique au ministère des finances et, spécialement parmi les gens de la presse, à la nomination de M. de la Ponterie aux fonctions de chef de ce bureau de la statistique.

J'aurais pu vous parler de cette jolie Parisienne du Paris galant que l'on a expulsée des États de Bade ; je pourrais vous parler d'une femme de lettres dont le nom ou du moins le pseudonyme masculin : Raoul de Navery, se dégage vigoureusement de l'inconnu depuis quelques mois. Dans une partie de pêche, elle a failli périr entre Trouville et le Havre ; mais cette dame a trop de talent pour qu'on lui fasse la réclame à l'accident. Elle va publier, assure-t-on, un roman : *Saphir la Ninivite*, que j'entends beaucoup prôner à l'avance par de bons juges. Il s'agirait d'une sorte de *Salammbô*, mais tirée de la Bible et non plus des ruines de Carthage.

M. Pierre Véron, envers qui l'éloge passe à l'état de redite, vient d'ajouter un nouveau volume à son

amusante série de petits livres si vivement, si nettement découpés dans le vif des ridicules contemporains ;
sa *Comédie du Voyage* (c'est le titre de cette récente
production) dépasse peut-être encore en gaieté com-
municative les romans de *la Femme à barbe, Paris
s'amuse, l'Année comique* et autres francs éclats de
rire du même auteur.

On me cite un joli mot du plus en vue jusqu'ici de
nos héros du Mexique, de M. le marquis de Galliffet ;
un mot qui sent bien son militaire français, son gentilhomme et son Parisien du boulevard renonçant
plutôt à la vie qu'à son allure de belle humeur et à
son parler familièrement badin ; il était mourant
encore, que dans une première lettre adressée en
France, il disait déjà : « Il me faudra des béquilles
simples et de bon goût. »

Je n'ajoute rien... c'est plus simple et de meilleur
goût.

XV

Paris, 2 octobre.

Ainsi donc, le sort en est jeté, c'est dimanche que tu t'enlèves, ami Nadar, le seul camarade que je tutoie dans la grande armée des lettres militantes, et tant qu'il te plaira rester dans le nouvel élément où tu signeras désormais les nuages au passage de ton N initiale et majuscule, assez semblable à l'aile d'un oiseau qui vole, je ne dirai plus *tu* à aucun ami sur la terre. C'est grave et c'est triste, et voilà comment même les plus belles choses de ce monde, parmi lesquelles se rangent assurément les tentatives aériennes, ont toujours un vilain côté.

Cependant, pareil à un jeune dieu, Nadar crée et ressuscite ; il crée, il sème autour de lui, autour de la question qu'il a si vivement épousée, l'émotion, l'intérêt, la sympathie, l'attente. De quoi parlent, entre eux, les oiseaux en ce moment ? Si on savait les comprendre (peut-être Nadar nous rapportera-t-il, de quelqu'une de ses tournées, leur grammaire et les éléments de leur langue !), les oiseaux, j'en suis sûr, jasent de l'invasion prochaine, réservée à leur domaine, par ces grands êtres malfaisants et sans plumes qui ont inventé la cage, et vous y enferment, accrochés à leur fenêtre ou dans leur appartement, les hôtes du ciel.

Que disent les humains, quand ils s'abordent sur leurs boulevards, dans leurs théâtres et leurs passages ? — je ne parle pas des salons, qui n'existent point encore ; — les humains s'entretiennent en ce moment, avec presque autant d'ardeur, de la conquête de l'air promise par Nadar, que de la hausse ou de la baisse, de la Pologne et de la Russie, de la paix ou de la guerre ; et même la Banque de Savoie, qui a mis ces jours-ci en si vif émoi le monde spécial des boursiers, n'étouffait pas la question de l'aérostation et de l'auto-motion aérienne.

Seulement, tout cela fait bien des rimes en *ion*.

A l'occasion de cette fête scientifique et fantaisiste : l'enlèvement du *Géant*, dont Nadar sera dimanche le héros et *tout Paris* le spectateur, voilà le vieux Champ-de-Mars qui ressuscite de son oubli. Il ne figurait plus que sur le programme de quelques solen-nités militaires, depuis le jour où les courses de chevaux ont émigré sur le turf perfectionné de Long-champs. Le Champ-de-Mars végétait; le voici qui renaît à la popularité, de par le gonflement et l'en-lèvement du *Géant*. Dimanche prochain, Nadar et les *nadariens* s'enlèvent! Les courses pourraient bien avoir tort à côté de cette curieuse et hardie manifesta-tion des promoteurs et des *allumeurs* de la grande question aérienne.

Certes, les Annamites seront là, spectacle dans un spectacle, et voudront voir partir ce phénomène de soie blanche dans les airs, traînant, au-dessous de lui, sa petite maison d'osier.

En attendant l'aérostat, voici l'*Aéronaute*, j'entends par là le journal de ce nom dont Nadar, l'infatigable, est le créateur, le directeur, le fondateur, et dont le numéro spécimen a été tiré à cent mille exemplaires. A la bonne heure! voilà un tirage copieux et que l'on peut sans honte opposer aux chiffres alignés chaque

24

jour par les grands journaux anglais, le *Daily Tele-graph,* par exemple, qui a un débit de cent quarante mille exemplaires quotidiens.

Gustave Doré, l'artiste au crayon magique, a esquissé, en tête de *l'Aéronaute,* le portrait, l'image de ce qui n'est pas encore, l'aéronef ou navire aérien, enlevé par l'hélice et mu par la vapeur.

On dit que le premier voyage du *Géant,* celui pour lequel les passagers embarqueront dimanche prochain sous nos yeux, doit durer quatre jours. Qu'en sait-on ? Toujours est-il qu'on le dit et que je le redis.

Cependant, ce ne sont point les vivres qui manqueront, s'il s'agit en effet d'un voyage de quatre jours, attendu que le directeur de *l'Aéronaute* nous apprend que quelques-uns des plus célèbres pourvoyeurs de la bouche de Paris, ont tenu à honneur de faire hommage de leurs produits au *Géant* et à ses hôtes.

Je ne sais plus quel marchand de vins a envoyé six paniers de ses crus les plus délectables pour arroser leurs pique-niques aériens ; Potel et Chabot ont offert quelques-uns des chefs-d'œuvre qui ont fait leur gloire auprès des gourmets du monde entier ; la maison de confiserie qui porte encore le nom de Siraudin sur sa porte, quoique Siraudin n'en fasse plus partie depuis longtemps, a dédié à ces affronteurs d'inconnu un choix de douceurs superfines. Tout cela est appétissant. Sans parler de l'assaisonnement supérieur que ne saurait manquer de donner aux victuailles la table

misé à je ne sais combien de milliers de mètres au-
dessus du sol !

Mais, où ira-t-on tomber ensuite? là est la question.

Pourvu qu'au dessert, quelque vent fatal n'aille pas
pousser nos voyageurs aériens sur le territoire du roi
de Dahomey, par exemple, dont les journaux nous
racontaient ces jours-ci les prouesses comme marchand
de chair humaine. Il paraît que ce monarque féroce,
doublé d'un spéculateur très-habile, a pour passe-
temps et pour industrie en même temps sa chasse à
l'homme, qu'il pratique sur la plus grande échelle
connue. Le roi de Dahomey mêle l'utile à l'agréable :
utile dulci. Il s'amuse et s'enrichit. *Le Roi s'amuse.*

On dit qu'il vend par an à peu près six mille es-
claves, et l'on estime son bénéfice total sur l'article à
210,000 dollars, soit 1,134,000 francs.

Avec cela, en y mettant de l'ordre et de l'économie,
un roi peut vivre — chez les Touaregs.

Il paraît qu'il chasse à l'homme, deux ou trois mois
de l'année, à la tête de son armée. Le reste du temps,
il se repose, fait sa caisse, et qui sait si, comme le
roi des montagnes, de l'amusant roman d'Edmond
About, ce n'est pas un homme très-gai dans son intérieur et un excellent père de famille.

Avouez que ce ne serait pas la peine de s'être
envolé devant deux cent mille Parisiens, pour aller
ensuite se faire voler sa liberté par un roi de Dahomey,
lequel vous vendrait d'autant plus cher et comme

marchandise d'un plus grand luxe, si vous vous étiez mieux nourri, pendant le voyage, de toutes les friandises énumérées tout à l'heure, et dont le ballon de Nadar est devenu comme un dock succulent !

Mais, écartons ces funestes présages !

Les questions ont toujours deux faces, comme les bâtons ont deux bouts.

Pourquoi, si quelque ballon pousse un jour la civilisation, représentée par Nadar et ses pareils, sur les confins de la barbarie, serait-ce celle-ci qui triompherait de ceux-là ? Pourquoi les hardis voyageurs, les dompteurs de l'air n'enchaîneraient-ils pas du même coup le féroce roi de Dahomey, et dans une excursion de plaisir, devenue une croisade, ne porteraient-ils pas les derniers coups aux derniers vestiges de la barbarie, incarnée dans ce souverain ?

Ce qui me plaît le mieux peut-être dans Nadar et son train, c'est que voilà une protestation bien vivante contre la platitude du temps où nous vivons, et contre la béatitude tranquille des planteurs de choux.

Il a trop neigé depuis dix ans sur les cerveaux naguère brûlants de notre jeunesse ; un vent froid qui souffle à travers les colonnes de la Bourse a glacé des pieds à la tête, en passant par le cœur, un trop grand nombre de nos jeunes gens ; vivent tous ceux qui rallument la flamme ! Salut aux cavaliers de la chimère !

L'on nous a dit mainte et mainte fois qu'il y avait

trop de passion dans les fameux *Diables noirs* de M. Victorien Sardou et que, pour cette cause, il fut jugé prudent de les retenir au lieu de les laisser s'agiter sur la scène du Vaudeville. Aujourd'hui, la question des *Diables noirs* paraît vidée ; on les rend à l'auteur et au directeur qui seront libres de les faire représenter ; ce n'est pas tout ; j'aurais souhaité que Lafontaine, l'acteur le plus brûlant et le plus tempé-tueux qui nous reste, pût y remplir le rôle principal, malgré l'engagement qui l'appelle comme sociétaire au Théâtre-Français. Ce qu'il nous faut, c'est une coali-tion du chaud contre le froid ; c'est une revanche de la fièvre. Il y a trop longtemps que notre pouls est fai-ble en littérature.

C'est notre sagesse à tous qui nous perd.

En voici pourtant encore un qui n'est point un sage; c'est ce jeune homme visible chaque soir, sans y jamais manquer, dans une loge au théâtre de la Gaîté, depuis que l'on y joue la féerie en vogue : *Peau d'Ane.*

Certes, on pourrait trouver un emploi plus sage de sa soirée et, au chapitre des folies, une folie plus loua-ble et plus intéressante et plus féconde.

Toujours est-il que ce jeune homme en question n'a pas manqué encore une représentation, et qu'il compte aller ainsi jusqu'à la centième, inclusivement.

Qu'on vante encore les travaux d'Hercule, après cela !...

24.

L'amour a fait, on le devine, ce miracle de patience et d'assiduité à une féerie.

Essaierai-je de vous faire croire que c'est l'amour de la prose de MM. Vandenburch et Laurencin, voire même des couplets de M. Clairville ? — Non ; on aurait trop mauvaise grâce à vouloir soutenir cette mauvaise cause ; ce n'est pas même de l'amour de beaux décors, et particulièrement de l'Aquarium qu'il s'agit, mais de l'amour inspiré à ce spectateur frénétique d'assiduité par une des déesses de la maison.

La femme qu'on aime est toujours une déesse.

Celle dont je parle ici, — je ne veux pas la nommer de peur de gâter, par l'apparence d'une réclame faite à ses séductions, mon histoire authentique, — joue l'un des principaux rôles de *Peau d'Ane*, et remplira prochainement un personnage de créole dans un drame de M. Sardou, déjà nommé, drame chauffé comme une machine à vapeur dont on veut faire éclater la chaudière et où seront peintes et représentées pour la première fois au naturel, sur la scène, les passions des aventuriers expédiés en Californie par tous les pays du monde.

Pour en revenir au jeune homme devenu le pilier de la Gaîté, il paraît être assez mal récompensé de ses feux, et l'actrice qui les alluma ne s'y est évidemment pas réchauffée, puisque l'incendié se plaint de brûler pour le roi de Prusse, et, dans une lettre adressée à l'objet adoré, menace, si on ne s'humanise d'ici là à son profit, de frapper l'actrice d'un poignard, le soir de la centième, à sa sortie du théâtre, et puis de s'immoler lui-même sur son cadavre. Il attendra jusqu'à la centième représentation. Ce sont les colonnes d'Hercule de sa patience. Mais, si on ne capitule pas dans ce délai, il y aura du sang de répandu, Messeigneurs, et *Satan rira*.

O Antony! ô Buridan! on reprend malgré vous votre langage quand on se retrouve en face de ces mœurs qui rappellent les vôtres.

Voilà la demoiselle avertie, et le public aussi est averti. Regardez soigneusement sur l'affiche quel est le chiffre de la représentation du soir à la Gaîté, puisqu'un si sanglant épilogue doit couronner la centième. Évidemment, la beauté menacée ne sortira pas ce soir-là sans escorte; nous espérons d'ailleurs qu'elle aura su prendre d'ici-là ses mesures, de façon à détourner l'orage, à calmer ce foudre d'amour et à couper court aux joies que se promet messire Satan.

Dans cette même féerie de *Peau d'Ane* il y a une certaine fée Coquette à laquelle mademoiselle Ferraris prêta d'abord ses traits, et qui s'appelle présentement mademoiselle Hausser. Le rôle successivement dévolu à ces deux jolies personnes prête si bien à la séduction, qu'un de ces directeurs spéculateurs, comme on dit qu'il y en a eu autrefois, qui faisaient argent de tout, pourrait presque le vendre comme on fait pour une charge d'agent de change, aux jeunes personnes

pourvues par la nature des fonds de roulement nécessaires. Une d'entre elles disait : « Avec un pareil rôle,
on peut faire fortune en un mois, ou l'on n'est qu'une
grue. » En un mois ! c'est aller encore plus vite que le
ballon de Nadar.

On peut aussi, en cet emploi séduisant de fée Coquette, faire un volume des vers de toutes couleurs,
mais unanimement galants, qui vous sont adressés
tous les soirs. Mais les vers, ce n'est pas l'hommage
qui touche le plus, en ce siècle de prose.

Non loin de la Gaîté, au Théâtre-Lyrique, l'opéra
de M. Bizet : *les Pêcheurs de perles*, a été représenté
mercredi pour la première fois avec un succès sur lequel je n'ai pas à m'expliquer. M. Bizet est un jeune
homme et un prix de Rome. Lorsqu'il est venu proclamer le nom des auteurs au milieu des bravos, le
baryton Ismaël a ajouté cette mention au nom de
M. Bizet : « Premier grand prix de Rome en 1857. »
A ces mots, un plaisant affectant de se-croire encore
au dîner qu'il avait fait le soir et sans doute arrosé de
crus généreux, est venu dire à ses voisins des fauteuils
d'orchestre : « Tiens ! on nous en donne la date
comme s'il s'agissait d'un Clos-Vougeot ou d'un
Château-Larose de la bonne année. »

On a revu à Paris cette belle Grecque d'Odessa,
madame Papoudoff, dont le visage oriental et poéti-
que fut une des sensations du Paris mondain, il y a
de cela deux ou trois hivers. Madame Papoudoff était

alors très-assidue aux Italiens, où sans doute on la re-
verra cet hiver, non moins attentive et non moins
regardée. Elle honora sa beauté et ses succès dans
des milieux plus dorés et plus frivoles par l'espèce de
culte qu'elle rendit, en leur modeste salon de la rue
de la Ville-l'Évêque, à M. et madame de Lamartine.
Presque chaque soir, elle se joignait au petit cercle
d'amis groupés autour de ce grand poëte et de cette
noble femme. Parfois elle disait de simples et douces
mélodies russes dont l'accent charmait le maître du
logis et qui séyaient on ne peut mieux au visage de
la cantatrice. Elle ne retrouvera plus à Paris les réunions de madame de Lamartine, puisque le ciel nous
l'a reprise.

Parmi les premiers noms inscrits sur la liste des
abonnés de M. Bagier, le directeur de notre Opéra
italien, qui, rigoureusement, aurait dû ouvrir hier, on
m'a montré le comte Walewski, qui devient locataire
d'une avant-scène en face l'avant-scène impériale.
C'est ainsi que notre ex-ministre d'Etat, au lieu d'aller en embassade à Londres, s'arrête sur la feuille de
locations de la salle Ventadour.

Cependant, on annonce, à tort ou à raison, le
mariage du moins bourgeois des gentilshommes d'aujourd'hui, le duc de Gramont-Caderousse.

Il épouse, selon les nouvellistes indiscrets et pré-
maturés, des millions et une éclatante beauté dans la
personne d'une jeune créole de l'île Maurice. Habitué

à vaincre dans tous les steeple-chases possibles et à
ne se laisser désarçonner par aucun obstacle, vous
verrez que M. le duc de Gramont-Caderousse gagnera
encore, quand il lui plaira s'y lancer, dans cette autre
course au clocher — non pas la moins périlleuse de
toutes — qu'on appelle le mariage.

On a beau dire, on a beau s'avancer à pleines voiles dans le progrès démocratique et voguer vers l'égalité, sinon la liberté, c'est toujours un avantage énorme d'être *né*. Entendons-nous ; il faut être né non pas
un peu, mais beaucoup ; il faut être titré, *qualifié*,
comme on disait autrefois ; et alors combien n'est-on
pas plus fort pour dominer les événements de la vie !
Des vents plus favorables inconnus aux simples bourgeois viennent gonfler nos voiles. Un pilote sans par-
ticule se briserait contre tel écueil qui n'osera pas, au
contraire, déchirer la barque d'un grand seigneur ; —
et tout cela après trois ou quatre révolutions !

Les révolutions, c'est l'histoire moderne ; cela nous
amène au programme du nouveau cours d'histoire, institué dans la classe de philosophie par les soins de son
Excellence le ministre de l'instruction publique. Désormais, vous le savez de première main, vous qui avez
des enfants assis sur les bancs de nos lycées et suspendus, — si ma métaphore ne sent pas trop le bureau des nourrices, — aux mamelles de l'Université
de Paris ; désormais, M. Victor Duruy l'a voulu ainsi,
les plus grands parmi les collégiens seront initiés

aux hommes et aux choses de l'histoire depuis 1789 jusqu'à nos jours. C'est hardi, à coup sûr. Est-ce un bien ; est-ce un mal ? Je vois là-dessus les avis fort partagés.

Pour nous toute lumière nous paraît bonne ; nous ne voyons aucune nécessité à ce qu'on marche à petits pas et à petit bruit dans les classes de la jeunesse française comme dans la chambre d'un malade ; enfin dérober à cette jeunesse les couvulsions de son pays dans les soixante dernières années de son histoire, n'est-ce pas un peu une précaution analogue à celle d'un directeur d'école navale qui cacherait les dangers de la mer aux enfants qui se destinent à l'adopter pour seconde patrie ?

Je conviens qu'à certains moments il sera difficile de ne point passionner ce cours d'histoire presque contemporaine. Mais la passion, encore une fois, n'en ayons pas si peur ; la vie, et surtout la jeunesse sans passion, c'est un ballon sans gaz, puisque les ballons sont à la mode.

Les ballets aussi sont à la mode ; Amina Boschetti, la danseuse italienne qui va succéder à la Russe Mourawieff ; Rota, son chorégraphe d'élection ; Giorza, son musicien ; voilà, sans parler de *l'Africaine* de Damoclès, toujours suspendue sur nos têtes, les espoirs prochains de l'Opéra. Rota est le plus grand coloriste de la chorégraphie. On prétend qu'il nous fera voir des tableaux mouvants qui nous éblouiront par une richesse de couleurs inconnue jusqu'à lui.

Giorza a déjà fait ses preuves comme musicien de ballet. Quant à mademoiselle Boschetti, ceux qui l'ont vu danser en Italie affirment qu'elle ne saurait manquer de faire fureur à Paris. Cependant, tandis qu'il en est temps encore, demandons très-humblement à cette étoile de ne pas prétendre briller seule au firmament de l'Opéra et accaparer toute la scène dans le ballet qui se prépare. Une étoile, c'est bien : une constellation, c'est mieux.

Où la galanterie va-t-elle se nicher ! Mercredi soir, MM. les Annamites assistaient, sur une estrade construite pour leur usage, en avant des stalles d'amphithéâtre, à la représentation de l'Opéra. Ils avaient demandé ou l'on avait demandé pour eux un ballet, de sorte que ces amateurs exotiques se trouvent tout juste aussi civilisés en matière d'art que les élégants habitués des avant-scènes, si exclusivement attachés à la chorégraphie, mais généralement brouillés avec la musique qui ne se danse pas.

On jouait donc *Giselle*, mercredi, pour les Annamites, et madame Zina-Mérante y dansait pour la première fois le grand rôle vacant depuis le départ de la Mourawieff.

Au foyer, les ambassadeurs avaient leur compartiment réservé où ils pussent, pendant l'entr'acte, venir se rafraîchir et fumer leurs singulières cigarettes qui ont la forme d'un cornet d'épicier extrêmement

mincé et qui contiennent tant de papier et si peu de
tabac.

Ce n'est pas tout, on les mena aussi sur le théâtre ;
on leur fit les honneurs du foyer de la danse, et —
c'est ici qu'apparaît la galanterie annoncée plus haut ;
— l'un des jeunes gens de la légation, qui parle le
français comme vous et moi, s'adressa à mademoiselle Coralie Brach, jolie entre toutes les charmantes,
et lui demanda, avec un madrigal aussi élégamment
tourné que le fameux compliment de M. Jourdain à sa
marquise, une rose qu'elle portait à son corsage.

Grâce à cet incident, les Annamites ont fortement
réussi au foyer de la danse.

Voici un livre aimable qui, du moins, ne fera que des
amis à son auteur, c'est *les Quatre coins de Paris*, par
Léo Lespès. On n'est pas plus varié ; on n'est pas plus
amusant ; on ne conte pas mieux. M. Lespès a une plume
leste qui trotte d'un sujet à l'autre, la bride sur le cou,
et met tout son art à paraître n'en point avoir. Les es-
quisses les mieux jetées, les pochades les plus réussies,
semblent ne lui coûter qu'une minute et trois coups
de crayon. Et puis, il tient son public ; il sait ce qu'il
faut lui donner pour lui plaire ; il connaît le point juste
et le moment précis où telle anecdote a tout son prix ;
il en est qu'il faut savoir faire attendre et qui se cui-
sinent mieux légèrement faisandées ; d'autres n'ont
de valeur qu'autant qu'on les sert toutes chaudes.
Ces dernières, c'est comme la pâtisserie feuilletée ; du

moment qu'on peut la manger, elle n'est déjà plus bonne ; il faut qu'elle vous brûle les doigts et les lèvres et qu'on souffle dessus.

M. Lespès est un des petits journalistes les plus influents et les plus lus de ce temps-ci ; pourtant, je ne sache pas qu'il ait beaucoup mordu à la ronde. Il a plutôt caressé qu'égratigné. Notons cet exemple à l'adresse et pour l'édification de ceux qui croient à la nécessité d'éreinter son semblable si l'on veut exister soi-même en journalisme.

Les uns sont très-sensibles aux piqûres d'épingle et aux coups de lance que leur distribuent les confrères peu bienveillants ; les autres reçoivent les coups avec une philosophie superbe. Parmi ces derniers, on peut assurément citer Henri Delaage, sur qui et aux dépens de qui le petit journalisme malicieux a tant vécu et vit encore.

— Quelle impression vous causent ces continuels assauts ? lui demandait-on l'autre jour.

— Cela ne me produit que des réimpressions, répondit le philosophe Henri Delaage, qui prépare en ce moment la quatrième édition de son *Éternité dévoilée*.

XVI

Un souhait peu exaucé. — Le Meaux du premier voyage du *Géant;* les maux du second qui arrêtent les mots des railleurs. — Les martyrs de l'hélice. — Le ballon se venge de ses contempteurs. — La peau et les os de Nadar. — Mme Nadar. — L'Empereur et la navigation aérienne. — Propos en l'air d'un professeur suspendu, ou le coup de pied... du calembour. — Coup de tête de cheval reçu par M. de Morny. — *Jean Baudry*, ou la revanche d'Auguste Vacquerie. — M. Vacquerie rue Saint-Georges, ou un poëte sans mansarde. — M. de Persigny dans l'appartement de Vacquerie. — Le futur auteur de *Jean Baudry* et le futur duc de Persigny, jugés par leur concierge. — Mme Pipelet, type de conservateur. — Le peintre de paysage et le paysan. — Les bureaux de feu le journal *l'Événement*. — La liberté des théâtres substituée au monopole. — Importance des libertés de détail. — Les priviléges de théâtre autrefois et aujourd'hui. — Une lettre de Mme la princesse de la Tour d'Auvergne. — Une comtesse Apraxin au théâtre de la rue de la Tour-d'Auvergne. — Excentricité... grammaticale d'un *cuirassier* très-connu. — *Bénazet* pour *Bajazet*. — La comédie d'amateur dans les châteaux et ailleurs. — Mariage du duc de Bellune. — Mlle Frédérique, danseuse, et une grande dame russe, ou le danger des ressemblances; voir là-dessus *Valéria* et le procès du collier de la Reine.

Paris, 23 octobre.

« Bon voyage, M. Nadar ! » avait dit l'Empereur, en ôtant son chapeau avec une politesse souveraine, aux voyageurs de la nacelle du *Géant*. Hélas ! le souhait du monarque, qui fait la pluie et le beau temps dans son empire, n'a pas été exaucé là-haut. Le *Géant* a fait un sérieux et hardi voyage, mais non point un bon voyage. La descente des cieux lui a été singulièrement inhospitalière, et le boulevard qui, voilà deux semaines, ne demandait pas mieux que de plaisanter Nadar sur son voyage limité à Meaux, s'apitoie aujourd'hui de tout cœur sur les périls et les *maux* (un *e* de moins que la première fois) de ces vaillants navigateurs.

Nadar cherchait un moyen de réduire les *blagueurs* au silence ; ah ! certes, il l'a trouvé ; mais il l'a payé un peu cher.

On dit qu'il faut du sang répandu sur le chemin de toutes les grandes idées. On dit que les causes sublimes ne prospèrent qu'à la condition d'avoir leurs martyrs, comme les religions naissantes. La religion de l'hélice, que ses apôtres appellent *la sainte hélice*, est consacrée désormais ; le royaume de Hanovre s'est trouvé la terre élue où Nadar, au péril de plusieurs vies, a confessé sa foi dans la navigation aérienne.

J'ai presque envie de croire à la rancune des aérostats. Nadar a commencé par largement médire d'eux ;

il a prononcé leur oraison funèbre; puis il a prétendu, en construisant un aérostat monstrueux, le faire servir à des représentations dont le fruit devait être employé justement à détrôner les ballons. Son projet fut celui-ci : faire payer à l'idole qu'il allait renverser, les frais nécessaires à l'établissement du culte du vrai dieu auquel il préparait des autels. L'idole en question, je veux dire : le ballon, ne s'est pas prêtée à ce manége.

Il paraît même que, cruel comme tous les faux dieux, qui se réjouissent particulièrement des plus horribles holocaustes, ce monstre gonflé de gaz ne demandait qu'à pulvériser contre le sol les voyageurs qui s'étaient fiés à lui, et qu'il a fallu bien du courage, et, dans cette suprême détresse, bien du bonheur encore, pour que la catastrophe ne fût pas dix fois mortelle.

Ah! Nadar! Nadar! ceux qui t'accusaient déjà d'être le plus rusé des spéculateurs et un *monteur de coups* de première force, les voilà, j'imagine, bien désabusés à cette heure. Tu disais vrai, quand tu parlais, dans ton dernier manifeste aux Parisiens, de ta peau et de tes os mis en jeu. Elle a fait sourire, cette exaltation de langage d'un combattant qui sort de la mêlée et s'apprête à y rentrer. Ce n'était pourtant que l'exacte vérité; os et peau se sont trouvés là et ont payé comptant.

Et madame Nadar? cette jeune femme à la fois si timide, si modeste et si courageuse, blessée, elle aussi,

25.

blessée grièvement, et, à peine eut-elle ouvert les yeux en terre ferme, demandant son fils, son petit Paul, que l'on avait laissé à Paris par bonheur, et dont la présence devait être, pour sa mère, la consolation la plus puissante et le remède le plus efficace.

L'Empereur avait prêté, dimanche, l'attention la plus soutenue et la plus patiente aux longs préparatifs qui précédèrent l'ascension du *Géant*. Il s'était entretenu successivement, dans l'enceinte des manœuvres, avec tous les chefs de l'entreprise. — Les Français, disons-le entre nous, sont des révolutionnaires bien amusants. Ils excellent, ils ont excellé du moins naguère, à briser chez eux plus d'un pouvoir, et cependant ils ont l'adoration du pouvoir. L'affaire de la navigation aérienne gagnait cent pour cent à leurs yeux, depuis que l'Empereur avait témoigné y prendre intérêt. Ils croiront bien plus volontiers à l'hélice, si vous pouvez la leur montrer estampillée aux armes impériales.

Napoléon III, quand il n'était qu'un prince exilé, a remué toutes les idées et tous les problèmes, aussi bien ceux de la navigation aérienne ou aviation, comme dit M. Ponton d'Amécourt, que du paupérisme.

On nous dit qu'avant tout le bruit d'aujourd'hui, il connaissait déjà les petits modèles d'après lesquels doivent être faits les essais en grand du système Ponton d'Amécourt, La Landelle et Nadar, et qu'il aurait promis une souscription personnelle et immédiate, assez importante pour permettre de réaliser une première expérience.

Attendons et espérons ; nécessairement, il se mêle beaucoup de fables à tout ce que chacun débite sur la matière. Si jamais il y eut place pour des propos en l'air, c'est bien à propos de ballons.

Cependant, on a fait sur, ou plutôt contre M. Renan, le bouc-émissaire du catholicisme militant, un jeu de mots auquel l'aérostation n'est pas non plus tout à fait étrangère.

On a traité de *propos en l'air* son rationalisme, et l'on ajoutait qu'au surplus, on ne devait guère s'attendre à autre chose de la part d'un professeur *suspendu*.

C'est le coup de pied du calembour venant après les coups d'assommoir des mandements épiscopaux.

En fait de coups, vous savez que M. le duc de Morny a reçu un coup de tête de cheval, qui l'a retenu à Nades, dans des circonstances qui auraient amené, sans cet accident, sa présence à Paris. Le duc de Morny a beaucoup d'amis qu'il doit, non-seulement à son importance dans l'État et à sa haute situation, mais à sa valeur personnelle, en dehors de toute fonction, et à la grâce de son affabilité ; aussi la nouvelle de son accident eût-elle excité une vive émotion, si l'on n'avait été presque aussitôt rassuré qu'ému à son sujet.

C'est un des rares habitués des notables représentations qui ont manqué à *Jean Baudry*, paraissant pour la première fois, lundi, devant le public solennel du Théâtre-Français. Quel succès pour ce loyal et chaleureux poëte, Auguste Vacquerie! Quelle revanche éclatante de la chute également éclatante de *Tragaldabas* et des *Funérailles de l'honneur!* Peut-être, du reste, les *Funérailles de l'honneur* et *Tragaldabas* auront aussi leur jour, il est permis de l'espérer, quand on a sous les yeux le retour de fortune qui accueille à présent *les Ressources de Quinola*, une pièce sifflée naguère d'une si mémorable façon.

Auguste Vacquerie, applaudi aujourd'hui comme un simple Sardou, un Laya ou un Feuillet quelconque, me remet en mémoire la circonstance où, pour la première fois, j'entendis prononcer ce nom et où j'aperçus celui qui le portait. Un bien jeune homme, alors! C'était aux environs de 1848; il demeurait rue Saint-Georges, la première maison à main droite, en venant de la rue de Provence. Il occupait, au troisième étage, un appartement de garçon confortable, et vaste pour un appartement de garçon. Vacquerie n'a jamais connu la mansarde, sans laquelle on prétend pourtant qu'il n'y a pas de poëte. Je proteste de toutes mes forces contre cette théorie barbare, et Vacquerie proteste de toute sa poésie.

Voici où je voulais en venir : le même appartement qui abrita le futur auteur de *Jean Baudry*, alors dans toute l'ardeur romantique de ses vingt ans, eut, vers la même époque, un autre occupant, destiné à faire encore plus de bruit dans le monde : c'était le futur duc de Persigny. Il ne me souvient plus lequel de ces deux locataires précéda l'autre, mais je sais parfaitement qu'ils se succédèrent là sous les mêmes lambris, cossus, mais point dorés, point magnifiques, convenant à la médiocrité aisée d'un célibataire indifférent aux vaines pompes du monde.

Autre rencontre bizarre : de ses fenêtres de la rue Saint-Georges, M. de Persigny voyait parfaitement le jardin de l'hôtel Laffitte, s'étendant le long de la rue de Provence. Or, tout le monde sait qu'il a épousé la fille de la princesse de la Moskowa, aujourd'hui encore propriétaire de l'hôtel Laffitte, mais propriétaire fort menacée par le prolongement extrême de la rue Lafayette, qui va se continuer jusqu'à la place du nouvel Opéra, à travers le cœur du Paris financier, du Paris banquier, du Paris millionnaire, à travers le Paris qui reconnaît surtout M. le baron de Rothschild pour son roi.

La portière de la rue Saint-Georges n'aimait pas, je dois le dire, M. de Persigny. Il l'inquiétait en recevant fort souvent, le soir, des barbes et des moustaches soupçonnées de bonapartisme. La portière en question, tout orléaniste et essentiellement conservatrice, et adoratrice du pouvoir debout, flairait là une odeur de conspiration, et ce n'était point baume pour ses narines, croyez-le ! Si elle avait vécu, mais elle est

morte, — Dieu ait en paix son âme! — nul doute
qu'elle serait aujourd'hui fervente bonapartiste, jouant
toute sorte de mauvais tours aux locataires suspects
d'orléanisme; probablement même elle se souviendrait
d'avoir présenté naguère, à M. de Persigny, sa clef et
son bougeoir des rentrées nocturnes, avec une onction
et un dévouement tout particuliers. C'est étonnant,
quand on est haut placé, combien de gens, dont on ne
soupçonnait pas l'attachement, se trouvent avoir été
tout à vous dans votre fortune plus modeste! On n'a
pas besoin de descendre jusqu'à la loge du concierge
pour trouver cela.

Quant à M. Vacquerie, cette madame Pipelet de la
Chaussée d'Antin, plus civilisée par conséquent que la
véritable Pipelet, ne lui en voulait pas autrement;
mais elle le trouvait godiche.

C'est toujours l'histoire tant racontée de ce peintre
de paysage qui avait planté son chevalet en plein
champ et s'escrimait à grands coups de pinceaux. Le
portrait de la nature environnante naissait sur sa toile
si bien, si bien, que c'était merveille, pensait l'artiste.
Debout derrière lui, deux villageois arrêtés et silen-
cieux le regardaient faire. Le peintre se disait :
« Voilà deux enfants de la nature tout joyeux de me
voir tirer la ressemblance de leur mère.... et l'on dit
que le peuple n'est pas sensible aux beaux-arts!.... »
Enfin, l'un des rustiques rompit le silence, que l'homme
aux pinceaux prenait pour le recueillement de l'admi-

ration : « Y a-t-il des bêtes d'état, tout de même! » dit-il à son camarade.

Telle la portière de la rue Saint-Georges jugeant l'auteur de *Jean Baudry* et des *Miettes de l'histoire*.

C'est à *l'Événement* que j'ai connu pour de bon M. Vacquerie. Est-il possible d'oublier les bureaux de *l'Événement* quand on a eu l'honneur d'y mettre les pieds ! Auguste Vacquerie, déjà nommé, Paul Meurice, les deux jeunes Hugo, Théophile Gautier, Léon Gozlan, Charles Monselet, Adolphe Gaiffe, Henri Delaage, Champfleury, Gérard de Nerval, Arsène Houssaye, Théodore de Banville, qui n'y voyait-on pas ! Les uns déjà le front radieux d'une auréole de célébrité, les autres aspirant à se tailler des pourpoints dans le manteau des maîtres du romantisme et de la littérature.

On voyait même assez fréquemment dans ces fortunés bureaux, de jolies femmes appartenant au monde artiste, entre autres mademoiselle Lagier qui, alors, était maigre.

L'intérieur d'aucun autre journal politique n'a jamais ressemblé à celui-là. On n'y parlait guère que littérature. Le feuilleton y semblait la grosse affaire. On n'était, à l'origine du moins, ni orléaniste, ni républicain, ni bonapartiste. On était romantique, généreux et métaphorique avant tout.

L'Événement eût certes traité en premier Paris la question de la liberté des théâtres, question très-grave, qui confine à beaucoup de questions à la fois, qui touche à beaucoup d'intérêts et qui sera prochainement résolue, on le dit de toutes parts, dans le sens libéral.

C'est toujours une fort bonne chose, à notre avis, qu'une liberté, fût-ce la liberté de la boucherie, fût-ce la liberté de la boulangerie, fût-ce la liberté des théâtres, en tant que droit donné à chacun d'ouvrir une salle de spectacle, si bon lui semble, et d'y faire jouer par des acteurs de son choix les pièces de son goût, pourvu, bien entendu, que le tout ne déplaise pas à la commission d'examen ; cette liberté a beau être toute matérie'le, elle nous satisfait déjà comme acheminement surtout et comme à-compte. Les libertés de détail nous font l'effet de stations placées sur la route au bout de laquelle nous souhaitons d'arriver. Certes, Étampes ou Pontoise n'est point Paris pour le voyageur qui a soif de voir les murs de la grande capitale ; mais quand il est à Étampes ou à Pontoise, il se frotte déjà les mains ; il sent qu'on arrive.

L'opinion unanime de tous ceux qui connaissent la question des théâtres, réclamait depuis longtemps cette liberté qui, enfin, va nous être octroyée.

Il s'agit d'ouvrir des portes aux jeunes auteurs qui se rongent les poings, assis sur un tas de manuscrits inutiles ; il s'agit d'opposer une digue au flot toujours croissant des reprises qui encombre toutes les scènes ; il s'agit d'empêcher une pièce souvent médiocre d'avoir un scandaleux succès de cent cinquante représentations et de mettre un non moins scandaleux paquet de billets de mille francs dans la poche de l'auteur qui a accouché de ce beau chef-d'œuvre cent cinquante fois représenté, non point à cause de son mérite, non point en raison de la satisfaction qu'il donne aux auditeurs et qui conseille à plusieurs de revoir ce qu'ils ont déjà vu. Non, la raison de tant de succès si longs est tout simplement dans l'accroissement du nombre des spectateurs de bonne volonté. Faute de mieux, ils vont à ce qu'on leur donne, mais ils aimeraient autant aller ailleurs.

Proclamez la liberté des théâtres ; je ne dis pas que par là, hélas ! vous aurez introduit la liberté dont on abusera toujours le moins : la liberté des chefs-d'œuvre ; mais, du moins, il y aura de grandes chances pour qu'une rapsodie ait plus vite lassé la curiosité et la patience des amateurs de spectacle sollicités par un plus grand nombre d'entreprises théâtrales.

En ce qui touche ses intérêts, le commerce est presque toujours intelligent ; aussi vous verrez comme il faudra peu de temps, à partir du règne de la liberté... théâtrale mise en vigueur, pour que le nombre des scènes soit accru tout juste dans la proportion de l'accroissement de spectateurs, ni plus ni moins.

Et vous verrez aussi comme le niveau de l'intelligence sera plus élevé dans le camp des directeurs de théâtre, quand ce ne sera plus un ministre qui les nommera, mais quand chacun d'eux devra s'imposer

26

par un mérite personnel, sans le moindre caractère ministériel, la plus légère apostille officielle, à la confiance des bailleurs de fonds.

Il s'agit d'art, me direz-vous, et je parle affaire ; croyez bien que la liberté fera aussi les affaires de l'art.

Et aussi les affaires de l'humanité ! ne fût-ce qu'en augmentant les chances d'engagement pour ce tas de pauvres comédiens sans ouvrage qui stationnent sous certains arbres du jardin du Palais-Royal, et qui, quelquefois, se pendraient volontiers à leurs branches, s'il leur restait une cravate assez solide pour se prêter à cette opération.

Et les non moins malheureux auteurs ! Quand on pense qu'il n'est si infime scène, je ne dirai pas de Paris, mais de la banlieue, qui ne soit une citadelle assiégée de manuscrits, et trop souvent, hélas ! inexpugnable. Pour un qui entre par force ou par surprise, cent roulent mourants au pied des remparts.

Un de nos amis, qui se plaît dans l'étude comparée des effets et des causes, soutenait l'autre jour, devant nous, que la destruction du monopole en matière de théâtres, était une conséquence du suffrage universel.

— Ah bah ! et comment arrangez-vous cela ?

— Rien de plus simple ; au temps du suffrage restreint et de la liberté parlementaire étendue, quelle était l'occupation favorite des ministres ?

— S'assurer dans les Chambres une majorité bien sentie, répondîmes-nous sans hésiter.

— Nous sommes d'accord sur ce point ; vous ne me contesterez pas davantage qu'aujourd'hui les choses sont bien changées, que les ministres n'ont plus besoin de s'occuper d'avoir pour eux la majorité des envoyés du suffrage universel au Corps-Législatif, attendu que, jusqu'ici du moins, ils se sont vus escortés d'une quasi unanimité.

— C'est de l'histoire.

Il est certain que cette belle dame proverbiale, tant de fois citée dans les petits Mémoires du régime parlementaire, cette coquette adroite mélangée d'ambitieuse qui disait à une Excellence : « Complimentez-moi ; j'ai été assez jolie ce matin pour faire tomber X... à mes pieds à l'heure de la séance, ce qui l'a empêché de venir vous tomber sur le dos ; » il est certain que cette beauté, utile auxiliaire d'un pouvoir chaudement disputé, ne prêterait plus qu'un concours assez superflu aux ministres actuels, et qu'on n'a pas besoin de ses charmes ministériels venant à la rescousse.

Autre chose : quand on avait affaire au suffrage restreint, qui était à l'universel ce que le ballon comparatif des fêtes officielles était, dimanche dernier, au fameux et fatal *Géant* de Nadar, la faculté de disposer des priviléges de théâtre était une arme comme une autre, ou plutôt un engin d'attraction, une glu à prendre pas mal d'oiseaux. Ce n'est pas, en effet, seulement le titulaire d'un privilége qui doit de la reconnaissance aux mains dont il tient son privilége ; ce sont aussi les amis du directeur privilégié qui profitent de sa fortune. Entrées dans la salle ; entrées, cent fois plus recherchées, sur le théâtre ; relations agréables, amusantes, séduisantes avec le corps des acteurs, des auteurs, des journalistes et surtout des actrices, voilà la prime que touchent les amis d'un directeur privilégié, et à laquelle les législateurs, entre autres, n'ont jamais été indifférents. Voilà comment et pourquoi le monopole des théâtres fut un rouage gouvernemental, un petit moyen de faire tomber l'opposition dans les filets d'Armide, et, mieux encore qu'un rouage, une rouerie dont on aurait pu difficilement se passer. De nos jours, au contraire, tout est si parfait, si uni, si irréprochable, si amélioré, si purifié, ou, du moins, si changé, que prétendre jouer de pareilles cartes au whist du gouvernement, en face du suffrage universel, c'est comme si, — pour en revenir au ballon Nadar, — on voulait accrocher celui-ci à la terre avec de simples ficelles, là où les câbles des ancres ont cédé.

Un journal a publié une lettre que madame la princesse de la Tour d'Auvergne aurait écrite au *Journal des Débats*, relativement à son ascension, et n'aurait pas envoyée à son adresse. Elle a bien fait. Cette lettre vient un peu tard ; il n'est pas plus question aujourd'hui de la première ascension du *Géant*, en présence des péripéties dramatiques de la seconde, que d'un vaudeville joué, vers 1825, sur le théâtre de

Madame. Une semaine a été consacrée à l'audace des premiers voyageurs du *Géant*, et spécialement à la princesse de la Tour d'Auvergne. C'était à qui célébrerait sa gracieuse intrépidité. A présent, l'émotion publique est toute à madame Nadar.

Je ne puis m'empêcher de penser qu'il y a quelque affinité de tempérament entre ces deux grandes dames, l'une Française, l'autre étrangère, la princesse de la Tour d'Auvergne, déjà nommée, et la comtesse Batthyani, née Apraxin ; cette dernière, l'héroïne d'une si curieuse représentation donnée hier au petit théâtre des Jeunes Artistes, rue *de la Tour-d'Auvergne*, justement : l'une et l'autre de ces grandes dames ont pris la route des astres (*sic itur ad astra*), celle-ci, par la voie de l'art dramatique et des beaux vers, celle-là, en montant dans la nacelle du *Géant*. Quelle est la plus périlleuse des deux tentatives ? Peut-être celle de madame la comtesse Batthyani.

S'il y avait du monde, hier, et du beau monde, pour assister à cette soirée au programme étrange : une Batthyani, une Apraxin, sur la scène, devant la rampe, en face du public, venant réciter, comme n'importe quelle autre élève de son professeur Ricourt, deux actes de *Phédre*, et cette jolie perle d'Alfred de Musset : *Il faut qu'une porte soit ouverte ou fermée !* Si les loges avaient été recherchées et étaient brillamment occupées, je vous le laisse à penser. Il y avait là des princesses russes, et le prince lui-même de la cri-

26.

tique, Jules Janin, qui a pris dans sa main paternelle et bienfaisante la cause de cette volontaire illustre de la tragédie et de la comédie, et vous la recommandait de porte en porte. Il y avait M. Camille Doucet, écoutant de ses deux oreilles, car la soirée d'hier était un ballon d'essai, et comme qui dirait, en ce temps d'ascension forcenée, une ascension captive, précédant et préparant le grand voyage, le début sur la scène majestueuse du Théâtre-Français, au milieu des chefs= d'œuvre à *durée illimitée*, certes, et bien justement illimitée.

La débutante, qui a plus de blason à elle seule que n'en pourraient fournir, ou peu s'en faut, les théâtres de Paris réunis, nous offre une physionomie singuliè- rement intelligente et vive, où parlent deux yeux éloquents. Est-elle jolie, dans l'acception ordinaire du mot? J'oserai dire que non; mais elle peut, à ses heures et dans son cadre, séduire plus sûrement que la plus jolie femme. Peu ou point d'accent étranger. Quel âge? me direz-vous. — Jeune, assurément, d'une jeunesse, pour tout dire, que l'auteur des *Ressources de Quinola*, dont on connaît les célèbres prédilections relativement à l'âge des femmes, eût pu approuver sans manquer à sa doctrine. Bref, une jeune femme, mais non point un enfant.

On l'a écoutée gravement. Il ne s'agissait pas de ces bravos complaisants que l'on peut, sans que cela tire à conséquence, prodiguer au caprice artistique de nobles amateurs ; la grande dame se présentait comme une actrice venue à Paris pour se faire accepter sérieusement du public parisien. Eh bien, on l'a applaudie et rappelée pour de bon, surtout après la comédie, qui paraît être beaucoup mieux son fait, quant à présent, que la tragédie. On lui avait, néanmoins, avant cette représentation, entendu dire, avec un grand effet, des vers tragiques, dans une soirée particulière. Peut-être Phèdre était-elle un peu troublée ; de plus, médiocrement entourée, pour ne pas dire mal ; ajoutez à ces circonstances contraires, l'injure d'un costume qui n'était pas sans reproche, hélas !

La grande dame a repris ses avantages dans une *Porte ouverte ou fermée*. Cette fois, vive, enjouée, souriante, élégante, tenant d'une main ferme et souple à la fois les rênes du dialogue, sans trop les tendre, sans les laisser flotter non plus, elle a réuni de chauds suffrages.

Si jamais la curiosité réclame impérieusement la biographie d'une actrice, c'est bien aujourd'hui et quand il s'agit de la comtesse Julie B. Apraxin, — c'est sous ce nom que la désignait exactement le programme. Écoutons-la parler d'elle-même. Dans un volume paru chez l'éditeur Dentu, et intitulé : *Quelques feuilles détachées de mes Mémoires*, la comtesse s'exprime ainsi : « Après avoir parcouru mon pays, plutôt en amateur qu'en artiste, j'ai considéré comme un devoir sacré de me mettre à même d'acquérir, par

l'étude, ce talent réel que les plus heureuses dispositions ne peuvent pas donner, et qu'on ne peut obtenir
que par un travail profond et assidu...

« Mais, continue la comtesse-artiste, ce n'est pas
pour satisfaire une vaine gloire personnelle que je
veux m'efforcer d'acquérir un talent hors ligne ; c'est
pour ma patrie, c'est afin de lui ouvrir la voie des
progrès dramatiques... »

D'après cela, la vocation dramatique de cette nature
peu commune, se colore aussi d'élan patriotique.

La comtesse Batthyani est, de plus, auteur. Sous un
pseudonyme qui est l'anagramme de Julie Apraxin :
Eiluj Nixarpa, elle a fait imprimer, à Paris, deux
romans : *On a beau dire* et *Ilma*, qui, paraît-il, ont
produit une certaine sensation... en Hongrie. Elle a
signé Julie Batthyani un autre volume paru chez
Amyot, l'éditeur de la rue de la Paix, intitulé :
Journal d'Ilma. Avant de prendre la plume, elle avait
donné une preuve merveilleuse de souplesse d'esprit et
de force de volonté en apprenant, en un clin d'œil,
l'allemand et le hongrois, dont elle ne savait pas le
premier mot, et qu'elle écrit maintenant avec infiniment d'aisance et de correction, à ce qu'on assure.

Il y a tout juste un an qu'elle résolut d'embrasser
la carrière dramatique.

Elle parut d'abord sur le théâtre de Bude, puis à
Pesth, et sur toutes les principales scènes de Hongrie
et de Transylvanie. Les journaux nous en ont parlé.

Les résistances qu'elle eut à vaincre de la part de sa famille, et même du côté de l'autorité, étaient inévitables ; le récit nous en mènerait trop loin. Ces obstacles eurent pour effet d'enflammer davantage le zèle de l'artiste, et de disposer d'avance à l'énthousiasme le public devant lequel elle voulait paraître, et, surtout, la jeunesse et les étudiants.

Bien entendu, la vocation s'est manifestée chez elle dès l'âge le plus tendre ; voici dans quelle circonstance elle éclata : un hiver plus glacial que jamais, interrompant les communications, et un été tropical, avaient mis à deux doigts de sa perte l'*impresario* du théâtre hongrois de Bude ; il était à la veille d'en être réduit à fermer ses portes et à faire annoncer : relâche indéfiniment, pour cause de réparations à faire à la caisse, lorsque le désespoir du directeur et l'angoisse de ses pensionnaires déterminèrent la comtesse Batthyani à réclamer une place dans le camp de ces comédiens éprouvés par le sort : « Et moi aussi, je suis comédienne, » s'écria-t-elle en les voyant si malheureux.

Excentricité, je le veux bien ; mais générosité aussi.

Ce qui suit n'est plus que de l'excentricité... grammaticale.

On parlait, devant un célèbre *cuirassier* (traduisez : faiseur de cuirs, ainsi que l'ordonne M. Lorédan Larchey, dans son utile et amusant *Dictionnaire des Excentricités du langage*), de feu Rachel et de sa gloire.

— Moi aussi, je l'ai vue, dit notre homme.

— Dans quelle pièce?

— Je l'ai vue deux fois : dans *Andromaque* et dans *Bénazet*.

Le malheureux voulait dire : *Bajazet*.

Il me vient un scrupule : cette bévue ne constitue-t-elle pas ce que l'on appelle le *mot de la fin*, entre journalistes qui savent leur métier. J'aurais peut-être dû garder mon *Bénazet* pour dessert.

On s'occupe beaucoup, en ce moment, de comédies de société, surtout dans le monde privilégié des gens à château. Au château de Vaux, dans la Sarthe, des amateurs qui s'appellent comtesse da Porto, de Gauville, vicomtesse de Sinety, mesdemoiselles de Bourqueney, madame de Fleury, etc., etc., ont joué *les Lundis de Madame, le Chien du Jardinier,* opéra-comique, et *Passé Minuit,* en compagnie de MM. da Porto, de Montaignac, Ogier d'Ivry, baron de Bourqueney, marquis de Latour Anglade, etc., etc.

A Saint-Germain-en-Laye, près Paris, dans d'autres conditions et au profit d'une œuvre de bienfaisance, des amateurs aussi viennent de jouer *les Précieuses ridicules,* de Molière, avec talent et succès. La représentation s'est donnée dans une ancienne salle d'hôpital, transformée par Godillot, et ne s'en est pas moins bien portée pour cela.

On annonce le mariage de M. le duc de Bellune, naguère secrétaire de l'ambassade de France à Rome, avec mademoiselle d'Espiès, une héritière du faubourg Saint-Germain. Le jeune duc de Bellune, esprit facile et brillant, compte beaucoup d'amitiés et de sympathies dans le monde des lettres.

On dit aussi très-prochain le retour à Paris de cette belle dame russe, qui fit un tel bruit d'élégance à Paris, l'hiver passé ; mais voilà qu'une petite danseuse, qui dansait jusqu'ici à la Porte-Saint-Martin, et qui, depuis trois jours, s'escrime sur la scène des Variétés, dans *les Voyages de la Vérité*, mademoiselle Frédérique, pour l'appeler par son nom, se permet de ressembler, — d'une façon qui frappe tout le monde, et qui peut-être a fait sourire dans la loge impériale, le soir de la première représentation des susdits *Voyages*, — à la grande dame désignée plus haut. C'est très-perfide, ces ressemblances-là. Rappelez-vous la *Valéria*, de MM. Jules Lacroix et Auguste Maquet, et cette pauvre impératrice Messaline, compromise à jamais, suivant les auteurs de *Valéria*, par sa ressemblance avec une courtisane que l'on prenait pour elle. Rappelez-vous l'histoire du collier, de triste mémoire, et Marie-Antoinette, victime, elle aussi, d'une ressemblance. Dans un cas pareil, les hommes, s'ils sont sages, conviennent entre eux de se différencier par la coupe de la barbe. Mais les femmes ?

XVII

Conséquences de la liberté donnée à l'industrie théâtrale. — *Le cahier des charges de la liberté.* — La voix de M. Victor Hugo dans les conseils de Napoléon III. — Écueil de la liberté : les représentations en chambre, et comment l'éviter? — Deux libertés qui sont sœurs par les *fours.* — Un calembour par gestes. — Une langue qui fourche. — Inconvénients de la solidarité que le régime du privilége paraissait établir entre le gouvernement et les directeurs nommés par lui. — Histoire des priviléges au point de vue de l'influence féminine. — Les solliciteurs. — Le verbe protéger, à l'actif et au passif. — La section des mécontents. — Réouverture des salons de Markowski, et conséquences de leur nouveau règlement. — *Mémoires d'une femme de chambre.* — Les faiseurs de libelles, Mme du Barry et un mot de mylord Chesterfield. — Dis-moi comment tu lis ton journal, je te dirai qui tu es. — La déconfiture de Cellarius. — Retour aux beaux jours de la polka et du cours de danse. — Les mémoires du cours de Cellarius. — Quels directeurs seront privilégiés quand même. — Nadar. — Le roi d'Araucanie. — A Compiègne. — Mariages. — Mlle Sax, lisez : Mme Castelmary. — Le ténor Fraschini et son désintéressement. — L'homme et l'artiste. — Histoire du début de Fraschini à Londres. — Un mot de la Gabrielli à Catherine II, au siècle passé. — *Un homme chauve.* — *Les Résidences royales de la Loire.* — M. Duruy et Chaptal. — Histoire sommaire d'une casquette à plume blanche.

27

Paris, 13 novembre.

Allons-nous voir s'ouvrir des théâtres partout à la faveur du régime de liberté promis par le discours impérial? Je n'en crois rien pour ma part et je m'imagine, au contraire, que plus d'un fondateur de spectacles, acharné naguère à courir après les priviléges, du temps que le ministère en délivrait encore, va parfaitement renoncer à son projet d'entreprendre un théâtre de plus, du moment qu'il n'y a plus d'investiture officielle. On supprime la barrière que ces solliciteurs demandaient à voir lever pour eux; on la supprime pour tout le monde; dès lors, bon nombre d'entre eux ne se soucient plus de passer, car c'était justement sur les barrières renversées désormais qu'ils comptaient s'appuyer pour marcher.

En ce moment, l'on rédige ce que M. Victor Hugo, en d'autres temps, a éloquemment appelé le *Cahier des charges de la liberté*, et, détail curieux, je sais de source certaine que les pensées et les paroles mêmes émises par l'auteur illustre des *Misérables*, lors de la dernière enquête faite sur la question, servent surtout de guide à l'administration actuelle dans ses travaux. M. Victor Hugo voulait que la liberté de l'industrie théâtrale fût proclamée, comme elle va l'être, mais soumise à des conditions assez hautes pour sauvegarder la dignité et la moralité de l'art; c'est l'ensemble de ces conditions requises pour préserver de ses pro-

pres excès une industrie sacrée, — puisqu'elle donne la
main à un grand art, — que Victor Hugo désignait par
cette heureuse expression : « *Le Cahier des charges de
la liberté.*

Certes, le premier écueil à éviter c'est la honte et
le danger des petits spectacles en chambre ; ce sont les
entresols de marchand de vin se convertissant en théâtres borgnes avec trois quinquets pour rampe, deux ou
trois douzaines de farceurs pour public, et sur les planches, quelques demoiselles et leurs complices, troupe
à tout faire : tragédie, comédie, ballet, vaudeville et le
reste. Plutôt que d'en venir à ces abjections, mieux
vaudrait continuer le système des priviléges dont les
fruits amers ont fini par rebuter tout le monde.

Mais le remède à cet avilissement par la licence —
ne pas confondre avec la liberté ! — est si simple, qu'il
se présente d'abord à l'esprit le moins préparé ; il suffit pour éviter à la ville le scandale de se voir envahie
par une infinité de bouges soi-disant consacrés à l'art
dramatique ; il suffit de dire dans la loi qu'aucun spectacle public ne pourra être donné ailleurs que dans
une salle de spectacle digne de ce nom, propre à cette
destination et capable de contenir, je suppose, un mil-
lier de spectateurs. L'étendue du cadre est ici une garantie de la convenance du tableau ; convenance et contenance se trouvent presque synonymes dans cette
question. N'eussiez-vous plus la censure, qui, d'ailleurs, est restée debout sur les ruines du monopole, la

quantité des spectateurs appelés suffira à préserver d'immoralité le spectacle. Les jeux de la lubricité et du théâtre ne peuvent se donner carrière qu'à huis clos, entre un petit nombre de gaillards choisis. Partout où le public règne en nombre suffisant, il fera régner cet amour de la vertu dont aucune foule n'est, grâce au ciel, dépourvue.

Mais on n'en est point là, puisque la censure n'a pas abdiqué ; il s'agit seulement d'éviter que des pièces convenables, visées, paraphées, surveillées, estampillées, ne soient déshonorées par une interprétation et une mise en scène dégradantes, et c'est à ce péril qu'il est si facile de pourvoir.

Croyez-le, du moment que la liberté n'existera que pour les entreprises d'une certaine importance, nous aurons moins de théâtres que n'en eût donné le régime du privilége, si le ministère se fût mis seulement à octroyer les concessions qui lui étaient demandées par des gens d'un certain poids.

La liberté des théâtres et la liberté de la boulangerie, si intimement unies entre elles par les *fours*, ne multiplieront à l'infini ni les boulangeries ni les spectacles, par la raison qu'il faut d'abord un capital pour faire chauffer le four, et que le capital, généralement clairvoyant, prend ses précautions pour ne pas *faire four*.

Je ne dis point qu'on ne verra pas çà et là quelque tentative drôlatique, quelques apparitions d'auteurs incompris, bouffons sans le savoir et comiques sans le vouloir, ou d'acteurs hétéroclites de la famille de cet histrion demeuré à bon droit célèbre, qui, dans *les Comédiens* de Casimir Delavigne, justement, se creusant la tête à *souligner* ses rôles et produire des effets nouveaux, en trouva un superbe pour les deux vers suivants :

> Le public, dont l'arrêt punit ou récompense,
> S'informe comme on *joue* et non pas comme on *pense.*

Il se frappa la joue au premier hémistiche du deuxième vers et le ventre à la fin.

Est-il besoin de parler du succès qui accueillit cette innovation mimique au moins originale et ce double calembour par gestes?

Je trouve un inconvénient bien autrement grave à l'espèce de solidarité que le régime du privilége établissait entre l'administration et les directeurs qui tenaient d'elle leur brevet.

De la sorte, en forçant un peu les choses, on pouvait, jusqu'à un certain point, arriver à considérer *le Cotillon; les Diables roses; Ohé! les petits agneaux,* et, plus récemment, *les Voyages de la vérité,* comme autant de produits des manufactures impériales, en tant que les directeurs qui ont accueilli, encouragé, choyé ces productions et ont tâché de leur faire produire un certain nombre d'écus, étaient des émanations de la puissance ministérielle.

27.

Eh bien, envisagés sous cet aspect, *les Diables roses* eux-mêmes, qui sont une plaisanterie amusante et
bien venue, manquent un peu de littérature. La chose
est suffisante chez un directeur qui ne relève que de
lui-même, qui soigne ses intérêts à sa façon, qui cherche ses recettes où il croit les trouver; mais, aussi
longtemps que ce mot directeur de théâtre a désigné un
mortel préposé par le gouvernement à une section des
plaisirs publics, une sorte de personnage hybride, fonctionnaire d'un côté, spéculateur de l'autre, *les Diables
roses*, suffisants pour le spéculateur, étaient au-dessous de la gravité du fonctionnaire.

Voyez si le gouvernement n'a pas tout à gagner à
se mettre en dehors de la question! Voici, par exemple, la terre étrangère, l'exil volontaire et le libre génie qui nous envoyaient dernièrement ce chef-d'œuvre
et ce monument: *les Misérables;* cependant, que don-
nait-on sur une des scènes privilégiées de Paris, et
non pas sur une des dernières dans l'ordre hiérarchi-
que? Sur la scène du Vaudeville, on donnait *le Cotillon*, de tapageuse mémoire. On ne compare pas le ciel
étoilé à un caillou qui se trouve sous notre pied; je
n'ai pas l'intention de comparer *le Cotillon* aux *Misérables*, mais je dis que quand la littérature dramatique
est condamnée à produire quelquefois de pareilles choses, si petites, en face d'autres si grandes, il est fort
utile pour le gouvernement de n'être plus le parrain
des théâtres en nommant les directeurs.

Et puis, qui dit privilége dit intrigue pour obtenir ce privilége.

Qui dit intrigue dit femme.

Ce serait curieux et amusant, et instructif, d'étudier l'histoire des différents priviléges de théâtre encore en vigueur sur le sol parisien, en y cherchant la femme. — Où est la femme ? comme disait ce magistrat dans tous les crimes soumis à son examen. L'homme s'agite ; la femme le mène, — à la vertu ou au vice, au bien ou au mal, aux bassesses ou aux grandeurs. Il y a la femme qui égare et la femme qui dirige, comme il y a de bons et de mauvais guides qui vous font franchir sain et sauf les défilés des montagnes, ou vous font périr aux endroits dangereux. Sous le règne de la loi théâtrale qui agonise en ce moment, nous avons vu plus d'un directeur perdre son privilége à cause d'une femme, et plus d'un aussi l'obtenir, à cause d'une femme.

Un directeur de spectacle voulait-il céder son fonds, cela ne se passait pas comme pour une boutique de mercerie ; il fallait à cette cession l'agrément du ministère ; encore une occasion de mettre en jeu les influences dont on pouvait disposer ; voilà la griffe rose qui, de nouveau, entrait en campagne.

Il n'y a que la femme pour savoir solliciter.

Si, par hasard, une nécessité impérieuse contraint le fonctionnaire auquel elle s'adresse à lui faire faire antichambre, elle sait même faire antichambre avec grâce et avec dignité et sans avoir l'air de s'ennuyer le moins du monde.

Elle sait comment on entre dans le cabinet d'un fonctionnaire, selon l'importance de celui-ci, et comment on en sort. Rien ne la trouble, — j'entends la solliciteuse digne de ce nom, la femme habile à faire réussir ses amis, — et si jamais elle paraît troublée, c'est qu'elle le veut bien et pour ajouter l'argument de son émotion aux autres arguments de son discours.

De même que, selon l'aphorisme d'un gastronome célèbre,

« On devient cuisinier, mais on naît rôtisseur, »

la femme devient coquette, mais elle naît solliciteuse.

C'est un don que dans le monde on apporte en entrant, ou un talent que jamais l'on n'acquerra.

Aussi, sous le régime qui va être abrogé pour les spectacles, il fallait à tout homme aspirant à être directeur, à se maintenir dans une direction, ou à faire agréer le successeur avec lequel il avait traité de sa direction, une solliciteuse dans sa manche.

Sans cet auxiliaire, point de salut.

La liberté proclamée en ce qui concerne l'industrie théâtrale va donc faire perdre à la profession de solliciteuse une des cordes importantes de son arc.

Voilà, d'une part (car c'est une arme à deux tranchants que cette liberté), un certain nombre de protectrices cassées aux gages, et, d'autre part, les protec-

teurs de ces protectrices protégeant au-dessous d'elles
et protégées au-dessus ; voilà, dis-je, ces protecteurs
sans ouvrage.

Versons un peu de lumière sur cette échelle de pro-
tections reçues et données.

Pour protéger, il faut généralement être protégé
soi-même. On a toujours besoin d'un plus grand que
soi, si l'on a quelquefois besoin d'un plus petit, comme
l'affirme le fabuliste. On protége et l'on est protégé.
Le verbe se conjugue à l'actif et au passif à la fois. J'ai
donc eu raison de dire plus haut que la liberté allait
faire chômer les protecteurs de certaines protectrices
des directeurs.

Qui ne sera pas content, entre autres ? C'est cette
catégorie de gaillards qui, n'ayant jamais obligé personne, et le gouvernement moins que personne, s'ima-
ginent pourtant que tout le monde en général, et le
gouvernement en particulier, leur doit une reconnaissance infinie. A force de le dire, ils arrivent à se persuader eux-mêmes et, une fois persuadés, parviennent
quelquefois à faire partager leur étonnante conviction
à d'autres.

Eh bien, le gouvernement, en renonçant à faire des
directeurs de théâtre, s'est privé d'un moyen de reconnaître les services imaginaires rendus par ces serviteurs de fantaisie. Là-dessus il faut les entendre s'in-
digner, accuser la mémoire des hommes et proclamer
que l'on n'avait pas le droit de renoncer à conférer des

priviléges, puisque c'était une manière de récompenser de *vieux serviteurs*.

— Votre liberté, disent-ils en hochant la tête avec mélancolie, n'est qu'une forme nouvelle de l'ingratitude. Au surplus, nous y sommes habitués.

Cependant les jeux et les ris ont recommencé chez le professeur de danse Markowski, dans ses nouveaux salons du passage des Panoramas. Tant mieux ; Markowski est une institution. Le passage de la rue Lafayette prolongée ayant réduit en poussière son ancien domicile, il a porté ses pénates ailleurs et sa vogue l'a suivi. Cependant, son gouvernement n'est, pas plus que les autres, à l'abri des réformes et des nouveautés. Présentement, ce ne sont plus des bals, chez Markowski, où l'on entre, comme au théâtre, en achetant son billet à la porte ; non, ce sont des cours. Il faut être inscrit parmi les élèves du maître ; il faut avoir un certain nombre de cachets dans sa poche. De cette loi nouvelle à la comédie suivante, il n'y a qu'un pas, et il a été franchi bravement par un personnage grave que je pourrais nommer : avoir la cinquantaine pour le moins, occuper dans le monde une position considérable et sérieuse ; porter plusieurs ordres à sa boutonnière et figurer sur la liste des élèves de M. Markowski, vu que l'on tient à assister à ses cours, afin d'y surveiller en personne certaine blonde — ou brune, la couleur n'y fait rien, — qui intéresse Votre Seigneurie.

On a vu, pour peu que l'on ait d'expérience, les diamants dont on pare ces capricieuses idoles, se changer quelquefois (par une métamorphose digne de M. Velle, le nouveau prestidigitateur qui émerveille Paris à l'heure présente) en paletots que portent, en cigares que fument de petits messieurs plus séduisants que délicats. C'est pour gêner les escamotages de ce genre, sans parler des escamotages de cœur et des escamotages de fidélité, que l'on voit des protecteurs sérieux se résoudre à prendre des cachets de danse. Par leur présence, ils pensent empêcher les tours en question de se produire aux environs de la beauté qui les captive.

Si tels sont dès aujourd'hui les effets d'une juste défiance, que sera-ce quand on aura lu cet ouvrage dont l'annonce a pris comme une traînée de poudre, *les Mémoires d'une femme de chambre, qui a été au service des principales actrices de Paris : Comédie-Française, Opéra, Opéra-Comique, Vaudeville et Palais-Royal.*

Quelle peut être cette femme de chambre, qui va secouer sur nous son tablier plein de révélations?

Est-ce une vraie femme de chambre? ou s'agit-il du travestissement de quelque bel esprit malicieux?

Si c'est une vraie femme de chambre qui a écrit de vrais Mémoires, sincères, et, par conséquent, dangereux pour les intéressées, j'ai peine à croire que celles-ci ne se cotisent pas pour acheter l'édition

entière et faire au besoin des rentes à l'auteur, à
condition qu'il ou elle se taise.

Seulement, il ne faut pas lésiner dans de pareils
marchés ; si je me souviens bien des chiffres, on vit,
au siècle dernier, madame du Barry, au plus fort de
sa faveur, menacée par les indiscrétions d'un libelle,
que le chevalier de Morande avait composé en Angleterre, sous le titre de : *Mémoires secrets d'une femme
publique, ou Essais sur les aventures de madame du
Barry, depuis son berceau jusqu'au lit d'honneur,*
compter à l'auteur, pour arrêter l'impression de son
ouvrage, cinquante mille livres, et, de plus, lui assurer
deux cents livres sterling de pension, dont moitié re-
versible, après sa mort, sur la tête de sa femme.

Il y a un beau mot de mylord Chesterfield à l'auteur
d'un autre libelle de la même époque : *Le gazetier
cuirassé*, dont on lui avait adressé les premières
feuilles. Mylord remit à l'auteur, qui s'était dévoilé à
lui sous le sceau du secret, une somme de vingt-cinq
guinées. Celui-ci ne put s'empêcher de témoigner son
étonnement, en recevant une somme qu'il croyait si
disproportionnée à la valeur du libelle : « Ce n'est
point pour payer votre ouvrage, dit le gentilhomme,
c'est pour vous aider à n'avoir plus besoin d'en composer de semblable. »

Mais, tenez ; j'ai fait semblant tout à l'heure de
croire au venin distillé dans les Mémoires de la femme
de chambre en question ; au fond, je suis sûr qu'il n'y

a rien à redouter pour ses anciennes maitresses.
Quand l'ex-servante dirait, en ses bavardages d'outre-
tablier, que celle-ci met du rouge, celle-là du blanc,
toutes de faux cheveux et de la crinoline, et que plusieurs ne sont pas des rosières ; eh bien, après !

L'effet d'une pareille publication est escompté
d'avance, comme on dit à la Bourse, et ne fera ni
hausser ni baisser les actions de ces dames sur le
marché.

Il y a une catégorie d'individus qui lisent d'abord,
dans un journal, les décès, les mariages et les déclarations de faillite ; ce sont ceux qui tiennent à savoir,
de préférence, ce qui a pu arriver de fatal à leur
prochain, et peut-être (la friandise est alors plus
délicate) à leur ami. — On pourrait presque classer
les gens d'après leur manière de lire le journal qu'ils
ont sous les yeux ; les spéculateurs vont droit au
bulletin de la Bourse ; les curieux et les musards, aux
faits divers ; les mondains, à la chronique ; les auteurs,
à la critique, pour voir si l'on y parle d'eux ; les
Prud'hommes, au premier Paris ; les femmes, au
feuilleton-roman ; les amateurs de scandale, à l'article
tribunaux ; les gourmets, à l'entrefilet ; les ferrailleurs,
à la polémique ; les indifférents dirigent leurs regards
à n'importe où, et prisent autant la quatrième que la
première page.

Quoi qu'il en soit de cette classification plus ou
moins rigoureuse, j'ai la prétention de n'être point de

28

ceux que l'appétit du mal d'autrui dirige instinctive-
ment vers les mariages, les décès ou les faillites, et
c'est bien par hasard que mes regards viennent de
tomber sur deux lignes qui annoncent la déconfiture
financière de Cellarius, Henri Cellarius, qualifié entre-
preneur de bals publics, et demeurant à Paris, 49, rue
Vivienne.

Est-il possible qu'un homme chez lequel nous avons
tant valsé, se trouve ruiné !

Ce résultat de tant de valses et de polkas, m'a paru
navrant et invraisemblable.

Dam ! il y a de cela déjà un assez bon nombre
d'années, et cela ne rajeunit pas tout le monde ; l'hiver
où fut importée la polka à Paris, l'hiver où tout Paris
fut *à la polka*, où l'on vit des magistrats et des mères
de famille, qui depuis longtemps avaient pris leur
retraite, se mettre à la danse, comme piqués de cette
tarentule qui n'épargnait personne ; cet hiver où l'on
appela des *polkas* ceux que nous nommons à présent
des gandins, Cellarius fut un grand homme ; il eut tous
les lauriers de la popularité sur son front prématuré-
ment chauve comme celui de César. Son rival, son
Pompée, l'autre professeur de danse d'alors, Laborde,
— qui, lui, vient de se retirer riche et honoré, —
n'atteignait pas à la vogue de Cellarius. Quand on
avait dit : « élève de Cellarius, » c'était un passe-
port et une recommandation dans les salons. Cela
vous posait en homme. Les jeunes filles du bel air,

auxquelles on parlait d'un mariage, s'informaient si le futur était élève de Cellarius, en ce beau temps de la polka naissante et de la valse à deux temps régnante.

Plus tard, la ferveur de la polka diminua ; ces fièvres-là tombent vite ; mais la faveur *des salons* de Cellarius persista. Ses *salons* consistaient, au temps où me reportent mes souvenirs, en une très-grande salle, peu ornée, peu meublée de très-simples chaises d'un acajou superficiel et d'un velours assez défraîchi ; mais on était là pour danser, non pour s'asseoir. Je vois encore la buvette, à droite de la porte d'entrée, et le vestiaire au fond de la salle, à gauche, et, en face du vestiaire, le petit bureau où le maître distribuait les cachets, en recevait le prix, faisait ses comptes. Je me rappelle très-bien les jours de cours et aussi de double cours, et Alkan siégeant au piano. Aux cours simples, les hommes se rendaient en redingote, les femmes en robe montante. Pour les autres, il fallait l'habit noir, la toilette décolletée, les diamants, quand on en avait. En ces jours d'une simplicité relative, toutes les jolies femmes n'avaient pas de diamants, et semblaient parfois penser à autre chose qu'au moyen de faire passer à leur cou, à leurs bras, à leurs oreilles, l'étalage du bijoutier voisin ; toutes les joues non plus n'avaient pas de fard, il me semble. Peut-être est-ce seulement nos yeux qui ont changé ?

C'est une nouvelle européenne, pour le moins, que

la déconfiture de Cellarius ; car on a vu l'Europe, et aussi l'Amérique, danser le cotillon chez lui. Aucun de ceux qui sont venus, il y a dix ans, il y a quinze ans, il y a vingt ans, passer leur vingtième année à Paris, n'ont pu oublier ses soirées. Son nom figure sur bien des tablettes. Il se relie à des souvenirs couleur de rose, et aussi à la mémoire de plus d'un drame. Là s'éleva, à propos d'une fleur, la querelle entre le jeune Italien Cataneo, et un officier français, Froidefond, qui devait avoir, à deux ou trois jours de là, un dénoûment si affreux : Froidefond tua Cataneo en duel, et lui-même allait être frappé, un peu plus tard, dans la guerre d'Italie, en faisant bravement son devoir de soldat, comme si le sol italien vengeait le sang de Cataneo, son enfant.

Voilà encore des Mémoires à écrire : les Mémoires des cours de Cellarius.

Au temps où ils florissaient sous nos yeux, il était déjà question de la plupart des jeunes beautés complaisantes qui sont plus jeunes et plus éclatantes que jamais aujourd'hui, certaines beautés du bon cru étant en possession de s'améliorer avec le temps, comme les vins généreux en bouteille ; mais, Nadar n'était point encore photographe, encore moins aéronaute ; avait-on même inventé la photographie ?

Dumas fils commençait à percer ; Sardou était encore à naître : deux esprits, soit dit en passant, qui continueront, malgré la suppression des priviléges, à faire des directeurs privilégiés de ceux auxquels ils porteront leurs ouvrages.

Nadar s'en va, sur ses béquilles, en Angleterre ; sa gloire et son ballon l'ont précédé sur les bords de la Tamise ; hourra pour Nadar, et un grognement pour ceux qui, par tiédeur, par envie ou par imbécillité, paralysent comme ils peuvent son généreux essor !

Je te salue aussi au passage parmi les meilleures curiosités de la semaine, prince A.-O. de Tonneins, roi d'Araucanie, plein de majesté, visible presque chaque jour aux séances du Corps-Législatif. Nous allons avoir aussi vos Mémoires, à ce qu'il paraît, roi détrôné, mais non pas découragé, roi *désavoué* par vos sujets, comme on l'a dit en faisant allusion à vos panonceaux d'autrefois, du temps où vous étiez un simple officier ministériel en province. Auriez-vous l'intention, en vous montrant si souvent à nos députés, de préparer les voies à une petite intervention en votre faveur ?

La Cour est à Compiègne ; les acteurs du Gymnase vont ce soir jouer *Montjoye*, leur dernier succès, sur le théâtre de la résidence impériale. On sait l'ordre et la marche de ces promenades dramatiques qui, désormais, ont lieu chaque automne. L'année dernière, les mêmes excellents artistes donnèrent, devant le même auditoire, *les Ganaches*, qui obtinrent moins de succès qu'à la ville, et leur auteur, Victorien Sardou, qui devait espérer rapporter à Paris un bout de ruban

28.

rouge, n'en rapporta qu'un gros rhume, en attendant la décoration qui lui est si justement échue au 15 août dernier.

Je ne serais pas surpris quand *Montjoye* réussirait encore mieux, si c'est possible, dans l'atmosphère exceptionnelle du théâtre de Compiègne qu'au Gymnase. M. Octave Feuillet est d'ailleurs honoré à la cour de bontés particulières, depuis les larmes versées sur le roman d'un *Jeune homme pauvre* par les beaux yeux d'une impératrice.

A propos de beaux yeux, voici force mariages qui pourraient faire croire que l'on est en printemps; le duc de Bellune vient d'épouser mademoiselle de Cossart d'Espiès; M. Henri Schneider, un jeune homme de vingt-deux ans, fils de l'honorable vice-président du Corps-Législatif, de l'un des plus puissants industriels de France, vient d'épouser au Creuzot, au milieu de cette famille d'ouvriers, nombreux comme un peuple, qui obéit au spectre paternel, une trèsjolie créole, mademoiselle Zélie Asselin.

Le jour de ce brillant mariage, un des invités, en félicitant M. Schneider de la beauté et de la grâce de sa belle-fille, a eu ce joli mot : « On vous savait un grand industriel; nous apprenons aujourd'hui que vous êtes aussi un pêcheur de perles. »

Je continue ma liste : le vicomte Henry de Bonneval, un des neveux du fameux Bonneval-Pacha, et l'un des fondateurs du *Nain-Jaune*, épouse une Polonaise;

lé baron de Foucaucourt se marie... Qui encore ? ou plutôt, qui est-ce qui ne se marie pas plus ou moins ?

Mademoiselle Sax, la plus grande voix de l'Opéra, celle qui sera bientôt, assure-t-on, l'Africaine de Meyerbeer, s'appelle madame Castelmary, depuis deux jours. Elle a épousé ce jeune baryton de province qui fit à l'Opéra, voilà quelques mois, un début sans suite immédiate. Voilà quelques mois aussi que son mariage avec mademoiselle Sax était affiché aux mairies ; mais les deux artistes, pour des raisons qui ne nous regardent point, ont préféré mettre un entr'acte assez long entre les préparatifs et le dénoûment de leur hyménée.

On parle encore du mariage d'une prima dona, Italienne illustre dans toute l'Europe, présentement fixée à Paris, avec... Mais, ici, quelque discrétion est encore de rigueur si l'on ne veut point molester les deux hautes parties contractantes.

Le héros de notre Théâtre-Italien de cette année, Fraschini, commence à fixer tout à fait sur lui l'attention des Parisiens ; et vraiment, c'est justice. Il y a de quoi hâter l'époque de son retour à Paris pour entendre Fraschini plus tôt ; c'est assez beau pour cela. De plus, ce merveilleux chanteur n'est pas seulement une voix et un talent, c'est aussi un caractère, hors de la scène.

Ne me dites pas que l'homme importe peu au public qui n'a que l'artiste à juger. L'homme se reflète

dans l'artiste. Mario n'aurait pas été Mario s'il n'était
en même temps M. de Candia. L'énergie du chant de
Tamberlick, c'est sa nature même se traduisant dans
les sons de sa voix. L'esprit cultivé de Roger et la
chaleur généreuse de son âme n'ont certes point été
étrangers non plus à sa belle réputation et à ses succès.

Fraschini est à la fois le ténor par excellence et
l'ami de Verdi. Or, l'ami de Verdi ne peut pas être
le premier venu. Il y a chez le célèbre et patriotique
auteur du *Trovatore* une vigueur intraitable d'honnêteté, une pudeur presque farouche de sentiments qui
ne lui permet pas de frayer par politesse, comme cela
se fait si souvent dans le monde, avec des gens qu'il
n'estime qu'à moitié.

Fraschini est aussi l'ami de son directeur, M. Bagier, et c'est surtout par attachement pour lui qu'il
s'est décidé à affronter le public parisien auquel il faisait l'honneur de le redouter grandement.

Mais M. Bagier avait dit à Fraschini qu'il ne voulait, lui, courir les chances du Théâtre-Italien, que s'il
était assuré du concours du ténor admirable qu'il allait
nous révéler.

Quand on en fut à régler les conditions de son engagement pour Paris, le directeur se mit à la disposition de son pensionnaire : « Votre prix ? — Toujours
le même ; mille francs par soirée. »

Ceci se passait avant l'ouverture de la campagne.
A présent Fraschini, sacré et consacré par les bravos

enthousiastes du public et de la critique, vit revenir à lui son directeur.

— Eh bien, mon cher Fraschini, avais-je tort de vouloir vous amener malgré vous à Paris?

Le ténor convint que l'on avait eu raison de ne pas écouter sa tremblante modestie.

— Comme je comprends de moins en moins la possibilité du Théâtre-Italien sans vous, il faut vous engager dès à présent avec moi pour les années qui vont venir.

— Je suis à vos ordres.

— Mais, mon cher Fraschini, nos conditions ne peuvent plus être les mêmes aujourd'hui, en plein triomphe assuré, quand vous êtes devenu l'homme de la situation. Faites vous-même votre engagement et je le signe d'avance.

— Il est tout fait, répondit Fraschini; mille francs par soirée, et rien de plus. Voilà six ans que je suis votre pensionnaire à ce prix-là; nous n'y changerons rien; et je resterai votre pensionnaire, à Paris comme à Madrid, tant que vous voudrez de moi.

Le directeur eut la délicatesse d'insister pour augmenter son ténor; le ténor se défendit d'être augmenté, et finalement, dans cette lutte de bons procédés, le directeur a dû finir par se retirer battu.

Combien de ses confrères lui envieront sa défaite!

Chanter à mille francs par soirée, quand on s'appelle Fraschini, quand on est le phénix des ténors,

c'est stoïque par le temps qui court et en face des pré-
tentions toujours croissantes de nos virtuoses.

Au siècle dernier, la Gabrielli demandait 5,000
ducats d'honoraires à Catherine II, et comme celle-ci
se récriait, disant : « Je ne paie sur ce pied-là aucun
de mes feld-maréchaux ! — Eh bien ! répliqua l'artiste,
Votre Majesté n'a qu'à faire chanter ses feld-maréchaux. »

Autant en disent de nos jours, en d'autres termes,
nos cantatrices à trois mille francs par soirée, et l'on
subit leurs lois.

C'est ce qui fait Fraschini presque sublime de
désintéressement, par comparaison.

On me rapporte l'histoire assez curieuse (je n'en
garantis point l'authenticité) de l'unique soirée qu'il
ait donnée au Théâtre-Italien de Londres.

Il chantait *Lucia*. Le public, d'avance indisposé
contre lui, donna des marques de malveillance pendant
le duo du premier acte.

L'hostilité éclata au finale de l'acte suivant, et, au
moment de la malédiction, des sifflets couvrirent la
voix du chanteur.

Le rideau baisse ; Fraschini, peu habitué à un pareil accueil et sentant qu'il est victime d'une injustice,
veut quitter le théâtre. On le retient ; on est forcé de le
garder à vue.

Enfin, il entre en scène, on l'y pousse à moitié
mort, pour le grand air des tombeaux. On eût dit un

cadavre qui chantait. C'était en situation. On l'écoute dans un silence sépulcral. Il dit le largo... Ce fut si beau que la cabale vaincue dut éclater en des applaudissements qui durèrent un quart d'heure. L'artiste discernait à peine si cette tempête était hostile ou amie. Il attaque l'allegro ; des hourras en accompagnaient chaque phrase ; il achève son morceau au milieu des rappels, des trépignements et sous une pluie de fleurs. Les uns entonnent le *Rule Britannia ;* les autres vont attendre *Edgardo* à la porte du théâtre et le reconduisent en triomphe chez lui.

Resté seul, il fit sa malle et, assure-t-on, quitta Londres la nuit même pour n'y pas revenir.

Fraschini m'a entraîné ; il n'en fait pas d'autre ; 'avais encore à vous parler du nouveau roman de M. Jules de Carné : *Un homme chauve ;* à vous recommander un très-intéressant volume de M. Jules Loiseleur, bibliothécaire de la ville d'Orléans : *Les Résidences royales de la Loire ;* à vous signaler l'attitude, relativement romaine aussi, de M. Duruy, notre ministre de l'instruction publique, se défendant d'aller prendre sa part des plaisirs de Compiègne, parce qu'il a le conseil de l'instruction publique à présider. Le même M. Duruy vient de réparer de très-bonne grâce une omission qu'il avait commise, en faisant figurer le nom de Chaptal sur ses programmes d'enseignement remaniés. L'illustre savant du premier Empire est là d'autant mieux à sa place qu'il y a plus d'un rapport à signaler entre l'union des lettres, de l'histoire et de l'enseignement professionnel, préparée par M. Duruy, avec l'application pratique de la science à l'industrie, poursuivie naguère par Chaptal. L'un continue, étend et perfectionne l'œuvre de l'autre.

Il y avait encore à vous raconter, dans un tout autre ordre d'idées, l'incident d'une dame à la casquette ornée d'une plume blanche qui fut insultée par quelques calicots, défendue par le vrai peuple au défilé des dernières courses de Vincennes. Mais on ne peut pas tout dire en un jour, et déjà mon papier est ivre d'encre.

XVIII

La semaine en abrégé : les charades de Compiègne ; *les Diables noirs ; la Maison de Pénarvan ;* la baisse ; l'emprunt ; Fraschini ; *i Pupazzi ;* le sous-lieutenant Fleury ; *Roland à Roncevaux ;* l'habit prune-de-Monsieur, etc., etc. — Une tante et une nièce à la représentation des *Diables noirs.* — Opinion d'un monsieur qui a fait sa fortune dans les lainages sur la pièce de M. Sardou. — *Idem* d'une petite blonde. — Celles que l'abîme attire. — Celui qu'elles préfèrent. — Le programme des femmes en amour. — Jupiter et Salomon. — Leçon de machiavélisme. — M. Alex. Dumas fils et *l'Ami des femmes* entre le Gymnase et le Vaudeville. — Par quelle porte rentrera l'auteur du *Demi-monde ?* — L'amour jadis et aujourd'hui. — Un mot de Démosthènes.— L'école sociale au théâtre et dans le roman. — Harpes d'Ionie et harpes d'Éolie. — *Les Diables noirs,* pièce moyen-âge dans le fond. — Hystérie et tarte à la crème. — Un bon point à la liberté. — *Les Diables noirs* devant un conseil de guerre. — Les Furies, Oreste, Œdipe, à propos des *Diables noirs.* — Les trente-neuf robes d'une grande dame. — M. Mérimée cuisinier, poëte, sénateur, académicien, grand écrivain, bel esprit de cour. — *Coryphée.* — *Monsieur Personne,* par Pierre Véron, ou un ingénieux moyen de faire la barbe à ses contemporains.

A Compiègne, des charades où les invités luttent de grâces et d'esprit improvisé ; à Paris, *les Diables noirs* du Vaudeville ; à Paris et à Compiègne, la représentation prochaine de *la Maison de Pénarvan*, dans laquelle vous êtes prévenu d'avance qu'il faudra admirer, entre autres beautés plus ou moins littéraires, quatre costumes — quatre merveilles — rédigés pour madame Plessy par la célèbre artiste en élégances de la rue de la Paix, M. Worth. Devant le conseil de guerre, l'affaire du sous-lieutenant Fleury, de la garde impériale, que ses diables noirs ont poussé au massacre de sa maîtresse. Au Corps Législatif, des joûtes d'orateurs autour desquelles le public commence à reprendre l'habitude de faire cercle. A Saint-Sulpice, le Père Minjard prêchant l'Avent, tous les dimanches, de façon à électriser son auditoire qui, grâce à l'étincelle tombée de cette illustre chaire, se sent chrétien, au moins pour une bonne heure. Sous les colonnes de la Bourse, des congrès de baissiers qu'on laisse depuis quelque temps se prendre pour les souverains de la place. Aux Italiens, Fraschini *for ever*. De la pluie, du vent, de vilaines choses que M. Mathieu de la Drôme se vante d'avoir prédites. Un emprunt dont il n'avait pas parlé. Les *Pupazzi* de M. Lemercier de Neuville en représentation, samedi dernier, chez Carjat, écrivain et photographe, artiste *in utroque*, et les susdits *Pupazzi* donnant, devant une belle chambrée convoquée, la première et probablement la plus originale des revues de 1863. Le mariage annoncé de M. Worms, le nouveau et très-jeune sociétaire du Théâtre-Français, avec mademoiselle Angèle Brémond, l'ingénue du Vaudeville. Une lettre de M. Paul Siraudin, auteur dramatique, à M. Pietro-Angelo Fiorentino, feuilletoniste. Le *Roland à Roncevaux*, de M. Mermet, enfin reçu pour de bon à l'Opéra et tout près d'entrer en répétition. L'agitation créée par M. Eugène Chapus, l'arbitre du *sport*, en faveur de l'habit prune-de-Monsieur, par lequel il veut absolument que l'habit noir soit détrôné aux bals de cet hiver, et auquel il croit comme Nadar croit à l'hélice et M. de Tonneins à sa royauté d'Araucanie. Voilà à peu près la semaine.

On va énormément aux *Diables noirs* et on en parle à force.

Je connais une tante qui s'est brouillée avec sa nièce, parce que la nièce osait dire qu'elle avait pris plaisir à ces *Diables noirs* qui ont si furieusement scandalisé sa tante.

Après cela, c'est peut-être un prétexte. La tante a peut-être tout simplement réfléchi que nous sommes en décembre, que le 1er janvier est à nos portes, et qu'en rompant avec sa nièce aujourd'hui, elle évitait de lui donner des étrennes demain.

Ayant avisé à la première représentation des *Diables noirs* (qu'allait-il faire dans cette galère ?) un brave homme qui a fait sa fortune dans les lainages, ce qui lui donne naturellement la réputation d'une capacité dans son monde, j'allai, durant un entr'acte, lui demander son opinion sur le spectacle auquel nous assistions.

— Que voulez-vous qu'on en pense, me dit-il avec une animation qui ne lui est pas ordinaire dans les questions qui ne touchent pas directement à ses intérêts, sinon que le héros de la pièce est un voleur, l'héroïne une incendiaire, et que la place de celle-ci serait dans une maison de santé, la place de celui-là au bagne, et non pas sur la scène.

Il ne faut point se le dissimuler, ce brave homme formulait là l'opinion d'un groupe qui tient de la place dans la société par la carrure de ses épaules et la régularité avec laquelle il acquitte ses échéances commerciales.

D'un autre côté, à la seconde représentation, j'ai entendu une petite dame blonde, après la scène terrible et si bien jouée où l'on voit Berton ramasser sur le tapis un diamant que sa maîtresse vient de laisser tomber, et courir le porter en payement à l'usurier entre les mains duquel il a laissé traîner un titre compromettant ; j'ai entendu, dis-je, une petite blonde murmurer, en se penchant vers sa voisine : « Ah ! que je voudrais être volée de cette façon-là. »

Ainsi, M. Gaston de Champlieu est un débauché, un joueur, un menteur, un infidèle ; il vient même de nous montrer qu'il pourrait devenir un escroc, à l'occasion, et c'est à ce moment-là même que les petites blondes se mettent à envier la maîtresse de ce terrible Gaston !

Oh ! les petites blondes !

L'abîme les attire ; mais il attire les brunes aussi à l'occasion, et c'est justement par cette fascination que s'explique la pièce de M. Sardou et que se justifie son succès.

De même que l'on voit les cavaliers habiles se plaire à dompter des chevaux rétifs, si la femme s'embarque dans un amour, vous la verrez préférer presque infailliblement les flots turbulents d'une passion pleine d'écueils au calme azuré d'une affection sans nuages.

Deux hommes font la cour à la même femme ; l'un sera, si vous voulez, un abrégé de toutes les perfections physiques et morales ; on dit de lui, avec raison, qu'il a tout pour plaire ; l'autre, au contraire, infiniment moins correct dans sa figure et dans sa conduite, fit cent mauvais coups durant sa vie de garçon, et la femme à laquelle il aspire n'en ignore pas un seul ; pour lequel des deux prétendants pariez-vous ?

Moi, à condition que la dame soit laissée libre de

29.

son choix, je soutiens que les meilleures chances sont du côté le plus indigne, et que plus il s'agit d'une femme noble, élevée, pure, grande et généreuse, moins c'est à l'homme comme elle qu'elle ira se donner.

Il y a des plaies à l'âme de l'autre, elle les pansera ; c'est son rôle de sœur de charité. L'autre semble fait à l'image du démon, tant mieux ; elle qui ressemble aux anges prendra par la main cet égaré pour le ramener vers les sphères célestes, sa demeure à elle qu'elle veut partager avec *lui*.

C'est là ce qui tente une femme, ce qui lui fait préférer, comme on dit vulgairement, *les mauvais sujets*. On se flatte de fixer enfin l'homme que rien jusqu'ici ni personne n'a pu retenir, pas même sa mère et pas même Dieu.

C'est précisément parce que cette conquête est impossible qu'on la rêve. Et puis, chez l'homme dont les torts sont monstrueux, les vices éclatants et publics, l'imagination féminine suppose volontiers des qualités proportionnées à ses défauts.

Au pied de la montagne abrupte et désolée ne rencontre-t-on pas la fertilité riante du vallon ?

N'est-ce pas dans le désert que fleurit l'oasis ?

Le tonnerre et les éclairs du matin empêchent-ils le soleil de l'après-midi ?

Bref, la laideur même du passé leur répond, chez

l'homme qu'elles aiment, de la beauté de l'avenir. Elles croient posséder des philtres magiques qui charment les serpents et savoir les paroles qui neutralisent leur venin. Au besoin, pour justifier leurs préférences, elles se feraient presque savantes et vous citeraient la mythologie ou la Bible, Jupiter ou Salomon, indifféremment. Jupiter, la sagesse même, au fond, puisque Minerve, déesse de la sagesse, sortit un jour tout armée de son cerveau, n'eut-il pas ses jours de folie ? Demandez à Europe, à Léda et à bien d'autres ! Et Salomon, le roi divinement sage, n'eut-il pas, à son heure, un catalogue de fantaisies à la Don Juan : *mille è tre !* De tout cela, les femmes concluent qu'il y a de la ressource chez les mauvais sujets. Elles les rêneront ; elles les brideront ; elles les moraliseront ; elles les convertiront. Le coursier indomptable deviendra entre leurs mains un cheval de manége et de haute école d'autant plus brillant qu'il était plus insoumis naguère ; il piaffera, mais il ne s'emportera plus ; voilà leur programme, couronné tout naturellement par l'apothéose de l'écuyère.

Aussi n'ai-je pas encore vu une jeune femme que la pièce de M. Sardou n'eût captivée.

Elle contient, cette pièce, un enseignement sérieux pour les maris, pour les pères, pour tous ceux qui ont à veiller sur une nature impressionnable et capable de mal placer son affection : c'est qu'il faut bien se garder d'enlaidir au moral le portrait de l'homme dont on veut éloigner sa femme ou sa fille ; au contraire, dites machiavéliquement, toutes les fois qu'il sera question de lui : « *Un tel*, oh ! il n'est pas si noir qu'on le fait ; c'est un bon garçon, un diable à l'eau de rose. » Ayez des anecdotes plein vos poches sur sa prétendue vertu ; produisez à l'appui de cet éloge perfide des historiettes qui montrent cet homme si calomnié digne du prix Montyon ; c'est la meilleure manière de combattre les chances de succès de l'homme que vous redoutez pour une femme qui vous intéresse.

Représentez ce lion comme un agneau, on n'a plus aucune envie de le conduire en laisse.

Voilà la vérité qui ressort bien nettement des *Diables noirs*.

On y a vu, l'autre soir, M. Alexandre Dumas fils.

L'auteur du *Demi-Monde* s'apprête à faire sa rentrée au théâtre par un ouvrage qu'il vient d'achever : *l'Ami des femmes*, jusqu'ici acquis au Gymnase, mais auquel le succès de *Montjoye* menace de barrer le passage jusqu'au printemps.

L'Ami des femmes aimerait mieux attendre moins longtemps son tour, cela se comprend, et l'on raconte qu'il est allé flâner autour du Vaudeville, et regarder dans la main des *Diables noirs* si leur ligne de vie était aussi prolongée que celle de *Montjoye*.

En d'autres termes, M. Alexandre Dumas fils n'aurait peut-être pas été éloigné de porter son *Ami des*

femmes au Vaudeville, — qui a d'ailleurs, dans Berton
et mademoiselle Fargueil, deux titres bien éloquents à
la préférence des auteurs, — pour peu que le succès
des *Diables noirs* lui eût paru moins solidement constitué que le *Montjoye* du Gymnase, qui menace de
s'éterniser.

Juste au moment où l'auteur de *l'Ami des femmes*
mettait le pied dans la salle de la place de la Bourse,
le public enthousiasmé rappelait, comme un seul fiévreux, Berton et mademoiselle Fargueil.

Alors, M. Dumas fils est retourné au Gymnase, où
il est entré à temps pour voir Lafont revenir sur la
scène aux applaudissements de deux mille mains.

Je défie M. Dumas d'être plus impatient que nous
de voir arriver l'heure de sa pièce.

Quel nouveau tour aura pris, dans le silence de
plusieurs années qu'il vient de garder, cet esprit si
brillant et si profond quelquefois, si observateur et si
moderne ? Ou bien va-t-il nous ramener à ces peintures
d'une société d'exception qui ont fait sa gloire, mais
dont le temps paraît un peu passé ?

Il vit, le premier, d'un œil assurément perçant et
hardi, quel parti on pouvait tirer à la scène de cette
société de fantaisie que des hommes d'aventure et des
femmes de plaisir ont créée à mi-côte et en marge. Il
y planta son drapeau, comme font les navigateurs qui
prennent possession d'une île inconnue jusqu'à eux. Il
avait admirablement compris l'importance qu'allait de

plus en plus acquérir cette colonie, baptisée par lui le demi-monde, du moment que la sévérité des lois, et plus encore des mœurs modernes à l'endroit des écarts amoureux, ne comportait plus que la régularité du mariage ou les élans furieux d'une passion décidée à tout braver, à tout briser.

Au dix-huitième siècle, une femme du monde tombait ; cela ne faisait pas plus de bruit que la chute d'une pomme. Au dix-neuvième, une femme mariée qui se parjure, c'est tout Paris mis en émoi ; c'est la chronique autorisée ou s'autorisant elle-même à publier les méfaits de la coupable à son de trompe ; on dirait presque que la tête de l'égarée est mise à prix, qu'on va l'envelopper du voile noir des vestales légères et l'enterrer vive comme Norma ! En face de châtiments si terribles, et pour les affronter, il faut vraiment être mordue au cœur par quelque rage d'amour. Aussi la galanterie, pour ne pas disparaître, a-t-elle dû se réfugier dans les boudoirs du demi-monde, bannie qu'elle était, soit par l'observation inflexible du Code, soit par les grincements de dents d'une fièvre que nos pères n'ont guère connue, des autres boudoirs où elle avait régné jusque-là.

Démosthènes disant : « Nous avons des courtisanes pour le plaisir et des épouses pour les enfants, » était assez dans le vrai des mœurs modernes, et prévoyait le demi-monde, et son empire et son rôle, dans notre société.

Maintenant, je me demande ceci : M. Dumas fils va-t-il reprendre la question où il l'avait laissée, ou se tournera-t-il d'un autre côté ; et de quel autre ?

Fera-t-il du théâtre social et socialiste à la manière d'Eugène Sue et dans le sens de l'auteur des *Misérables ?* S'en prendra-t-il, lui aussi, à la société, des difformités qu'on rencontre dans l'individualité, et qui affligent le regard de l'observateur et du moraliste ? Pour guérir l'individu, soumettra-t-il le corps social tout entier à sa médication, d'après ce raisonnement qui ne manque pas de générosité et de grandeur : si l'homme est mauvais, c'est que le moule dans lequel l'éducation le jette est imparfait ; corrigeons le moule et, jusque-là, soyons indulgents pour les défauts, pour les crimes même dont un moule à refaire est la cause.

A cette théorie incomplète, il est aisé de répondre que l'homme est une race, non une espèce, et que la nature humaine tient à la fois de la harpe d'Ionie et de la harpe d'Eolie, tandis que l'école socialiste du roman et du drame la traite comme si elle était uniquement harpe d'Ionie, c'est-à-dire comme si elle ne rendait des sons que lorsqu'une main la touche et selon le doigté de cette main.

Mais l'homme est harpe d'Éolie en même temps. Vous savez ce qu'on entend par une harpe éolienne ; c'est celle dont le vent fait vibrer les cordes. Tous, tant que nous sommes, en dehors des influences d'entourage, de conseil et d'éducation qui ont pu modifier les sons que rend notre âme, il est certain que nous sommes traversés de souffles tantôt célestes, tantôt infernaux, qui font jouer tantôt un motif, tantôt un autre à nos passions.

Le héros de M. Sardou, dans *les Diables noirs*, n'est, lui, qu'une harpe éolienne dont joue l'invisible Satan.

La pièce de M. Sardou, toute moderne par les habits, est infiniment moyen âge par ce grand rôle accordé à l'influence satanique.

On a vu naguère tant de pièces en habits moyen âge faire battre sous la cotte de maille des cœurs tout modernes ! Cela compense.

Les Diables noirs nous ramènent aux drames de la première manière d'Alexandre Dumas père ; à ces personnages de fatalité et d'exception : les Antony, les Buridan, les Alfred d'Alvimare, les Don Juan de Marana, qui ont précédé les d'Artagnan et autres joyeux aventuriers, sous la plume du grand enchanteur.

Tout cela n'empêche pas, disent les mécontents, qu'il entre plus d'hystérie que d'amour dans le cas de l'héroïne de M. Sardou. J'avoue que je suis bien aise d'avoir trouvé l'occasion de dire mon mot à propos de ce mot que les honnêtes gens prononçaient rarement, écrivaient moins encore il y a quelques années, et qui revient aujourd'hui trop souvent sous la plume et sur

les lèvres. Hystérie, cela est bientôt dit. Hystérie est
un argument comme le *tarte à la crème* de *la Critique
de l'École des Femmes* — un argument qui dispense
d'écouter, de répondre et de raisonner. On sait va-
guement, très-vaguement, ce que le mot veut dire, et
le feuilleton laissera volontiers à la clinique le soin de
le définir. Mais il est dans son rôle et dans son devoir
en protestant contre l'abus qui s'en fait. S'il faut
absolument choisir entre les deux, j'aime infiniment
mieux *tarte à la crème;* il est plus inoffensif et plus
décent.

Ne perdons point une si belle occasion de marquer
un bon point à la liberté ! Lorsque *les Diables noirs*
furent interdits, on entendait raconter de toutes parts
une histoire vraie ou fausse, probablement inconnue
de M. Sardou, que l'on disait mise par lui à la scène,
et l'on ajoutait que le souvenir de la réalité qu'il avait
copiée et la crainte du scandale de ce souvenir était la
raison du *veto* de la commission d'examen. Aujour-
d'hui que la pièce se joue librement, personne n'a plus
songé à rechercher sur les tablettes de la société contemporaine la trace d'un acte pareil au diamant que
Gaston de Champlieu soustrait à sa maîtresse, et s'il
y a eu l'ombre d'un scandale, ce n'est point la représentation, mais l'obstacle longtemps mis à cette représentation qui en fut cause.

La réalité copie peut-être la fiction, en vertu de je
ne sais quelle attraction magnétique, plus souvent que

30

la fiction ne reproduit la réalité. Dans cette même semaine qui a entendu *les Diables Noirs* commencer leur
sabbat au Vaudeville, n'avons-nous pas vu un malheureux jeune homme, un officier, que j'ai déjà nommé
et dont je veux éviter de réimprimer le nom, avoir à
répondre devant un conseil de guerre d'un meurtre
auquel ses diables noirs avaient probablement poussé
son bras? Ce pauvre assassin de la femme qu'il avait
aimée jusqu'à la démence, jusqu'à l'abaissement, répondait toujours aux interrogations du président du
conseil de guerre : « Je ne l'ai pas tuée ! Je ne l'ai
pas tuée ! » et cependant on lui représentait le poignard qu'il avait plongé dans le sein de sa victime, le
pistolet qu'il avait déchargé sur elle, à bout portant,
devant témoins, et il s'écriait encore : « Je ne l'ai pas
tuée ! Je ne l'ai pas tuée ! »

Mentait-il en ces explosions ! — Non ; ce sont
ses diables qui ont commis l'homicide par sa main,
comme ils commettent le vol du diamant, dans la
pièce de M. Sardou, par la main de Gaston de
Champlieu.

Par là, nous revenons, comme vous voyez, aux
fatalités antiques, aux furies, — véritables grands-
mères des diables noirs. Gaston et le sous-lieutenant
traduit l'autre jour devant le conseil de guerre, sont
des coupables de la même famille qu'Oreste et Œdipe,
et si des circonstances atténuantes ont pu être admises
en faveur du sous-lieutenant meurtrier, c'est assuré-

ment parce que les juges ont fait dans son crime la part des furies.

Tournons-nous vers de plus douces images ; vous dirai-je les trente-neuf robes qu'une grande dame s'est fait expédier pour son séjour à Compiègne ? Trente-neuf, dieux immortels ! pas une de moins, pas une de plus, et ce chiffre prouve bien que la dame ne s'en est pas fait faire une de trop. Prodigue, elle en eût assurément commandé quarante, pour faire un compte rond, ou cinquante, pour parfaire le demi-cent. Mais quand on est raisonnable, quand on n'est point livrée aux diables roses de la coquetterie et de la toilette à outrance, on se contente de trente-neuf robes, chiffre raisonné, raisonnable, froidement calculé par une femme de tête qui entend faire face à tous ses devoirs d'élégance, rien de plus, rien de moins.

On parle beaucoup, entre initiés, des charades de Compiègne, plaisirs intimes de la comédie improvisée entre gens de vif esprit et de belles manières. M. Mérimée, l'auteur de *Colomba* et du *Vase étrusque*, grand écrivain, académicien et sénateur, un peu cuisinier-amateur, aussi naguère, puisque nous nous souvenons d'avoir lu dans ce beau livre : *Victor Hugo raconté par un témoin de sa vie*, que M. Mérimée, — la cuisinière du jeune ménage Hugo étant malade, — mit un jour chez eux habit bas pour rédiger un macaroni « qui eut le succès de ses livres. » M. Mérimée, aujourd'hui, place dans les charades de Compiègne des bouts de scène, des bons mots, et même des pièces de vers qui ont le succès de son macaroni d'autrefois chez les Hugo.

L'une de ces charades de Compiègne, celle qui a le plus transpiré au dehors, était faite sur le mot *Coryphée* découpé en tableaux, selon l'usage du jeu. La première scène, répondant à la syllabe *cor*, nous démontre que le réalisme n'a pas moins accès dans les cours qu'à la ville et au théâtre, puisque l'on n'y voyait rien moins qu'un artiste pédicure aux pieds d'une dame, son canif à la main. La même charade s'est terminée par un véritable et très-gracieux ballet, dansé par madame la princesse de M*** et M. le duc de M***, — une étrangère et un Français, — aux grands applaudissements de ce parterre délicat, ravi du double succès de ces deux M entrelacés.

Un des plus amusants chapitres du nouveau volume de M. Pierre Véron, intitulé : *Monsieur Personne,* chronique de Paris de 1901, est consacré à la peinture des hommages, des génuflexions, des platitudes et des adorations qui traînent nos neveux, en ce vingtième siècle naissant, au pied du dernier ténor. Il est plus que roi et plus qu'empereur ; il est un ténor, le seul ténor, le ténor phénix, le ténor du *ré-dièze !* Les fanatiques se font écraser sous les roues de son char, trop heureux de mourir en l'entendant chanter.

Tout le volume, dont je cite un chapitre au hasard, est écrit sur ce pied de satire, et nos excès, nos penchants, nos modes, nos luxes, nos faiblesses, grossis et mûris par quarante années environ d'épanouissement imaginaire, sont passés là en revue par un railleur bon enfant qui rit plus qu'il ne mord. Il a mis en face de nos ridicules un miroir grossissant, pareil à celui dont certaines gens se servent pour se faire la barbe, et il épile les cheveux parasites, et il arrache les mauvaises herbes après les avoir rendus plus sensibles à notre vue par cette mise en scène marquée au millésime de 1901.

FIN.

www.ingramcontent.com/pod-product-compliance
Lightning Source LLC
Chambersburg PA
CBHW060930030726
47503CB00003B/537